Sir Arthur Conan Doyle

Ausgewählte Werke ~ Band 9

Die Abenteuer des Brigadier Gérard
Band 1

Sir Arthur Conan Doyle

Die Abenteuer des Brigadier Gérard

Band 1

Erzählungen

HERAUSGEGEBEN VON OLAF R. SPITTEL

VERLAG 28 EICHEN
BARNSTORF

Übersetzung aus dem Englischen von Luise Schroeter,
Rudolf Lautenbach, Reinhard Hillich (2007) und
Jürgen Meyer (2007).
Originaltitel: The Exploits of Brigadier Gérard (1896) /
Adventures of Gerard (1903)

Einzeltitel, Quellen und Übersetzer finden sich
am Schluß des Bandes

Die Rechtschreibung wurde beibehalten.
Fehler wurden stillschweigend korrigiert.

Die Deutsche Bibliothek verzeichnet diese Publikation
in der Deutschen Nationalbibliographie.
Detaillierte bibliographische Daten sind im Internet über
http://dnb.ddb.de abrufbar

ISBN 978-3-940597-03-8

Cover: Olaf R. Spittel (2008) unter Verwendung des Gemäldes von Théodore
Géricault „Le Chasseur de la Garde" (1812, Ausschnitt, Paris,
Musée du Louvre)

Schattenriß auf Seite 2 aus: Bernhard Fehr: Die englische Literatur des 19.
und 20 Jahrhunderts. Akademische Verlagsgesellschaft Athenaion,
Berlin-Neubabelsberg 1923 nach: Bookman 1912

Herstellung: Books on Demand GmbH, Norderstedt

Inhalt

Band 1

Band 2

Vorwort

Diejenigen der freundlichen Leser, welche sich für die kleinen Erzählungen eines napoleonischen Soldaten genug interessieren, um mir bis zu den Quellen zu folgen, aus welchen ich schöpfte, mögen sich im Geiste um ein Jahrhundert zurückversetzen. Es war eine wechselvolle, militärisch reich bewegte Zeit damals, und die zeitgenössische Literatur gehört zu der fesselndsten, die ich jemals gelesen. Abgesehen von den großen geschichtlichen Werken oder den Biographien der Heerführer gibt es eine Menge Aufzeichnungen von solchen, die am Kriegsleben aktiv teilgenommen und die ihre Erlebnisse immer von dem Standpunkte desjenigen Truppenteils aus schilderten, dem sie angehörten. Die Reiterei war besonders glücklich daran in bezug auf Schreiber von Memoiren. So de Rocca mit seinen „Mémoires sur la Guerre des Français en Espagne", die Erzählungen eines Husaren enthaltend, während de Raylies in seinen „Mémoires sur la Guerre d'Espagne" dieselben Kriegsereignisse vom Standpunkte eines Dragoners aus schildert. Dann haben wir die „Sounenires Militairs du Colonel de Gonneville", die eine Anzahl Feldzüge, darunter auch den spanischen, behandelt, betrachtet vom Standpunkte eines stahlgepanzerten, schwer behelmten Kürassiers. Besonders wertvoll unter all diesen Werken und unter allen militärischen Memoiren überhaupt sind General Marbots berühmte Memoiren. Marbot war von den Chasseurs, so haben wir also auch hier wieder den Standpunkt des Kavalleristen. Unter anderen Büchern, welche das Verständnis für den napoleonischen Soldaten fördern, sind noch zu nennen: „Les Cahiers du Capitaine Coignet", das Kriegstheater vom Standpunkt des Gardisten aus beleuchtend, und „Les Mémoires du Sergant Bourgogne", ebenfalls von der Garde. Das „Journal" des Sergeanten Fricasse und die „Recollections" de Fecenacs und de Ségurs vervollständigen das

Material, welches ich benutzte, um für die fiktive Gestalt des Brigadiers Gérard ein historisch treues und militärisches Milieu zu schaffen.

Arthur Conan Doyle

Wie der Brigadier das Ohr verlor

Im Café saß der alte Brigadier und erzählte Geschichten aus seiner Jugendzeit.

Ich habe eine erkleckliche Anzahl Städte gesehen, Messieurs. In viele bin ich als Sieger eingezogen an der Spitze meiner achthundert braven, sporenklirrenden Reiter. An der Tête der Grande Armée war die Kavallerie, an der Spitze der Kavallerie waren die Husaren, und an der Spitze der Husaren war ich. Aber von all diesen Städten, die wir besucht haben, hat Venedig die ungünstigste und lächerlichste Lage. Ich kann mir nicht denken, wie sich die Erbauer dieser Stadt eigentlich ein Kavalleriemanöver vorgestellt haben. Selbst ein Murat oder Lasalle könnte keine Schwadron in diesem Nest einstellen. Deshalb ließen wir die Kellermannschen schweren Reiter und auch meine Husaren in Padua in Quartier. Nur Infanterie unter dem Kommando Suchets hielt die Stadt besetzt. Mich hatte dieser General als Adjutanten für diesen Winter ausgesucht, weil ihm meine Affäre mit dem italienischen Fechtmeister in Mailand imponiert hatte. Der Mann schlug eine gute Klinge, und es war ein Glück für das Ansehen der französischen Waffen, daß ich's war, der ihm als Gegner gegenübergestellt wurde. Übrigens geschah's ihm recht, denn, wenn man den Gesang einer Primadonna nicht schön findet, so braucht man ja nicht zuzuhören; aber ein hübsches Weib öffentlich zu beleidigen, ist eine Ungehörigkeit, die geahndet werden muß. So hatte ich denn auch die allgemeine Sympathie auf meiner Seite, und, nachdem die Geschichte vorüber und der Witwe des Mannes die beanspruchte Pension zugestanden war, wählte mich Suchet zu seinem persönlichen Adjutanten, und ich ging mit ihm nach Venedig, wo ich das seltsame Abenteuer erlebte, das ich Ihnen eben erzählen will, meine Herren.

Es ist wohl kaum jemand von Ihnen in Venedig gewesen? Nein, denn die Franzosen reisen nicht viel. Aber in jenen Tagen waren wir tüchtige Reisende. Von Moskau bis nach Kairo sind wir gereist, freilich in größeren Gesellschaften als den Leuten angenehm war, die wir besuchten, und unsere Pässe und Visitenkarten bildeten die Kanonenrohre. Es wird eine böse Zeit für Europa anbrechen, wann die Franzosen wieder auf Reisen gehen, denn sie verlassen zwar ihre Heimat äußerst ungern, aber wenn sie einmal den schwierigen Entschluß gefaßt haben und einen Führer besitzen wie unseren kleinen Korporal, der ihnen den Weg richtig weist, dann weiß auch kein Mensch, wann sie wieder umkehren. Doch diese glorreichen Zeiten sind dahin, die großen Männer sind tot, und ich, der letzte von ihnen, muß hier bei einer Flasche Landwein sitzen und mich darauf beschränken, alte Anekdoten aus jener Zeit im Café zum besten zu geben.

Aber richtig, ich wollte ja von Venedig sprechen, Messieurs. Die Leute wohnen dort wie die Wasserratten auf Dünen und Sandbänken; aber sie haben sehr feine Paläste, und die Kirchen, besonders die von St. Marcus, gehören zu den größten, die ich je gesehen habe. Aber ihr größter Stolz sind ihre Statuen und Gemälde, die in ganz Europa berühmt sind. Es gibt nun viele Soldaten, die meinen, daß ein Krieger weiter nichts kennen dürfe, als Kämpfen und Plündern. Dazu gehörte zum Beispiel der alte Bouvet – der gegen die Preußen am nämlichen Tage fiel, wo ich mir die Kaiser-Medaille verdient habe; wenn Sie den aus dem Lager und der Kantine wegnahmen und über Wissenschaft oder Kunst zu ihm sprachen, saß er da und sah Sie verständnislos an. Am höchsten steht meiner Meinung nach aber doch derjenige Soldat, der wie ich nebenbei auch die Produkte des Geistes und des Gemütes zu beurteilen versteht. Ich bin zwar auch sehr jung in die Armee eingetreten, und der Feldwebel war mein einziger Lehrer; aber ich bin mit offenen Augen durch die Welt gegangen, und auf diese Weise kann und muß man sehr viel lernen.

Daher war ich auch in der Lage, in Venedig die Gemälde zu bewundern, und ich kannte die Namen der großen Meister, die sie gemalt hatten, den Michel Tizian und den Angelo und die anderen großen Meister. Auch Napoleon war ein Bewunderer ihrer Schöpfungen, wie jedermann zugeben wird, denn das erste, was er nach der Einnahme der Stadt tat, war, daß er die besten nach Paris schickte. Wir alle nahmen, was wir kriegen konnten; ich für meinen Teil hatte zwei Bilder. Das eine davon, „Die überraschten Nymphen", behielt ich für mich, und das andere „Die Heilige Barbara", machte ich meiner Mutter zum Präsent.

Übrigens ist es wahr, daß sich einige von unseren Leuten, soweit es sich um die Statuen und Gemälde handelte, nicht besonders schön benommen haben. Die Venetianer hingen sehr an diesen Dingen, und die vier Bronzepferde über dem Hauptportal ihres Domes liebten sie wie ihre Kinder. Ich habe stets etwas von Pferden verstanden, und ich habe diese vier ordentlich betrachtet; aber wahrhaftig, es war nicht viel dran. Sie waren zu grobknochig für leichte Reiterei, und vor die Geschütze fehlte ihnen das nötige Gewicht. Sie waren jedoch die einzigen Pferde, die's in der ganzen Stadt gab, und die Bewohner kannten eben keine besseren. Sie weinten bitterlich, als sie fortgeschickt wurden, und in der darauffolgenden Nacht schwammen die Leichen von zehn französischen Soldaten in den Kanälen. Zur Strafe für diese Mordtaten wurden noch viel mehr Gemälde fortgesandt, und die Soldaten demolierten die Statuen und zerschossen die schön bemalten Fensterscheiben. Dies versetzte die Einwohnerschaft in Wut, und unser Aufenthalt in der Stadt wurde sehr ungemütlich. Viele Offiziere und Mannschaften sind in jenem Winter verschwunden, und man hat nicht mal ihre Leichname gefunden.

Ich persönlich hatte mächtig zu tun und daher nicht weiter unter diesen Verhältnissen zu leiden. In jedem Lande pflegte ich die Sprache zu studieren. Zu diesem Behuf halte ich immer nach irgend einer Dame Umschau, die so freundlich ist, mich zu unterrichten, und dann üben wir praktisch miteinander. Das ist die interessanteste Methode zur Erlernung, und als ich noch nicht dreißig Jahre alt war, konnte ich fast jede Sprache in ganz Europa. Allerdings hat, was man auf diese Weise lernt, keinen großen Zweck für den gewöhnlichen Umgang, denn was für'n Nutzen hat's für jemanden, der wie ich mit Soldaten und Bauern zu tun hat, wenn er ihnen sagen kann, ich liebe Euch gauz allein, oder, wenn der Krieg vorüber ist, komme ich zu Euch zurück?

Ich habe nie im Leben eine so süße Lehrerin gehabt wie in Venedig. Lucia hieß sie mit Vornamen und mit Zunamen – na, ein Kavalier merkt die Zunamen weniger. Ohne indiskret zu sein, kann ich Ihnen aber sagen, Messieurs, daß sie einer alten Patrizierfamilie entstammte, und ihr Vater war Doge von Venedig gewesen. Sie war eine auserlesene Schönheit – und wenn ich, Etienne Gérard, das Wort „auserlesen" anwende, so will das 'was heißen, Messieurs. Ich besitze ein Urteil, ich habe ein gutes Gedächtnis und auch reichhaltiges Vergleichsmaterial. Von all den Weibern, die mich geliebt haben, kann ich noch nicht zwanzig dieses Attribut erteilen. Aber ich wiederhole Ihnen, mes amis, Lucia war auserlesen schön. Von dem dunkeln Typus könnte ich ihr höchstens noch Dolores von Toledo zur Seite stellen. Als ich unter Masséna in Portugal kämpfte, liebte ich in Santarem eine kleine Brünette – der Name ist mir entfallen. Sie war auch eine vollkommene Schönheit, aber die Figur und die Grazie der Lucia hatte sie doch nicht. Da war auch noch Agnes. Ich wüßte nicht, welcher ich den Vorzug geben sollte, aber Lucia bleibt doch die herrlichste von allen.

Bei Gelegenheit der Bilderaffäre hatte ich sie zum erstenmal gesehen. Ihr Vater besaß einen Palazzo auf der anderen Seite der Rialtobrücke am Canale Grande; an den Wänden dieses vornehmen Gebäudes befanden sich so wertvolle Bildhauerarbeiten, daß Suchet eine Abteilung Sappeurs hinschickte, um einige herauszunehmen und nach Paris senden zu können. Ich stand an der Spitze dieser Leute, und nachdem ich die Tränen der Lucia gesehen hatte, bekam ich den Eindruck, als ob die Kunstwerke zerbrechen würden, wenn ihnen die stützende Wand fehlte. Ich meldete das, und die Sappeurs wurden zurückgezogen. Dadurch wurde ich der Freund der Familie, und ich habe manchen Fiasco Chianti mit dem Vater geleert und manche süße Unterrichtsstunde bei der Tochter gehabt. Verschiedene französische Offiziere haben sich in jenem Winter in Venedig verheiratet, und ich würde es auch getan habeu, denn ich liebte Lucia von tiefstem Herzen; aber Etienne Gérard hat sein Schwert, sein Roß, sein Regiment, seine Mutter, seinen Kaiser und seine Karriere. Ein flotter Husar hat wohl Platz in seinem Herzen für eine Geliebte, aber nicht für eine Frau. So dachte ich damals, Messieurs, freilich kannte ich die einsamen Tage noch nicht, in denen ich mich nach liebenden Händen sehnen und mich vor Wehmut umdrehen sollte, wenn ich alte Kameraden im Kreise ihrer Familie sah. Diese Liebe, die ich für Scherz und Spielerei gehalten hatte, sie verleiht – jetzt sehe ich's ein – dem Leben erst seinen wahren Gehalt, sie ist das Feierlichste und Heiligste auf Erden … Danke, mon cher ami, merci! Der Wein ist gut, und eine zweite Flasche dürfte nichts schaden.

Und nun will ich Ihnen erzählen, inwiefern meine Liebe zu Lucia an dem schrecklichsten der vielen Abenteuer schuld war, die ich erlebt habe; und wo die Spitze meines rechten Ohrs geblieben ist. Sie haben schon oft wissen wollen, wie das gekommen ist. Heute abend sollen Sie's endlich 'mal erfahren, Messieurs.

Suchet hatte damals sein Hauptquartier in dem Palast des Dogen Dandolo in der Nähe des Marcusplatzes aufgeschlagen. Es war gegen Ende des Winters, und ich hatte das Theater Goldini besucht. Bei meiner Rückkehr fand ich ein Billett von Lucia vor, und draußen wartete eine Gondel. Sie bat mich, sofort zu ihr zu kommen, weil sie in Bedrängnis sei. Für einen Franzosen und einen Soldaten war die Antwort nicht zweifelhaft. Im nächsten Moment war ich im Boot, und der Gondoliere ruderte hinaus in den dunkeln Kanal. Ich weiß noch, daß mir beim Einsteigen die gewaltige Körpergröße des Mannes auffiel. Er war einer der breitesten Männer, die ich je gesehen habe. Aber die Gondolieri in Venedig sind überhaupt ein kräftiger Schlag, und man sieht häufig mächtige Kerle darunter. Der Bursche nahm hinter mir Platz und ruderte weiter.

Ein guter Soldat sollte in Feindesland immer auf seiner Hut sein. Das ist bei mir eine stete Lebensregel gewesen, und nur ihrer Befolgung verdanke ich's, daß ich heute in meinen alten Tagen noch das Leben habe. Aber in jener Nacht war ich so sorglos wie ein törichter junger Rekrut, der Angst hat, daß man ihn für furchtsam halten könnte. Meine Pistole hatte ich in der Eile zu Hause liegen lassen. Meinen Säbel hatte ich zwar an der Seite, aber er ist nicht in jedem Falle eine sonderlich geeignete Waffe. Ich saß zurückgelehnt in meiner Gondel, traumverloren bei dem lieblichen Rauschen des Wassers und dem monotonen Knarren des Ruders. Unser Weg führte durch ein Netzwerk enger Kanäle, zu beiden Seiten erhoben sich hohe Häuser, und über uns erblickte ich einen schmalen Streifen glitzernden Sternenhimmels. Hier und dort an den Brücken verbreitete eine Öllampe ihren trüben Schein, und manchmal schimmerte noch das schwache Licht einer Kerze vor einem Heiligenbild zu uns herüber. Sonst war alles dunkel, und man konnte nur vorne am langen Schnabel unseres Fahrzeugs den weißen Saum des durchschnittenen Wassers sehen. Ort und Zeit waren wie geschaffen zum Träumen. Ich dachte an meine Vergangenheit, an all die großen Taten, an denen ich beteiligt gewesen war, an die Pferde, die ich geritten, und an die Frauen, die ich geliebt hatte. Dann flogen meine Gedanken auch zu meiner teuren Mutter, ich stellte mir die Freude vor, welche sie haben würde, wenn die Leute im Dorf den Ruhm ihres Sohnes verkündeten. Auch an den Kaiser dachte ich und an Frankreich, das Land meiner Väter, das sonnige Frankreich, das Mutterland so schöner Töchter und so tapferer Söhne. Mein Herz schlug höher in meiner Brust bei dem Gedanken, welchen Länderzuwachs wir ihm gebracht hatten. Seiner Größe wollte ich mein Leben weihen. Ich legte die Hand aufs Herz, um einen Schwur darauf zu tun, aber in diesem selben Augenblick fiel der Gondoliere von hinten über mich her.

Wenn ich sage, er fiel über mich her, so soll das nicht heißen, daß er mich bloß angriff, sondern daß er wirklich mit seinem ganzen Gewicht sich auf mich warf. Der Kerl steht hinter und über einem, während er rudert, sodaß man ihn weder sehen noch sich sonst gegen einen derartigen Überfall irgendwie schützen kann. Im Moment hatte ich noch mit stolzerhobener Brust dagesessen und im nächsten lag ich flach auf dem Boden des Bootes, und dieses Ungetüm auf mir, sodaß mir die Luft ausging. Ich spürte in meinem Nacken seinen heißen

Atem. Im Nu hatte er mir den Säbel entrissen, einen Sack über meinen Kopf gestülpt und ihn mit einem Strick fest zugebunden. Da lag ich nun am Boden der Gondel, hilflos wie ein gefangener Vogel. Ich konnte nicht schreien, ich konnte mich nicht bewegen; ich war ein bloßes Bündel. In der nächsten Sekunde hörte ich wieder das Rauschen des Wassers und das Knarren des Ruders. Der Kunde hatte seine Arbeit vollendet und setzte seine Fahrt so ruhig und unbekümmert fort, als ob er gewöhnt wäre, alle Tage einen Husarenoberst in einen Sack zu stecken.

Ich kann Ihnen nicht in Worten ausdrücken, Messieurs, welche Demütigung und welche Wut ich empfand, als ich dalag wie ein geknebeltes Schaf, das zum Metzger gefahren wird. Ich, Etienne Gérard, der beste Reiter von sechs Brigaden, der beste Fechter der Grande Armée, in dieser Weise von einem einzigen unbewaffneten Manne gefangen! Trotzdem blieb ich ruhig liegen, denn es gibt eine Zeit des Widerstands und eine Zeit, wo man seine Kräfte aufsparen muß. Ich hatte gespürt, wie mich der Kerl am Arm gepackt hatte, und ich wußte, daß ich ihm gegenüber nur ein Kind wäre. Ich wartete also mit brennendem Herzen, bis sich eine passende Gelegenheit für mich bieten würde.

Wie lange ich da unten gelegen habe, weiß ich nicht, aber es kam mir lange vor, und ich hörte immer das Plätschern des Wassers und das monotone Geräusch der Ruder. Verschiedene Male bogen wir um eine Ecke, denn an mein Ohr drang der langgezogene, traurige Ruf, den die Gondolieri ausstoßen, wenn sie ihre Kollegen von ihrer Annäherung in Kenntnis setzen. Nach einer langen Fahrt merkte ich endlich, daß das Boot gegen eine Landungsstelle stieß. Der Kerl pochte dreimal mit dem Ruder gegen Holz, und als Erwiderung darauf hörte ich bald Riegel zurückschieben und Schlösser aufschließen und dann eine schwere Türe in den Angeln knarren.

„Hast Du'n?“ fragte eine Stimme auf italienisch.

Das Scheusal, das mich in der Gewalt hatte, lachte laut auf und stieß mit dem Fuß auf den Sack, der mich enthielt.

„Da steckt er drin“, antwortete er.

„Sie warten schon.“

„Nehmt ihn doch“, sagte mein Räuber. Er hob mich auf, stieg ein paar Stufen hoch und warf mich auf einen harten Fußboden. Dann wurde das Tor wieder zugeriegelt und verschlossen. Ich war nun ein Gefangener in diesem Hause.

Aus dem Stimmengewirr und dem Getrampel erkannte ich, daß eine größere Anzahl Leute um mich herumstanden. Ich verstehe Italienisch viel besser als ich's spreche, und ich wußte sehr gut, was sie sagten.

„Du hast'n doch nicht totgeschlagen, Matteo?“

„Was schadet's, wenn ich's getan habe?“

„Meiner Treu, Du wirst's vor dem Tribunale zu verantworten haben.“

„Sie wollen ihn ja doch töten, nicht wahr?“

„Allerdings, aber 's ist nicht unsere Sache, ihnen ins Handwerk zu pfuschen.“

„Ruhig! Er ist nicht tot. Tote beißen nicht, und ich hab seine verdammten Zähne deutlich in meinem Daumen gespürt, als ich ihm den Sack über'n Kopf zog.“

„Er liegt aber sehr still.“

„Macht den Sack auf, dann werdet Ihr schon sehen, daß er noch lebt.“

Das Seil wurde gelockert und der Sack fortgenommen. Ich lag mit geschlossenen Augen regungslos am Boden.

„Weiß Gott, Matteo, Du hast ihm den Hals umgedreht.“

„Ach wo, er ist nur ohnmächtig. Um so besser für'n, wenn er nicht wieder zu sich kommt.“

Ich fühlte, wie mich jemand anfaßte.

„Matteo hat recht“, sagte eine Stimme. „Sein Herz klopft wie'n Hammer. Laßt'n ruhig liegen, er wird bald wieder aufwachen.“

Ich wartete noch einen Moment, dann wagte ich, verstohlen zwischen den Augenwimpern durchzublicken. Zuerst konnte ich nichts sehen, denn ich hatte zu lange im Dunkeln gesteckt, und es war an meinem gegenwärtigen Aufenthaltsort auch ziemlich düster. Allmählich fand ich jedoch heraus, daß ich eine hohe gewölbte Decke über mir hatte, die mit Gemälden von Göttern und Göttinnen geziert war. Das konnte keine gewöhnliche Halabschneiderhöhle sein, ich mußte vielmehr in die Halle eines venetianischen Palazzo geschleppt worden sein. Dann warf ich ganz langsam und heimlich, ohne mich nur im geringsten zu rühren, einen Blick auf die Kerle, die um mich ’rum standen. Ich bemerkte meinen Gondelführer, einen dunkelbraunen, rohen Mordbuben, dann einen kleinen, schwächlichen Burschen, der eine befehlshaberische Miene machte und ein Schlüsselbund in der Hand hatte, und noch zwei große junge Kerle in schmucker Dienerlivree. Aus ihrem Gespräch entnahm ich, daß der Kleine der Hausmeister war, dem die anderen unterstanden.

Es waren ihrer also vier, aber den Schwachmatikus brauchte man nicht zu rechnen. Hätte ich eine Waffe gehabt, würde ich über eine solche Partie gelacht haben, aber im Handgemenge hatte ich keine Chancen gegen den einen allein, geschweige denn gegen alle. Ich mußte mich also auf meinen Kopf, nicht auf meine Faust verlassen. Ich blickte mich nach irgend einem Ausgang um und bewegte dabei ganz unmerklich den Kopf; aber so vorsichtig ich’s auch getan hatte, es war meinen Wächtern nicht entgangen.

„Kommen Sie, wachen Sie auf, wachen Sie auf“, rief der schmächtige Hausverwalter.

„Steh’ auf, kleiner Franzmann,“ brummte der Gondoliere. „Marsch, auf!“ und seiner zweiten Aufforderung verlieh er bereits mit dem Fuß den nötigen Nachdruck.

Noch nie ist ein Mensch einem Befehl so prompt nachgekommen, wie ich diesem. Im Moment war ich auf den Beinen und sauste, so rasch ich konnte, nach hinten. Sie rannten hinter mir her wie die Hunde auf einer Fuchsjagd, ich bog links in einen langen Gang, und noch ’mal links, und befand mich wieder in der alten Halle. Sie erwischten mich schon beinahe, ich hatte keine Zeit zum Überlegen, ich lief die Treppe ’nauf, aber zwei Männer kamen gerade ’runter, mir entgegen, ich machte kehrt, raste gegen die Tür, durch die ich ’reingeschafft worden war, aber ich konnte die schweren Riegel nicht aufkriegen. Der Gondoliere stürzte mit dem Dolch auf mich los, aber ich versetzte ihm ’nen Tritt vor den Bauch, daß er umfiel und sein Messer weit fortflog. Ich hatte keine Zeit, es aufzuheben, denn jetzt hatte ich ein halbes Dutzend auf dem Hals.

Als ich zwischen ihnen durchraste, hielt mir der kleine Verwalter das Bein vor, ich fiel krachend zu Boden, war aber im nächsten Augenblick wieder auf, brach mitten durch sie durch, entriß mich ihren Händen und raste auf eine Tür zu am anderen Ende der Eingangshalle. Ich erreichte sie noch rechtzeitig, drückte auf die Klinke, stieß schon einen Triumphschrei aus, als ich merkte, daß sie aufging und ins Freie führte und ich gerettet wäre. Aber ich hatte nicht bedacht, in welch sonderbarer Stadt ich mich befand. Jedes Haus ist eine Insel. Als ich die Tür aufriß und hinauseilen wollte auf die Straße, sah ich im Schein des Flurlichtes das stille, schwarze Wasser vor mir, das bis an die oberste Stufe reichte. Ich prallte entsetzt zurück, und im nächsten Moment waren meine Verfolger an mir. Ich bin jedoch nicht so leicht zu fangen, Messieurs.

Wieder erfocht ich mir durch Tritte und Knüffe einen Weg, wenn ich auch ein Büschel Haare in der Hand des einen Burschen zurücklassen mußte. Der kleine Hausmeister schlug mit den Schlüsseln auf mich los, und ich wurde gerissen und gezerrt, aber ich kam durch. Ich stürzte wieder die Treppe 'nauf, stieß oben eine riesige Flügeltür auf, die mir im Weg stand, und sah nun endlich ein, daß alle meine Anstrengungen umsonst gewesen waren.

Der Raum, in den ich eingebrochen war, war prächtig erleuchtet. Die massiven Säulen mit den vergoldeten Cornichen, die bemalten Wände und die Decke sagten mir, daß ich mich in der großen Halle eines berühmten venetianischen Palastes befinden mußte. In dieser merkwürdigen Stadt gibt's viele Hunderte solcher Palazzi, von denen ein jeder Säle enthält, die sich leicht mit dem Louvre oder mit Versailles messen können. In der Mitte dieses großen Saales war ein hohes Postament errichtet, und darauf saßen im Halbkreis um einen Altar zwölf Männer in schwarzen Roben und mit einem schwarzen Schleier um die Stirn.

Eine Gruppe Bewaffneter – lauter rohe Schergen – standen an der Türe und zwischen ihnen, den Blick nach dem Altar gerichtet, stand ein jugendlicher Mann in der Uniform unserer leichten Infanterie. Als er sich nach mir umdrehte, erkannte ich ihn. Es war der Hauptmann Auret von den Siebenern, ein junger Baske, mit dem ich während des Winters manch Glas geleert hatte. Er war totenbleich, der unglückliche Junge, aber er hielt sich mannhaft unter dem Mordgesindel um ihn herum. Nie werde ich den Hoffnungsblitz vergessen, der in seinen dunkeln Augen aufleuchtete, als er einen Kameraden hereinstürzen sah, aber auch nicht den darauffolgenden Blick der Verzweiflung, als er merkte, daß ich nicht gekommen war, sein Schicksal abzuändern, sondern zu teilen.

Sie können sich wohl denken, Messieurs, wie erstaunt diese Leute waren, als ich plötzlich unaufgefordert zur Verhandlung kam. Meine Verfolger hatten sich hinter mir hereingedrängt und versperrten die Türe, sodaß an kein Entfliehen mehr zu denken war. In solchen Augenblicken kommt meine natürliche Unerschrockenheit zur Geltung. Mit Würde schritt ich auf den Gerichtshof zu. Mein Waffenrock war zerrissen, mein Haar zerzaust, aber in meinem Blick und in meiner Haltung lag ein gewisses Etwas, woran die Richter erkannten, daß sie's mit keinem gewöhnlichen Sterblichen zu tun hatten. Keine Hand erhob sich gegen mich, um mich zu arretieren. Vor einem furchtbaren Alten, an dessen langem, grauen Bart und dessen herrischem Benehmen ich ersah, daß er in Anbetracht seines Alters und seiner Würde der angesehenste war, machte ich halt.

„Monsieur", sagte ich, „Sie können mir vielleicht Auskunft geben, warum ich gefesselt und in dieses Haus gebracht worden bin. Ich bin ein ehrenwerter Soldat, ebenso wie dieser Herr hier auch, und ich fordere Sie auf, uns beide augenblicklich in Freiheit zu setzen."

Auf diese Anrede folgte ein tiefes Schweigen. Es ist nicht angenehm, mes amis, zwölf maskierte Gesichter und zwölf Paar rachedurstige italienische Augen starr auf sich gerichtet zu sehen. Aber ich stand vor ihnen, wie's einem strammen Soldaten zukommt, und dachte nur daran, welche Ehre ich durch mein stolzes Benehmen den Conflanser Husaren machen müßte. Ich glaube kaum, daß sich jemand unter solch' erschwerenden Umständen besser und würdiger hätte betragen können. Ich blickte furchtlos von einem der Mörder zum anderen hinüber und wartete auf eine Erwiderung.

Endlich unterbrach der alte Graubart das Schweigen und fragte: „Wer ist dieser Mann?“

„Sein Name ist Gérard,“ antwortete der kleine Verwalter hinten an der Türe.

„Oberst Gérard,“ sagte ich. „Ich will Sie nicht über meine Person im unklaren lassen. Ich bin Etienne Gérard, der Oberst Gérard, fünfmal in Schlachtberichten ehrend erwähnt und mit dem Ehrendegen geziert. Ich bin der Adjutant des Generals Suchet und verlange, zugleich mit meinem Waffenbruder hier, meine sofortige Freilassung.“

Dasselbe furchtbare Schweigen wie vorhin trat ein, und dieselben zwölf Paar unerbittliche Augen waren auf mich gerichtet. Und wieder ergriff der Graubart das Wort.

„Er ist noch nicht an der Reihe. Auf unserer Liste sind zwei Namen vor ihm verzeichnet.“

„Er ist unseren Händen entwichen und hier hereingestürzt.“

„Laßt ihn warten, bis er an die Reihe kommt. Bringt ihn hinunter in die hölzerne Zelle.“

„Wenn er uns Widerstand leistet, Exzellenz?“

„Dann stoßt ihm eure Dolche in den Leib. Der Gerichtshof wird euch entschuldigen. Fort mit ihm, bis wir mit den anderen abgerechnet haben.“

Sie traten auf mich zu. Einen Augenblick dachte ich an Widerstand. Es würde ein heroisches Ende gewesen sein. Aber wer sollte es bezeugen, wer übermitteln? Ich mochte ja mein Geschick freilich nur ’nausschieben, aber ich hatte schon so vieles durchgemacht und war unversehrt davongekommen, daß ich gelernt hatte, zu hoffen und meinem Stern zu vertrauen. Ich erlaubte diesen Schurken, mich zu greifen, und ich wurde hinausgeführt. Der Gondoliere ging mit dem gezückten langen Dolch an meiner Seite. Ich konnte ihm an seinen wilden Augen ansehen, mit welcher Befriedigung er ihn in meine Brust gebohrt hätte, wenn er eine Veranlassung hätte finden können.

Es sind wunderbare Gebäude, mes amis, diese venetianischen Paläste: Häuser, Festungen und Gefängnisse, alles in einem. Ich wurde durch einen Gang geführt und eine kahle steinerne Treppe hinunter, bis wir auf einen kurzen Korridor kamen, auf den sich drei Türen öffneten. Durch die eine derselben wurde ich hindurchgeschoben, und hinter mir wurde das Sprungschloß geschlossen. Durch ein schmales Gitterloch fiel ein spärliches Licht vom Flur. Mit Augen und Händen tastete ich umher und untersuchte meine Zelle. Nach dem, was ich gehört hatte, war mir klar, daß ich hier nicht lange zu warten, sondern bald vor diesem Gerichtshof zu erscheinen haben würde, aber doch bin ich nicht der Mann, der sich irgend eine Möglichkeit entgehen läßt.

Der Boden meines Gefängnisses war so feucht und seine Wände einige Fuß hoch so naß, daß ich nicht darüber im Zweifel war, daß es unter dem Wasserspiegel lag. Ein enges Loch hoch oben nahe an der Decke bildete die einzige Öffnung für Licht und Luft. Dadurch sah ich einen hellen Stern auf mich herabscheinen, und sein Anblick erfüllte mich mit Freude und Hoffnung. Ich bin selbst nie ein religiöser Mann gewesen, wenn ich auch diejenigen stets geachtet habe, die es waren, aber ich erinnere mich, daß mir in jener Nacht dieser Stern wie ein allsehendes Auge erschien, das auf mich herniederblickte, und ich hatte dasselbe Gefühl, das einen jungen, ängstlichen Rekruten beschleichen mag, wenn er in der Schlacht den ruhigen Blick seines Obersten auf sich geheftet sieht. Drei Wände meiner Zelle waren von Stein, aber die vierte war aus Holz, und ich konnte bemerken, daß sie erst vor kurzem errichtet worden war. Es war offenbar nur eine Scheidewand, um eine große Zelle in zwei kleinere zu teilen. Auf die alten Steinmauern, das winzige Fensterloch und die massive Türe konnte ich keine Hoffnung setzen. Nur die Holzwand konnte in Betracht kommen. Mein Verstand sagte mir freilich, daß, wenn ich durch sie durchdränge – was mir nicht allzu schwer schien – ich mich wahrscheinlich nur in einer anderen ebenso starkbefestigten Zelle befinden würde wie die, in welcher ich eben war. Immerhin hielt ich's für ratsamer, etwas zu tun, als untätig zu warten. Ich lenkte also alle Energie und Kraft auf die Holzwand. Zwei Bretter waren schlecht aneinandergefügt und so lose, daß sie sich sicher leicht abreißen lassen mußten. Ich suchte nach irgend einem

Instrument und fand eines in Gestalt eines der Beine von einem schmalen Bett, das in einer Ecke stand. Ich zwängte das Ende desselben zwischen zwei Planken und war gerade im Begriff, sie loszubrechen, als ich rasche Schritte hörte. Ich hielt inne und horchte.

Ich wünschte, ich könnte vergessen, was ich hörte. Ich habe viele Schlachten gesehen und selbst mehr Menschen getötet als ich manchmal gerne zugeben möchte, aber da handelte sich's um ehrlichen Kampf und war's meine Soldatenpflicht. Aber etwas ganz anderes ist's, jemanden in solch 'ner Mördergrube abmurksen zu hören. Sie schleiften einen den Gang entlang, einen, der sich widersetzte und sich im Vorbeikommen an meine Tür klammerte. Sie mußten ihn in die dritte Zelle gebracht haben, die von meiner am weitesten ablag. „Hilfe! Hilfe!" rief eine Stimme, und dann hörte ich einen Schlag und einen Schrei. „Hilfe! Hilfe! „schrie's wieder, und dann: „Gérard! Oberst Gérard!" Es war mein armer Hauptmann von der Infanterie, den sie abschlachteten. „Mörder! Mörder!" brüllte ich und schlug wild gegen meine Tür, aber nur noch einmal hörte ich ihn rufen, dann war alles still. Kaum eine Minute danach hörte ich einen Platsch und wußte, daß kein menschliches Auge Auret je wiedersehen würde. Er hatte denselben Weg genommen, den hundert andere schon vor ihm in diesem Winter in Venedig genommen hatten, die sich nicht mehr zum Appell bei ihren Regimentern melden konnten.

Die Henkersknechte kehrten zurück, und ich glaubte, ich sollte nun an die Reihe kommen. Statt dessen öffneten sie die Tür der Zelle neben mir und zogen jemanden heraus. Ich hörte sie die Treppe hinaufgehen. Sofort machte ich mich wieder an die Arbeit. In wenigen Minuten hatte ich ein paar Bretter soweit losgemacht, daß ich sie nach Belieben vor- und zurückschieben konnte. Als ich durchkroch, war ich, wie ich erwartet hatte, in der anderen Hälfte der Zelle. Ich hatte ebensowenig Aussicht zu entkommen, wie vorher, denn weiter gab's keine Holzwände und die Tür war verschlossen. Ich konnte nicht entdecken, welch unglücklicher Leidensgenosse hier eingesperrt gewesen war. Ich ging also wieder in meine eigene Zelle zurück und schob die beiden Planken wieder vor. Ich wartete hier mit Todesverachtung, was kommen würde.

Die Zeit wurde mir lang, das können Sie mir glauben, meine jungen Freunde; aber endlich hörte ich wieder Tritte und machte mich drauf gefaßt, Ohrenzeuge einer neuen Mordtat zu sein und wieder die Schreie des unglücklichen Opfers hören zu müssen. Doch nichts derart trat ein; ein Gefangener wurde ruhig in die Zelle gebracht. Ich hatte jedoch nicht Zeit, durch mein Verbindungsloch zu lugen, denn im nächsten Moment wurde bei mir die Tür aufgerissen, und mein elender Gondoliere trat herein und hinter ihm die anderen Mordgesellen.

„Komm', Franzmann," sagte er, den blutbefleckten Dolch in seiner großen, behaarten Hand. Ich las aus seinen grimmigen Blicken, daß er nur auf eine Veranlassung lauerte, ihn mir ins Herz stoßen zu können. Widerstand war nutzlos. Ich folgte ihm ohne ein Wort. Ich wurde die Treppe hinaufgeführt und wieder in jenen Saal, in welchem das Blutgericht seine nächtlichen Sitzungen abhielt. Als ich eintrat, widmeten mir die Richter merkwürdigerweise jedoch keine Aufmerksamkeit, sondern alle Blicke richteten sich auf einen von ihnen selbst. Einer der ihrigen, ein schlanker, dunkler Jüngling, stand vor ihnen und verhandelte mit ihnen mit leiser, ernster Stimme. Sie zitterte vor Erregung, und er rang flehentlich die Hände. „Ihr könnt es nicht! Ihr dürft es nicht! rief er. „Ich bitte den Gerichtshof, den Beschluß zurückzunehmen."

„Stelle Dich zur Seite, Bruder," sagte der Alte, der den Vorsitz führte. „Die Sache ist entschieden, und jetzt haben wir über die nächste zu urteilen."

„Um Himmelswillen seid barmherzig!" rief der junge Mann.

„Wir sind schon barmherzig gewesen", antwortete der Alte. „Der Tod würde die geringste Strafe für ein solches Verbrechen gewesen sein. Sei mutig und lasse der Gerechtigkeit ihren Lauf."

In wildem Schmerz warf sich der junge Mann in seinen Stuhl. Ich hatte jedoch keine Zeit, Betrachtungen über die Ursache seines Kummers anzustellen, denn seine elf Kollegen hatten schon ihre strengen Augen auf mich gelenkt. Meine letzte Stunde hatte geschlagen.

„Sie sind Oberst Gérard?“ ertönte die furchtbare Stimme des Alten.

„Der bin ich.“

„Adjutant des Räubers, der sich General Suchet nennt, der seinerseits wieder den Erzräuber Bonaparte vertritt?“

Mir lag's schon auf der Zunge, ihm zu sagen, daß er ein Erzlügner und Schuft sei, aber, mes amis, es gibt Zeiten, wo man sich verteidigen, und solche, wo man ruhig sein muß.

Ich antwortete also nur: „Ich bin ein ehrbarer Soldat, ich habe meinen Befehlen gehorcht und meine Pflicht getan.“

Dem Alten stieg das Blut in den Kopf und seine Augen funkelten wie glühende Kohlen.

„Spitzbuben und Mörder seid Ihr, jeder von Euch“, rief er laut. „Was habt Ihr hier zu suchen? Ihr seid Franzosen. Warum seid Ihr nicht in Frankreich geblieben? Haben wir Euch etwa eingeladen, nach Venedig zu kommen? Mit welchem Recht seid Ihr hier? Wo sind unsere Gemälde? Wo sind die Rosse von San Marcos? Wer seid Ihr, die Ihr die Schätze stehlt, die unsere Väter in Jahrhunderten gesammelt haben? Wir waren eine mächtige Stadt, als Frankreich noch 'ne Einöde war. Ihr versoffenes, lärmendes, ungebildetes Soldatengesindel habt die Werke unserer Heiligen und Helden zerstört. Was haben Sie dagegen vorzubringen?“

Messieurs, er war tatsächlich eine furchtbare Erscheinung, dieser Alte. Sein weißer Bart sträubte sich vor Wut, und er belferte die kurzen Sätze hervor wie ein gereizter Hund. Ich hätte ihm sagen mögen, daß seine Gemälde in Paris gut aufgehoben seien, und daß seine Pferde es gar nicht lohnten, so viel Aufhebens davon zu machen, und daß er Helden sehen könne – von Heiligen will ich nicht reden – ohne bis auf seine Vorfahren zurückzugehen, ja, ohne sich vom Stuhl zu erheben. Das hätte ich ihm alles entgegenhalten mögen, aber ebensogut hätte man mit einem Murmeltier über Religion rechten können. Ich zuckte also nur die Schultern und erwiderte nichts.

„Der Gefangene verantwortet sich nicht“, sagte einer meiner maskierten Richter.

„Bittet jemand, bevor das Urteil gesprochen wird, noch ums Wort“ fragte der Alte und sah sich im Kreise um.

„Eins möchte ich noch bemerken, Exzellenz“, rief einer. „Es kann leider nicht geschehen, ohne die Wunde eines unserer Brüder wieder aufzureißen, aber ich möchte zu berücksichtigen bitten, daß in dem Falle dieses Offiziers eine ganz exemplarische Strafe ans einem ganz bestimmten Grunde am Platze ist.“

„Ich hatte schon daran gedacht“, erwiderte der Alte. „Bruder, wenn Dich der Gerichtshof im einen Fall gekränkt hat, wird er Dir andererseits weitgehende Genugtuung verschaffen.“

Der junge Mann, der bei meinem Eintritt in den Saal auf seine Kollegen eingeredet hatte, war aufgesprungen.

„Ich kann es nicht ertragen“, rief er aus. „Euere Exzellenz müssen mir verzeihen. Das Gericht kann auch ohne mich fertig werden. Ich bin krank, bin wahnsinnig!“

Er gestikulierte mit den Händen in der Luft ’rum und stürzte zur Türe hinaus.

„Laßt ihn gehen! Laßt ihn gehen!“ sagte der Präsident. „Es ist wahrhaftig mehr, als man von einem Menschen aus Fleisch und Blut verlangen kann, daß er unter diesem Dach bleiben soll. Aber er ist ein treuer Venetianer, und wann sich der erste Schmerz gelegt hat, wird er einsehen, daß es nicht anders ging.

Während dieses Zwischenfalles war ich vergessen worden, und obwohl ich, wie Sie wissen, Messieurs, nicht daran gewöhnt bin, übersehen zu werden, würde mir damals doch viel wohler zumute gewesen sein, wenn sie mich noch länger und ganz vernachlässigt hätten. Aber gleich danach blickte mich der alte Präsident wieder an wie ein Tiger, der wieder zu seinem Opfer zurückkommt.

„Sie sollen alles bezahlen, und es ist nur billig, daß Sie’s sollen“, begann er. „Sie, ein hergelaufener Abenteurer und Fremdling, haben sich erkühnt, Ihre Augen in Liebe aufzuheben zu der Enkelin eines Dogen von Venedig, die schon mit dem Erben der Loredani verlobt war. Wer sich solcher Gunst erfreut, muß auch entsprechend büßen.“

„Die Strafe kann nicht höher sein als diese Gunst“, versetzte ich.

„Wir wollen uns wieder sprechen, nachdem Sie einen Teil Ihrer Strafe erlitten haben“, erwiderte er. „Vielleicht werden Sie dann weniger hochmütig reden. Matteo, bringe diesen Gefangenen in die hölzerne Zelle. Heute ist Montag. Er soll weder Speise noch Trank bekommen und am Mittwoch wieder vorgeführt werden. Wir werden dann entscheiden, welchen Todes er sterben soll.“

Das war keine angenehme Aussicht, mes amis, und doch war's eine Gnadenfrist. Man ist für alles dankbar, wenn einen ein wilder Mordbube mit blutbeflecktem Dolch am Wickel hat. Er schleppte mich hinaus, die Treppe hinunter in meine Zelle zurück. Die Türe wurde verschlossen und ich meinen Betrachtungen überlassen.

Mein erster Gedanke war, mich mit meinem unglücklichen Nachbar in Verbindung zu setzen. Ich wartete, bis die Tritte verhallt waren, dann schob ich die zwei Bretter vorsichtig beiseite und blickte hindurch. Das Licht war sehr kümmerlich, so trübe, daß ich gerade noch eine Gestalt in einer Ecke kauern sehen konnte, und ich vernahm das leise Flüstern einer Stimme, die betete, die so inbrünstig betete, wie es nur jemand in Todesgefahr tut. Die Planken mußten geknarrt haben. Ich hörte einen Schrei der Überraschung.

„Courage, Freund, courage!“ rief ich. „Noch ist nicht alles verloren. Nur den Mut nicht sinken lassen, Etienne Gérard lebt noch.“

„Etienne!“ tönte mir eine weibliche Stimme entgegen – eine Stimme, die mir immer wie Musik in den Ohren geklungen hatte. Ich sprang durch den Spalt und schlang sie in die Arme.

„Lucia! Lucia!“ rief ich. Einige Minuten waren „Etienne!“ und „Lucia!“ die einzigen Worte, die über unsere Lippen kamen, denn, glauben Sie mir's, mes amis, in solchen Momenten gibt's keine langen Reden. Endlich fand sie zuerst die Sprache wieder. „Oh, Etienne, sie werden Dich töten. Wie kamst Du in ihre Hände?“

„Durch Deinen Briefe.“

„Ich habe nicht geschrieben."

„Die teuflischen Schurken! Aber Du?"

„Ebenfalls durch Deinen Brief."

„Lucia, ich habe keinen Brief geschrieben."

„Sie haben uns beide mit demselben Köder gefangen."

„An meinem Leben ist mir nichts gelegen, Lucia. Außerdem ist für mich die Gefahr nicht dringend. Sie haben mich einfach in meine Zelle zurückgebracht."

„Oh, Etienne, Etienne, sie werden Dich töten. Lorenzo ist dabei."

„Der Alte mit dem grauen Bart?"

„Nein, nein, ein junger, dunkler Mann. Er liebte mich, und ich glaubte, ich liebte ihn, bis – bis ich erfuhr, was Liebe ist, Etienne. Er wird Dir nie vergeben. Er hat ein Herz wie Stein."

„Laß sie tun, was sie wollen. Die Vergangenheit können sie mir nicht rauben, Lucia. Aber Du – was ist mit Dir?"

„Weiter nichts, Etienne. Nur eine augenblickliche Pein, und dann ist alles überstanden. Sie meinen, es sei ein Schandmal, Geliebter, aber ich will es tragen wie ein Ehrenzeichen, weil ich's durch Dich bekomme."

Ihre Worte machten das Blut in meinen Adern erstarren. All meine Abenteuer waren nichts im Vergleich mit dem furchtbaren Gedanken, der damals in mir aufdämmerte.

„Lucia ." rief ich, „Lucia ." Ums Himmels willen sag' mir, was diese Schlächter mit Dir machen wollen. Sag' mir's, Lucia. Sag' mir's."

„Ich will Dir's nicht sagen, Etienne, es würde Dich tiefer verletzen als mich. Doch, doch, ich will Dir's doch sagen, damit Du nicht noch Schlimmeres befürchtest. Der Präsident hat befohlen, mir das Ohr abzuschneiden, damit ich für immer gebrandmarkt sei, daß ich einen Franzosen geliebt habe."

Ihr Ohr! Das teure kleine Ohr, das ich so oft geküßt hatte. Ich fühlte mit der Hand an die beiden kleinen samtnen Öhrchen, um mich zu vergewissern, ob die Schändung nicht schon begangen sei. Nur über meinen Leichnam sollten sie zu ihr gelangen. Ich schwor es zähneknirschend, daß es nur über meine Leiche hinweg geschehen könne.

„Du mußt nicht traurig sein, Etienne. Und trotzdem freue

ich mich auch wieder, daß Du bekümmert bist."

„Sie sollen Dich nicht verletzen – die Teufel!"

„Ich hab' noch Hoffnung, Etienne. Lorenzo ist dabei. Er war still, als ich verurteilt wurde, aber er hat vielleicht, nachdem ich fort war, ein gutes Wort für mich eingelegt."

„Das hat er. Ich hab's gehört."

„Dann hat er vielleicht ihre Herzen erweicht."

Ich wußte, daß es nicht der Fall war, aber wie hätte ich's über mich gewinnen können, Freunde, es ihr zu sagend Doch hätte ich's ruhig tun können, denn mit dem raschen Instinkt des Weibes erkannte sie genug aus meinem Schweigen.

„Sie wollten nicht auf ihn hören . Du brauchst Dich nicht zu fürchten, mir's zu sagen, Geliebter, denn Du sollst erfahren, daß ich würdig bin, von einem solchen Soldaten geliebt zu werden. Wo ist Lorenzo jetzt?"

„Er hat den Saal verlassen."

„Dann wird er wohl das Haus überhaupt verlassen haben."

„Ich glaube, ja."

„Er hat mich meinem Schicksal überlassen. Sie kommen, Etienne, Etienne!"

Von ferne hörte ich jene verheißungsvollen Tritte und das Rasseln der Schlüssel. Was mochten sie jetzt wollen, andere Gefangene, die sie vor das Tribunal hätten schleppen können, waren doch nicht mehr da? Sie konnten nur kommen, um an meiner Geliebten das Urteil zu vollstrecken. Ich stellte mich zwischen sie und den Eingang; in meinen Gliedern fühlte ich die Kraft des Löwen. Ich würde eher das Haus einreißen als sie berühren lassen.

„Zurück! Zurück!" rief sie. „Sie ermorden Dich, Etienne. Mein Leben ist wenigstens nicht in Gefahr. Bei Deiner Liebe zu mir bitte ich Dich, Etienne, geh' zurück. Es ist nichts. Ich will keinen Laut ausstoßen. Du wirst nichts hören."

Sie rang mit mir, dieses zarte Wesen, und zog mich mit aller Kraft an die Öffnung in der Holzwand. Da kam mir plötzlich ein Gedanke.

„Noch ist Rettung vorhanden," flüsterte ich. „Tu', was ich Dir sage, sofort und ohne Widerrede. Geh' in meine Zelle. Rasch!"

Ich schob sie durch das Loch und half ihr, die Bretter wieder in Ordnung bringen. Ich hatte ihren Mantel zurückbehalten, ich schlug ihn schnell um mich und kroch in die dunkelste Ecke ihrer Zelle. Dort kauerte ich, als die Türe aufging und mehrere Männer ’rein kamen. Ich hatte damit gerechnet, daß sie keine Laterne bei sich haben würden, weil sie auch vorher keine gehabt hatten. Sie konnten nur einen schwarzen Klumpen in der Ecke entdecken.

„Hol’n Licht,“ sagte einer.

„Nein, nein; zum Teufel damit!“ rief eine rauhe Stimme; es mußte der elende Matteo sein. „’s ist keine Arbeit, die ich gern mache, und je deutlicher ich seh’, um so widerwärtiger ist sie mir. Es tut mir leid, Signora, aber der Befehl des Tribunals muß ausgeführt werden.“

Im Moment trieb mich’s, aufzuspringen, zwischen ihnen durch und zur Tür hinauszurennen. Aber wie sollte ich dadurch Lucia helfen? Selbst angenommen, ich hätte die Freiheit erlangt, so würde sie doch in ihrer Gewalt gewesen sein, bis ich zurückgekommen wäre und Hilfe gebracht hätte, denn allein hatte ich keine Aussicht, sie ihren Händen zu entreißen. Das alles wurde mir augenblicklich klar, und ich sah ein, daß mir nichts übrig blieb, als ruhig zu sein, alles über mich ergehen zu lassen und abzuwarten, bis die Chancen günstiger wären. Die ungefüge Hand des Burschen tastete in meinen Locken herum – in den Locken, die nur zarte Frauenhände gestreichelt hatten. Im nächsten Moment packte er mein Ohr, und es durchzuckte mich ein Schmerz, als ob ich mit einem glühenden Eisen berührt würde. Ich biß die Zähne auf einander, um nicht zu schreien, und ich fühlte, wie das warme Blut den Nacken herunterlief.

„Na, Gott sei Dank, das hätten wir,“ sagte der Kerl und gab mir einen freundschaftlichen Schlag auf den Kopf. „Sie sind ein wackeres Mädchen, Signora, das muß ich Ihnen nachsagen, und ich wünschte nur, Sie hätten ’nen besseren Geschmack gehabt, als so ’nen Franzosen zu lieben. Ihm haben Sie’s zu verdanken; ich hab’ keine Schuld.“

Was konnte ich tun, Messieurs, als mich ruhig verhalten und ob meiner eigenen Hilflosigkeit mit den Zähnen knirschen? Immerhin wurden mein Schmerz und meine Wut durch den Gedanken gelindert, daß ich für das Weib duldete, das ich liebte. Männer haben's an der Mode, Damen zu sagen, sie würden gerne jeden Schmerz für sie ertragen, aber mir blieb's vorbehalten, den Beweis zu erbringen, daß ich nicht zu viel gesagt hatte. Ich stellte mir ferner auch vor, wie ritterlich ich gehandelt hätte, und wie stolz das Regiment Conflans auf seinen Obersten sein würde, wenn die Geschichte bekannt würde. Diese Gedanken ließen mich alles ertragen, während das Blut noch immer an meinem Hals herunterrieselte und auf den steinernen Boden tropfte. Dieses Geräusch hätte beinahe meinen Untergang veranlaßt.

„Sie blutet stark," sagte einer der Schergen. „Wir täten gut, einen Arzt zu holen, sonst finden wir sie womöglich am Morgen tot."

„Sie liegt sehr still und hat keinen Ton von sich gegeben," sagte ein anderer. „Sie ist vor Schrecken gestorben."

„Unsinn ; ein junges Weib stirbt so rasch nicht," warf Matteo ein. „Übrigens hab' ich nur soviel abgeschnitten, daß sie das gerichtliche Kennzeichen eben hat. Stehen Sie auf, Signora, steh'n Sie auf."

Er rüttelte mich an der Schulter, und mir blieb das Herz stehen vor Angst, daß er meine Epauletten unter dem Mantel fühlen könnte.

„Wie ist Ihnen jetzt " fragte er.

Ich gab keine Antwort.

„Zum Teufel!. Wenn man nur nicht mit Weibern zu tun hätte, und wenn's auch das schönste Weib in ganz Venedig ist," sagte der Gondoliere. „Nicholas, gib 'mal Dein Schnupftuch her, und bring' 'n Licht."

Alles schien verloren, Messieurs. Das Schlimmste war eingetreten. Es gab keine Rettung mehr. Ich hockte noch still in der Ecke, aber jeder Muskel war gespannt wie bei einer wilden Katze, die zum Sprung bereit ist. Oui, mes ami, wenn ich sterben sollte, wollte ich auch ein meines Lebens würdiges Ende nehmen.

Einer war fortgegangen, eine Lampe zu holen, und Matteo beugte sich über mich und drückte mit dem Taschentuch an die Stelle, wo mein Ohr gewesen war. Im nächsten Augenblick würde das Geheimnis entdeckt sein. Aber plötzlich richtete er sich empor und stand regungslos. Im selben Augenblick hörte ich verworrenes Gemurmel durch das kleine Fenster dringen. Es war Ruderschlag und Stimmengewirr. Dann pochte es draußen an das Tor und eine gewaltige Stimme brüllte: „Aufgemacht! Aufgemacht im Namen des Kaisers!"

Kaiser! Dies Wort wirkte wie der Name eines Heiligen, bei dessen bloßem Ruf die Dämonen erschrecken. Fort rannten sie unter entsetzlichem Geschrei – Matteo, die Diener, der Hausmeister, die ganze Mordbande. Noch eine Aufforderung zum Öffnen ertönte, und dann krachte die Axt gegen das Tor und die Planken zersplitterten. Vom Flur her wurden Waffengeklirr und die Rufe französischer Soldaten vernehmbar. Im nächsten Augenblick kam jemand die Treppe heruntergestürzt und direkt in meine Zelle.

„Lucia!" schrie er, „Lucia!" Ich sah ihn, wie er in dem matten Licht stand, keuchend und nach Worten ringend. Dann rief er aus: „Habe ich Dir nun meine Liebe bewiesen, Lucia? Hab' ich nicht das Höchste getan, sie Dir zu zeigend Ich hab' mein Vaterland verraten, mein Gelübde gebrochen, meine Freunde ruiniert und mein Leben hingegeben, Dich zu retten."

Es war der junge Lorenzo Loredano, der Liebhaber, den ich vorhin erwähnt habe. Er tat mir außerordentlich leid, Messieurs, aber in Liebesangelegenheiten sind wir Männer alle selbstsüchtig, und wenn die Geliebte einen anderen vorzieht, wollen wir wenigstens die Befriedigung haben, daß es ein ebenbürtiger und achtungswürdiger Nebenbuhler ist. Ich wollte ihm das gerade auseinandersetzen, aber gleich nach dem ersten Wort stieß er einen Schrei des Erstaunens aus, stürzte hinaus, ergriff die Lampe, die im Gang hing, und leuchtete mir ins Gesicht.

„Du bist's, Du elender Lump." schrie er. „Du französischer Laffe. Du sollst mir für all das Leid büßen, das Du mir angerichtet hast."

Aber gleich erblickte er die Blässe in meinem Gesicht und das Blut, das immer noch aus der Wunde quoll.

„Was ist das?" fragte er. „Wie sind Sie zum Verlust Ihres Ohrs gekommen "

Ich unterdrückte meine Schwäche, preßte mein Taschentuch fest auf die Wunde, richtete mich kerzengerade in die Höhe und trat ihm entgegen, wie's einem Husarenobersten zukommt.

„Die Verletzung ist nicht schwer," versetzte ich. „Mit Ihrer Erlaubnis wollen wir diese kleine persönliche Sache nicht weiter erörtern."

Aber Lucia war herbeigestürzt ans ihrer Zelle und erzählte, an Lorenzos Arm hängend, die ganze Geschichte.

„Dieser edelmütige Herr – er hat meinen Platz eingenommen, Lorenzo . Er hat's an meiner Statt ertragen. Er hat gelitten, um mich zu retten."

Ich konnte sehen, welch innerer Kampf sich auf den Gesichtszügen des jungen Italieners abspiegelte, und ich konnte es ihm nachfühlen. Endlich reichte er mir die Hand.

„Oberst Gérard," sagte er, „Sie sind hoher Liebe wert. Ich verzeihe Ihnen, denn, wenn Sie mir auch unrecht getan haben, so haben Sie's nobel gesühnt. Aber es wundert mich, daß ich Sie noch lebendig hier wiedersehe. Ich verließ den Gerichtshof, bevor Sie abgeurteilt waren, aber ich hörte, daß keinem Franzosen seit der Zerstörung der Kuustwerke mehr Pardon gegeben werden sollte."

„Er hat keine zerstört," rief Lucia. „Er hat dazu geholfen, daß sie in unserem Palazzo erhalten worden sind."

„Eins auf alle Fälle," bemerkte ich, als ich mich verbeugte und ihr die Hand küßte.

So kam es, mes chers amis, daß ich mein Ohr verlor. Lorenzo wurde bereits in der zweiten Nacht nach unserem Abenteuer auf dem Markusplatz erdolcht aufgefunden. Von jenem Gerichtshof und seinen Helfershelfern wurden Matteo mit noch drei anderen erschossen, die übrigen ans der Stadt verbannt. Lncia, meine reizende Lncia, ging, nachdem die Franzosen die Stadt perlassen hatten, in ein Kloster nach Murano, wo sie vielleicht jetzt noch als ehrbare Äbtissin leben mag. Vielleicht hat sie die Tage lange vergessen, wo unsere Herzen aneinanderschlugen, und wo uns die ganze große Welt noch zu klein vorkam, wann unsere Liebesglut das Blut erhitzte. Vielleicht ist's auch nicht der Fall. Vielleicht hat sie's auch nicht vergessen. Vielleicht kommen auch bei ihr noch Zeiten, wo der Klosterfrieden unterbrochen wird durch die Erinnerung an den Soldaten, der sie liebte in jenen längst vergangenen Tagen. Die Jugend ist dahin, und die Leidenschaft ist dahin, aber das Herz und die Ritterlichkeit sind geblieben, und auch heute noch würde Etienne Gérard sein graues Haupt vor ihr beugen und mit Freuden das andere Ohr hingeben, wenn er ihr dadurch einen Dienst erweisen könnte.

Wie der Brigadier Saragossa eroberte

Ihr wißt sicher noch nicht, mes amis, unter welchen Umständen ich zu den Conflanser Husaren kam, zur Zeit der Belagerung von Saragossa, und kennt nicht die denkwürdige Tat, die ich in Verbindung mit der Einnahme dieser Stadt vollbrachte? Nein? Das müssen Sie hören. Ich will's Ihnen genau der Wahrheit entsprechend erzählen. Außer zwei oder drei Männern und einem oder zwei Dutzend Frauen sind Sie, Messieurs, die allerersten, welche diese Geschichte von mir erfahren.

Ich muß vorausschicken, daß ich als Leutnant und jüngerer Rittmeister bei den zweiten Husaren – den Husaren von Chamberan – gestanden hatte. Zur Zeit, von der ich spreche, war ich erst fünfundzwanzig und ein Kerl, so sorglos und waghalsig wie nur irgend einer in der großen Armee. In Deutschland war zufällig gerade Ruhe, aber in Spanien gärte es noch. Nun wünschte der Kaiser, die spanischen Truppen zu verstärken, und versetzte mich unter Beförderung zum Rittmeister erster Klasse zu den Conflanshusaren, die jenesmal zum fünften Korps unter Marschall Lannes gehörten.

Es war ein langer Ritt von Berlin nach den Pyrenäen. Mein neues Regiment bildete einen Teil der Belagerungsarmee, die damals unter Lannes vor Saragossa lag. Ich ritt also in dieser Richtung und befand mich nach ungefähr einer Woche im französischen Hauptquartier, von wo ich ins Lager der Conflansschen Husaren dirigiert wurde.

Diese berühmte Belagerung ist Ihnen gewiß aus Büchern bekannt, Messieurs, und ich will nur hinzufügen, daß einem General kaum eine schwierigere Aufgabe zufallen konnte als diejenige, die dem Marschall Lannes zuteil geworden war. Die riesige Stadt war voll von spanischem Gesindel aller Art – Soldaten, Bauern, Pfaffen – alle von furchtbarem Franzosenhaß erfüllt und fest entschlossen, lieber zu sterben als sich zu ergeben. Achtzigtausend Mann lagen in der Stadt, während die Belagerer nur dreißigtausend hatten.

Doch hatten wir eine starke Artillerie und die besten Genietruppen. Eine solche Belagerung hat's noch nie gegeben; gewöhnlich fällt eine Stadt, wann ihre Festungswerke genommen sind, aber hier ging der Kampf erst richtig los, als die Befestigungen erobert waren. Jedes Haus bildete eine Festung, und jede Straße ein Schlachtfeld, sodaß wir nur langsam, Tag für Tag, ein Stückchen vordringen konnten, nachdem wir die Häuser samt ihren Besatzungen weggefegt hatten. So ging's, bis bereits über die Hälfte der Stadt verschwunden war. Aber trotzdem war die andere Hälfte noch so entschlossen wie je zuvor. Außerdem befand sie sich in einem viel besseren Verteidigungszustand, weil sie aus ungeheueren Klöstern bestand mit Mauern wie die Bastille, die nicht so leicht weggeräumt werden konnten. Das war der Stand der Dinge, als ich ankam.

Ich will Ihnen jetzt nun gestehen, Messieurs, daß Kavallerie bei einer Belagerung keinen großen Zweck hat; freilich gab's 'ne Zeit, wo ich niemanden erlaubt haben würde, eine solche Bemerkung zu machen. Die Conflansschen Husaren hatten ihr Lager im Süden der Stadt, und sie hatten die Aufgabe, Patrouillen auszusenden und auszukundschaften, ob keine feindlichen Streitkräfte von dieser Seite zum Ersatz heranrückten. Der Oberst des Regiments war nicht sehr tüchtig, sodaß es auch selbst damals noch sehr weit von jener Höhe entfernt war, die es später erreicht hat. Noch an demselben Abend bemerkte ich ganz haarsträubende Dinge, denn ich brachte sehr strenge Begriffe von Dienst mit, und es fiel mir stets schwer aufs Herz, ein ungeordnetes Lager, ein schlechtgesatteltes Pferd und einen nachlässigen Reiter zu sehen. Ich speiste an jenem Abend mit sechsundzwanzig neuen Kameraden, und ich fürchte, daß ich ihnen in meinem Eifer nur zu offen zeigte, daß ich hier ganz andere Verhältnisse gefunden hätte, als ich sie von unserer Armee in Deutschland gewöhnt sei. Nach meinen Bemerkungen wurden alle sehr zurückhaltend, und als ich die Blicke gewahr wurde, die man mir zuwarf, fühlte ich, daß ich unvorsichtig in meinen Äußerungen gewesen war. Der Oberst speziell war wütend, und ein großer Major namens Olivier, der stärkste Esser im Regiment, der mir gegenübersaß und seinen kolossalen schwarzen Schnurrbart drehte, stierte mich an, als ob er mich auffressen wollte. Ich tat jedoch, als ob ich's nicht sähe, denn ich hatte ja selbst das Gefühl, daß ich beleidigend gewesen war, und wußte, daß es einen schlechten Eindruck machen würde, wenn ich gleich am ersten Abend mit meinen Vorgesetzten in Streit geriete.

Soweit gebe ich zu, daß ich unrecht hatte, aber nun hören Sie weiter, meine Herren. Nachdem das Essen vorüber war, gingen der Oberst und einige andere Offiziere fort, denn die Messe wurde in einem Bauernhaus abgehalten. Ein Dutzend blieben wohl zurück, und bei einigen Schläuchen spanischen Weins kamen wir alle rasch in bessere Laune. Bald richtete dieser Major Olivier verschiedene Fragen über unsere Armee in Deutschland an mich und über die Rolle, die ich in diesem Feldzug gespielt hätte. In meiner Weinstimmung erzählte ich eine Geschichte nach der anderen. Das war ganz natürlich, und Sie werden mir das nachfühlen können, Messieurs. Bis dahin war ich das Muster für jeden Offizier in meinen Jahren gewesen. Ich war der beste Fechter, der wildeste Reiter, der Held von hundert Abenteuern. Hier war ich ein Unbekannter, und noch nicht 'mal beliebt. War es da zu verwundern, daß ich diesen biederen Kameraden mit Freuden auseinandersetzte, was für eine Aquisition sie an mir gemacht hatten? War es da nicht selbstverständlich, daß ich ihnen am liebsten zugerufen hätte: Freut Euch, Kameraden, freut Euch! Es ist kein gewöhnlicher Mann, den ihr heute zugeteilt bekommen habt, sondern ich bin's, der Gérard, der Held von Regensburg, der Sieger von Jena, der Mann, der die österreichische Schlachtlinie bei Austerlitz ins Wanken brachte! Ich konnte ihnen freilich nicht alles erzählen, aber wenigstens konnte ich ihnen einige Erlebnisse zum besten geben, aus denen sie das übrige selbst schließen konnten. Das tat ich auch. Sie hörten gespannt zu. Ich erzählte noch mehr. Endlich, nachdem ich mit meiner Geschichte, wie ich die Armee über die Donau geführt hatte, fertig war, brachen sie alle in ein homerisches Gelächter ans. Ich sprang auf, rot vor Scham und Ärger. Sie hatten mich dazu veranlaßt, sie wollten ihren Jux mit mir treiben. Sie glaubten's mit einem Aufschneider und Lügner zu tun zu haben. Sollte das mein Empfang bei den Conflansschen Husaren sein? Ich wischte mir die Tränen der Wut aus den Augen, und als sie das sahen, lachten sie noch lauter.

„Wissen Sie, Rittmeister Pelletan, ob der Marschall Lannes noch bei der Armee hier ist“ fragte der Major.

„Ich glaube wohl, Major,“ erwiderte dieser.

„Tatsächlich, ich hätte gedacht, seitdem wir den Rittmeister Gérard hier haben, würde seine Gegenwart kaum noch erforderlich sein.“

Wieder erhob sich ein schallendes Gelächter. Ich sehe heute noch den Kreis höhnischer Gesichter und spöttischer Augen vor mir – Olivier mit seinen langen, schwarzen Borsten, den hageren Pelletan mit seinem ekelhaften Grinsen, und selbst die jungen Unterleutnants waren außer sich vor Freude. Himmel, was für'n unanständiges Benehmen. Aber meine Wut hatte nachgelassen, meine Tränen waren getrocknet. Ich hatte wieder die Gewalt über mich erlangt, ich war wieder kalt, ruhig und gefaßt, außen Eis und innen Feuer.

„Darf ich fragen, Major, wann Sie das Regiment paradieren lassen?“

„Ich hoffe, Rittmeister Gérard, daß Sie unsere festgesetzten Stunden nicht umändern wollen,“ antwortete er, und wieder entstand ein allgemeines Gelächter, das erst allmählich aufhörte, als ich mich langsam in der Runde umblickte.

„Um wieviel Uhr ist Reveille“ fragte ich den Rittmeister Pelletan in scharfem Tone.

Er hatte irgend eine ironische Antwort auf der Zunge, aber infolge meines Blickes behielt er sie für sich. „Um sechs Uhr,“ erwiderte er.

„Merci“, sagte ich. Dann zählte ich die Gesellschaft und fand, daß ich's mit vierzehn Offizieren zu tun hatte, von denen zwei noch junge Bürschchen frisch von der Kriegsschule waren. Ich konnte mich nicht herablassen, von ihrer Ungehörigkeit weitere Notiz zu nehmen. Es blieben also noch der Major, vier Rittmeister und sieben Leutnants übrig.

„Messieurs", fuhr ich fort, sie nacheinander scharf ins Auge fassend, „ich würde mich dieses berühmten Regimentes unwürdig fühlen, wenn ich keine Satisfaktion von Ihnen verlangte wegen der Unhöflichkeit, mit der Sie mich begrüßt haben, und ich würde auch Sie desselben für unwürdig erachten, wenn Sie sie mir unter irgend einem Vorwand verweigerten."

„In dieser Beziehung werden Sie nicht auf Schwierigkeiten stoßen," sagte der Major. „Ich bin bereit, meinen Rang außer acht zu lassen und Ihnen jede Genugtuung zu geben im Namen der Conflansschen Husaren."

„Danke Ihnen, " antwortete ich. „Ich bin jedoch der Ansicht, daß ich auch die anderen Herren, die sich auf meine Kosten lustig gemacht haben, zur Rechenschaft ziehen kann."

„Gegen welche wollen Sie dann fechten?" fragte Rittmeister Pelletan.

„Gegen Sie alle," antwortete ich.

Sie sahen einander erstaunt an. Darauf traten sie alle in eine Ecke des Zimmers und flüsterten zusammen. Sie lachten dabei. Offenbar befanden sie sich noch in dem Wahn, es mit einem leeren Schwätzer zu tun zu haben. Dann kehrten sie wieder an den Tisch zurück.

„Ihre Forderung ist zwar ungewöhnlich," sagte der Major, „sie soll Ihnen jedoch gewährt werden. Welche Waffe wünschen Sie? Sie haben zu bestimmen."

„Säbel," sagte ich. „Und ich will dem Dienstalter nach mit Ihnen antreten und um fünf Uhr mit Ihnen beginnen, Major. Auf diese Weise kann ich jedem fünf Minuten widmen und vor der Reveille fertig sein. Ich muß Sie jedoch ersuchen, mir, bitte, den Platz zu bezeichnen, wo wir uns treffen wollen, weil ich die Örtlichkeiten hier noch nicht kennen.

Meine energische Sprache und mein ruhiges und bestimmtes Auftreten hatten einen gewaltigen Eindruck auf sie gemacht. Der ironische Zug um ihren Mund war verschwunden. Oliviers spöttisches Gesicht war ernst und finster geworden.

„Hinter den Pferdestallungen ist ein kleiner freier Platze

sagte er. „Dort haben wir schon einige Ehrenhändel ausgefochten. Wir werden uns um die von Ihnen angegebene Zeit dort einfinden, Rittmeister.“

Als ich gerade meine Verbeugung machte, um ihnen für die Annahme des Duells zu danken, wurde mit einemmal die Tür aufgestoßen und hereinstürzte in großer Aufregung der Oberst.

„Messieurs“, begann er, „ich habe den Auftrag, Sie zu fragen, wer von Ihnen freiwillig bereit ist, einen Dienst zu leisten, der mit der größten Gefahr verknüpft ist. Ich will Ihnen nicht verschweigen, daß es sich um eine außerordentlich ernste Sache handelt, und daß der Marschall Lannes einen Kavallerieoffizier dazu ausersehen hat, weil er eher zu entbehren ist als einer von der Infanterie oder vom Geniekorps. Verheiratete kommen nicht in Betracht. Wer von den übrigen meldet sich freiwillig?

Mes amis, ich brauche wohl kaum zu erwähnen, daß sämtliche unverheirateten Offiziere vortraten. Der Oberst blickte sich etwas verlegen um. Ich konnte ihm sein Dilemma ansehen. Der Beste sollte gehen, auf den Besten wollte er aber auch ungern verzichten.

„Oberst,“ sagte ich, „darf ich Ihnen vielleicht einen Vorschlag machen?“

Er sah mich scharf an, denn er hatte meine Bemerkungen beim Essen noch nicht vergessen. „Sprechen Sie.“ sagte er.

„Ich wollte darauf hinweisen,“ sagte ich, „daß diese Mission von Rechts- und Vernunftwegen mir zukommt.“

„Wieso, Rittmeister Gérard?“

„Von Rechts wegen, weil ich Rittmeister ersten Ranges bin, und aus Rücksichten der Klugheit, weil ich im Regiment am wenigsten vermißt werde, weil mich die Leute noch nicht kennen gelernt habend

Sein Blick milderte sich.

„Sie haben eigentlich recht, Rittmeister,“ antwortete er. „Ich glaube tatsächlich, daß Sie sich am besten dazu eignen, diesen Auftrag zu übernehmen. Wenn Sie mit mir kommen wollen, so will ich Ihnen Ihre Instruktionen gebend.

Ich wünschte meinen neuen Kameraden im Hinausgehen

gute Nacht und schärfte ihnen nochmals ein, daß ich mich um fünf Uhr zu ihrer Verfügung halten würde. Sie machten eine stumme Verbeugung und ich vermeinte an ihrem Gesichtsausdruck bemerken zu können, daß sie bereits angefangen hatten, mich richtiger zu tarieren.

Ich hatte erwartet, daß mir der Oberst gleich näheren Aufschluß über die Arbeit geben würde, die meiner harrte, aber statt dessen schritt er schweigend dahin und ich hinter ihm her. Wir gingen durch das Lager, über die Schanzen und über Ruinen von Steinen, die Überreste der alten Stadtmauer. Dann kamen wir durch ein Labyrinth von Gängen, die zwischen den Trümmern der Häuser hindurchführten, welche unsere Pioniere in die Luft gesprengt hatten. Weite Gebiete waren mit Steinbrocken und Schutt bedeckt, wo früher eine volkreiche Vorstadt gestanden hatte. Lannes hatte Wege anlegen und an den Ecken Laternen und Inschriften anbringen lassen, damit man sich zurecht finden konnte. Der Oberst eilte immer weiter, bis wir nach langem Wandern endlich an eine hohe graue Mauer kamen, die gerade über unseren Weg ging. Hier hinter einer Barrikade lag unsere Avantgarde. Er führte mich in ein Haus ohne Dach, wo ich zwei Stabsoffiziere fand, die eine Karte auf einer Trommel ausgebreitet hatten. Sie lagen daneben auf den Knien und studierten sie sorgfältig beim Schein einer Laterne. Der eine mit dem glattrasierten Gesicht und dem langen Hals war Marschall Lannes, der andere General Razout, der an der Spitze des Geniekorps stand.

„Rittmeister Gérard hat sich freiwillig dazu gemeldet,“ sagte der Oberst.

Lannes stand auf und schüttelte mir die Hand.

„Sie sind ein wackerer Soldat, Gérard,“ sagte er zu mir. „Ich habe Ihnen ein Präsent zu überreichen,“ fuhr er fort, indem er mir ein kleines Glasröhrchen einhändigte. „Es ist von Dr. Fardet besonders präpariert. Im äußersten Notfall brauchen Sie’s bloß an die Lippen zu bringen, um momentan zu sterben.“

Das war eine vielversprechende Einleitung. Ich muß Ihnen gestehen, mes amis, daß mich ein kalter Schauder überlief und mir die Haare zu Berge standen.

„Pardon, Exzellenz,“ sagte ich salutierend, „ich weiß wohl, daß ich mich zu einer äußerst gefahrvollen Leistung gemeldet habe, aber die genauen Einzelheiten sind mir noch nicht bekannt gegeben worden.“

„Oberst“, versetzte Lannes in strengem Ton, „es ist unfair, die freiwillige Meldung dieses tapferen Offiziers anzunehmen, ohne ihm vorher die Gefahren genau mitzuteilen, denen er sich aussetzt.“

Aber schon hatte ich meine alte Furchtlosigkeit wiedergefunden.

„General“, rief ich, „erlauben Sie mir, eine Bemerkung zu machen: je größer die Gefahr, um so höher der Ruhm; ich müßte es bedauern, freiwillig vorgetreten zu sein, wenn die Sache gefahrlos wäre.“

Es war heldenmütig gesprochen und meine Erscheinung verlieh meinen Worten den nötigen Nachdruck. Ich stand in jenem Augenblick auch da wie ein Held. Als ich des Marschalls Blicke bewundernd auf mich gerichtet sah, erzitterte ich vor Wonne bei dem Gedanken, welch brillantes Debüt ich in Spanien vor mir hatte. Wenn ich noch in dieser Nacht stürbe, würde mein Name unvergessen werden. Meine neuen Kameraden wie auch die alten, wie weit sie auch im übrigen von einander abweichen mochten, würden einen Berührungspunkt haben, in dem sie sich in ihrer Liebe und ihrer Bewunderung für den Rittmeister Gérard zusammenfinden könnten.

„General, setzen Sie die Sache auseinander .“ sagte Lannes zu Razout.

Der Genieoffizier erhob sich. Den Kompaß in der Hand geleitete er mich zur Türe und zeigte auf die alte graue Mauer, die aus den Trümmern der zerstörten Häuser hervorragte.

„Das ist die augenblickliche Verteidigungslinie des Feindes,“ sagte er. „Es ist die Mauer des alten Madonnaklosters. Wenn wir die zu Fall bringen können, muß sich die Stadt ergeben, aber sie haben überall unterirdische Minen gelegt, und die Mauern sind so ungeheuer dick, daß es eine furchtbare Arbeit sein würde, sie mit Artillerie in Bresche zu legen. Nun wissen wir aber zufällig, daß der Feind einen bedeutenden Pulvervorrat in einer der unteren Kammern aufgespeichert hat. Wenn der zur Explosion gebracht werden könnte, würden wir freien Zutritt bekommen."

„Wie ist das zu erreichen?" fragte ich.

„Ich will Ihnen alles erklären. In der Stadt befindet sich ein französischer Agent namens Hubert. Dieser brave Mann steht in fortwährender Verbindung mit uns und hat uns versprochen, das Magazin in Brand zu stecken. Es sollte in aller Frühe geschehen, und seit zwei Tagen wartet eine Sturmkolonne von tausend Grenadieren, daß eine Bresche entsteht. Aber bis jetzt hat keine Explosion stattgefunden, und es fehlt uns auch jede Nachricht von Hubert. Es dreht sich nun darum, zu erfahren, was aus ihm geworden ist."

„Sie wünschen also, daß ich hineingehen und nach ihm Umschau halten soll?"

„Ganz recht. Ist er krank, verwundet oder tot? Sollen wir noch auf ihn warten oder sollen wir die Einnahme der Stadt auf andere Weise versuchen? Diese Frage können wir nicht eher entscheiden, bis wir Bescheid über ihn haben. Hier ist ein Plan von der Stadt, Rittmeister. Sie sehen, daß innerhalb dieses Ringes von Klöstern von einem viereckigen Platz zahlreiche Straßen ausgehen. Wenn Sie an diesem Platze sind, finden Sie in einer Ecke den Dom. Dort fängt die Toledoer Straße an. Hubert wohnt in einem kleinen Häuschen zwischen einem Schuhflicker und einer Weinschenke, auf der rechten Seite von der Kirche ans. Verstanden?"

„Vollkommen."

„Sie müssen in dieses Haus gehen, ihn sprechen und in Erfahrung bringen, ob sein Plan noch möglich ist, oder ob wir nicht mehr darauf rechnen können." Er holte ein Bündel herbei, das schmutzige braune Kleider zu enthalten schien. „Das ist der Anzug eines Franziskanermönchs," sagte er. „Sie werden sehen, daß das die beste Verkleidung ist."

Ich prallte zurück davor.

„Sie verwandelt mich in einen Spion," rief ich aus. „Kann ich meine Uniform nicht anbehalten?"

„Unmöglich! Wie könnten Sie hoffen, darin durch die Straßen zu gehen, ohne gefangen zu werden? Bedenken Sie auch, daß die Spanier keine Gefangenen machen, und daß Ihr

Schicksal in jedem Anzug dasselbe ist, wenn Sie ihnen in die Hände geraten."

Er hatte die Wahrheit gesprochen, denn ich war lange genug in Spanien gewesen, um zu wissen, daß dieses Schicksal schlimmer war als ein einfacher Tod. Auf meiner ganzen Tour von der Grenze bis nach Saragossa hatte ich die fürchterlichsten Geschichten gehört von Foltern und Verstümmelungen. Ich hüllte mich in die Kleidung der Franziskaner.

„Ich bin bereit."

„Sind Sie bewaffnet?"

„Mit meinem Säbel."

„Den werden sie klirren hören. Nehmen Sie diesen Dolch und lassen den Säbel hier. Sagen Sie Hubert, daß vor Tagesanbruch um vier Uhr die Sturmkolonne wieder bereit stehen wird. Draußen steht ein Sergeant, der Ihnen zeigen wird, wie Sie in die Stadt kommen. Gute Nacht und viel Glück!"

Ehe ich noch das Zimmer verlassen hatte, hockten die beiden Generale wieder über der Karte, so nahe, daß sich die Krempen ihrer Dreimaster berührten. Vor der Tür stand der Unteroffizier von den Genietruppen und wartete auf mich. Ich band den Gurt meines Gewandes fest, nahm meinen Tschako ab und zog die Mönchskappe über den Kopf. Nachdem ich noch die Sporen entfernt hatte, wanderte ich schweigend hinter meinem Führer her.

Wir mußten vorsichtig vorgehen, weil auf den Mauern spanische Wachen standen und beständig auf unsere Vorposten schossen. Wir schlichen uns an dem großen Kloster hin und zwischen den Trümmerhaufen durch, bis wir an einen großen Nußbaum kamen. Hier machte der Sergeant halt.

„Man kann leicht an diesem Baum hinaufklettern," sagte er. „Eine Leiter mit Sprossen könnte nicht geeigneter sein. Steigen Sie 'nauf, vom obersten Ast können Sie das Dach dieses Hauses erreichen. Von da aus muß Sie dann Ihr Schutzengel weiter führen, denn ich kann Ihnen nicht mehr helfen."

Ich schürzte meinen schweren braunen Mantel hoch und klomm empor. Wir hatten erstes Viertel und der Mond schien hell. Das schwarze Dach hob sich deutlich ab von dem glänzenden Sternenhimmel. Der Baum stand im Schatten des Hauses. Ich kroch langsam von Ast zu Ast, bis ich beinahe in der Spitze war. Ich brauchte nur noch an einem starken Zweig entlang zu turnen, um die Mauer zu erreichen. Aber plötzlich hörte ich Schritte. Ich klammerte mich an den Stamm und suchte mich in seinem Schatten zu verbergen. Auf dem Dach bewegte sich ein Mann auf mich zu. Ich sah seine dunkle Gestalt heranschleichen, er kroch auf dem Bauch und hatte den Kopf vorgestreckt, an der Seite sah ich einen Gewehrlauf hervorgucken. Sein ganzes Benehmen zeigte Vorsicht und Verdacht. Ein- oder zweimal hielt er inne, dann schlich er weiter bis an den Rand der Mauer, nur ein paar Meter von mir entfernt. Hier machte er halt, legte an und feuerte.

Ich war über den plötzlichen Knall so dicht in meiner Nähe derartig bestürzt, daß ich beinahe vom Baum gefallen wäre. Im ersten Moment glaubte ich fast, ich selbst wäre getroffen. Aber als von unten ein tiefes Stöhnen an mein Ohr drang und der Spaniole sich über die Mauer beugte und laut lachte, wußte ich, was los war. Mein armer treuer Sergeant hatte unten gewartet, um zu sehen, wie ich hinüberkommen würde. Der Spanier hatte ihn unter dem Baum stehen sehen und auf ihn geschossen. Sie werden mir hier einwenden, meine Herren, daß man in der Nacht nicht schießen kann, aber Sie müssen wissen, daß diese Leute ihre Büchsen mit allen möglichen Steinen und Metallstücken laden, so daß sie jemanden so sicher treffen, wie ich einen Fasanen von einem Ast herunterhole. Der Spanier blickte hinunter in die Dunkelheit, während der Sergeant durch gelegentliches Ächzen noch Lebenszeichen von sich gab. Vielleicht wollte er dem verfluchten Franzosen den Todesstoß geben, vielleicht wollte er ihm auch nur die Taschen durchsuchen; was ihn nun auch bewegen mochte, er legte sein Gewehr nieder, beugte sich nach vorn und schwang sich auf den Baum. In diesem Augenblick stieß ich ihm meinen Dolch in den Leib; er fiel durch das krachende Astwerk und kam mit einem schweren Plumps auf dem Erdboden auf. Ich hörte noch ein kurzes Ringen unten und ein paar Flüche auf Französisch. Der verwundete Sergeant hatte nicht lange auf Revanche zu warten brauchen.

Ein paar Minuten verhielt ich mich ruhig, denn es schien

mir klar, daß jemand infolge des Lärmes herbeieilen würde. Es blieb jedoch alles still, mit Ausnahme der Turmuhren in der Stadt, welche die mitternächtige Stunde verkündeten. Ich kletterte dann an dem Ast entlang und schwang mich auf das Dach. Die Flinte des Spaniers lag da, aber sie konnte mir nichts nützen, weil er das Pulverhorn bei sich im Gürtel hatte. Doch, falls sie gefunden würde, konnte sie dem Feind verraten, daß hier etwas passiert sein müßte; ich hielt es also fürs beste, sie über die Mauer zu werfen. Darauf hielt ich Umschau, wie ich vom Dach 'runter in die Stadt gelangen könnte.

Es fiel mir sofort ein, daß ich entschieden am einfachsten auf dem Weg hinunterkommen könnte, auf dem der Posten heraufgekommen war, und welcher das war, sollte ich bald erfahren. Vom Dach her rief eine Stimme mehrere Male „Manuelo! Manuelo!“ und ich sah, während ich mich im Schatten verkroch, den bärtigen Kopf eines Mannes zwischen einer Falltüre hervorlugen. Als er auf sein Rufen keine Antwort bekam, kletterte er heraus; und hinter ihm folgten noch drei andere Kerle, alle bis an die Zähne bewaffnet. Hier werden Sie sehen, Messieurs, wie wichtig es ist, auch nicht die geringste Vorsicht außer acht zu lassen ; ich würde außer Zweifel entdeckt worden sein, wenn das Gewehr noch dagelegen hätte. Aber so sah die Wache keine Spur von ihrem Kameraden und nahm sicher an, daß er an der Reihe von Dächern weitergegangen wäre. Sie schlugen daher auch diese Richtung ein, und ich stürzte, sobald sie den Rücken gewandt hatten, an die offenstehende Falltür und rasch die Treppe hinunter. Das Haus schien unbewohnt zu sein, denn ich konnte ungestört mitten durchlaufen und durch die offene Haustür auf die Straße kommen.

Es war eine schmale, öde Gasse, sie führte aber auf einen breiteren Weg, auf dem Feuer brannten, um die herum eine Menge schlafender Soldaten und Bauern lagen. Es roch so gräßlich in der Stadt, daß ich mich wunderte, wie Menschen in dieser Atmosphäre leben könnten. Während der langen Monate, welche die Belagerung schon gedauert hatte, waren weder die Straßen gefegt, noch die Toten begraben worden.

Viele Leute wanderten von einem Feuer zum anderen, und darunter entdeckte ich auch einige Mönche. Da ich bemerkte, daß sie unbehelligt hin- und hergingen, faßte ich Mut und eilte vorbei nach dem großen viereckigen Platz zu. Einmal sprang von einem der Feuer ein Mann auf und faßte mich am Ärmel. Er deutete auf ein Weib, das regungslos am Wege lag, und ich merkte, daß er meinte, sie würde bald sterben, und ich solle ihr doch die Tröstungen der Kirche zuteil werden lassen. Ich nahm meine Zuflucht zu dem bißchen Latein, was ich noch konnte, und sagte *Ora pro nobis* mit salbungsvoller Stimme, *Te deum laudamus. Ora pro nobis.* Während ich sprach, hob ich meine Hand hoch und deutete vorwärts. Der Bursche ließ meinen Ärmel los und trat schweigend zurück, worauf ich mit feierlicher Gebärde weiterschritt.

Wie ich mir gedacht hatte, mündete diese breite Straße auf den Hauptplatz, den mir der General bezeichnet hatte. Er war von Feuern erleuchtet und wimmelte von Soldaten. Ich ging rasch weiter und kümmerte mich weiter nicht um etliche Leute, die mich ansprachen. Ich ging am Dom vorbei in die Straße hinein, wie mir beschrieben worden war. Da ich mich jetzt in dem Stadtteil befand, auf den wir keinen Angriff machen konnten, waren auch keine Soldaten und Lichter hier zu sehen. Außer dem vereinzelten Lichtschimmer aus einem Fenster war alles dunkel. Das betreffende Haus zwischen der Schenke und dem Schusterladen zu finden war nicht schwer. Es war aber kein Licht drin und die Tür war zu. Ich drückte vorsichtig auf die Klinke und fühlte, daß sie nachgab. Ich konnte unmöglich wissen, wer drin war, mußte es aber doch wagen. Ich stieß die Tür auf und trat ein.

Es war stockdunkel drin – besonders als ich die Türe hinter mir zugemacht hatte. Ich tastete umher und fühlte endlich die Tischkante. Dann blieb ich stehen und überlegte, was ich zunächst tun sollte und wie ich am besten von diesem Hubert Nachricht bekommen könnte, in dessen Haus ich mich nun befand. Jeder Mißgriff würde nicht nur mein Leben kosten, sondern auch das Fehlschlagen meiner Mission zur Folge haben. Womöglich wohnte er nicht allein hier, vielleicht war er nur in Pension bei einer spanischen Familie, und mein

Besuch würde ihn ebensowohl ins Verderben stürzen wie mich selbst. Ich habe mich selten im Leben in einer übleren Lage befunden, mes amis. Da plötzlich machte etwas das Blut in meinen Adern stocken. Direkt in mein Ohr flüsterte eine Stimme: „Mon Dieu! Oh, mon Dieu! Mon Dieu!“ Es kam wie von jemandem, der im Todeskampf liegt. Dann folgte noch ein Stöhnen, und gleich wieder war's vollkommen ruhig.

Es überlief mich kalt vor Schrecken, es waren entsetzliche Töne gewesen, aber doch rief es auch eine gewisse Hoffnung in mir wach, denn es waren französische Laute.

„Wer ist da?“ fragte ich.

Ich vernahm ein Ächzen, aber keine Antwort.

„Sind Sie das, Hubert?“

„Ja, ja,“ klang es seufzend an mein Ohr, so leise, daß ich's kaum hören konnte. „Wasser, Wasser, ums Himmels willen, Wasser!“

Ich tastete mich vorwärts, kam jedoch an eine Wand. Wieder hörte ich ein Stöhnen, aber diesesmal war's zweifellos über meinem Kopf. Ich griff in die Höhe, fühlte aber weiter nichts als Luft.

„Wo sind Sie“ rief ich.

„Hier! Hier!“ flüsterte leise die sonderbare zitternde Stimme. Ich streckte meine Hand längs der Wand ans und kam an einen nackten Fuß. Er befand sich in gleicher Höhe mit meinem Gesicht und hatte doch, soweit ich fühlen konnte, keine Unterlage. Ich taumelte zurück vor Entsetzen. Dann nahm ich mein Feuerzeug aus der Tasche und machte Licht. Beim ersten Funken kam mir's vor, als ob ein Mensch vor mir in der Luft schwebte, und vor Bestürzung ließ ich das Feuerzeug fallen. Mit zitternden Fingern schlug ich wieder Feuer, und diesmal brannte nicht nur der Zunder, sondern auch die Wachskerze. Ich hielt sie in die Höhe. Durch das, was ich nun sah, wurde mein Staunen geringer, aber mein Entsetzen noch größer.

Der Mann war an die Wand genagelt, wie zuweilen Wiesel an Scheunentore genagelt werden. Mächtige Nägel waren ihm durch Hände und Füße geschlagen. Der Ärmste lag in den letzten Zügen, der Kopf war auf die Schulter gesunken und seine schwarze Zunge hing ihm zum Munde heraus. Er starb ebensosehr vor Durst wie an seinen Wunden, und die Unmenschen hatten einen Becher Wein vor ihm auf den Tisch gestellt, um seine Qualen zu vermehren. Ich reichte ihm diesen hinauf. Er war noch fähig, zu schlucken, und seine brechenden Augen klärten sich etwas auf.

„Sind Sie ein Franzose?" flüsterte er.

„Ja. Man hat mich hergesandt, um zu erfahren, was Ihnen passiert ist."

„Sie entdeckten mich. Sie haben mich dafür getötet. Aber eh' ich sterbe, hören Sie, was ich weiß. Noch einen Schluck Wein, bitte! Rasch! Rasch! Es geht gleich zu Ende. Die Kraft verläßt mich. Hören Sie! Das Pulver liegt im Zimmer der Oberin. Die Wand ist durchbohrt, und das Ende der Zündschnur ist in der Zelle der Schwester Angela, neben der Kapelle. Vor zwei Tagen war schon alles bereit. Aber sie fingen einen Brief auf und spannten mich auf die Folter."

„Gütiger Gott. haben Sie schon zwei Tage hier gehangen?"

„Es kommt mir vor wie zwei Jahre. Kamerad, ich habe Frankreich gut gedient, nicht wahr? Erweisen Sie mir also *einen* kleinen Dienst. Durchbohren Sie mein Herz, Freund! Ich bitte Sie, ich flehe Sie an, machen Sie meinen Leiden ein Ende!"

Der Zustand des Mannes war wirklich hoffnungslos, und es würde eine Erlösung für ihn gewesen sein, seine Bitten zu erfüllen. Und trotzdem konnte ich ihm nicht kaltblütig den Dolch in die Brust stoßen, obwohl ich einsah, wie ich selbst um diese Barmherzigkeit gefleht haben würde, wenn ich an seiner Stelle gewesen wäre. Aber plötzlich kam mir ein Gedanke. In der Tasche hatte ich ja ein Mittel, das einen sofortigen, schmerzlosen Tod gewähren würde. Es war mein eigenes Schutzmittel gegen Qualen, aber dieser Ärmste bedurfte seiner dringend, und er hatte sich um Frankreich wohl verdient gemacht.

Ich nahm das Fläschchen heraus und goß seinen Inhalt in den Becher mit Wein. Den wollte ich ihm hinreichen, als ich vor der Türe plötzlich Waffengerassel hörte. Im Nu hatte ichs

Licht ausgemacht und schlüpfte hinter die Fenstervorhänge. Im nächsten Moment flog auch schon die Tür auf, und zwei Spanier schritten ins Zimmer – stolze, finstere Männer im bürgerlichen Kleid, aber mit Musketen auf der Schulter. Ich guckte durch die Ritze zwischen den Vorhängen in furchtbarer Angst, daß sie mir vielleicht auf die Spur gekommen wären, aber ihr Besuch hatte offenbar nur den Zweck, ihre Augen an meinem unglückseligen Landsmann zu weiden. Einer von ihnen hielt die Laterne dem Sterbenden vors Gesicht und beide brachen in ein höhnisches Gelächter aus. Dann fielen die Augen des Mannes, der die Laterne in der Hand hielt, auf den Weinbecher. Er nahm ihn, hielt ihn Hubert mit teuflischem Grinsen an den Mund und zog ihn, als der arme Mann unwillkürlich den Kopf vorneigte, um daran zu reichen, rasch zurück und nahm selbst einen tüchtigen Trunk. Auf der Stelle stieß er einen lauten Schrei aus, griff wild um sich und fiel tot zu Boden. Sein Gefährte starrte ihn entsetzt und bestürzt an. Alsdann packte ihn eine abergläubische Furcht, er stieß gleichfalls einen lauten Schrei des Schreckens aus und lief wie wahnsinnig fort. Ich hörte ihn noch eine Zeitlang auf der Straße rennen, bis der Schall seiner flüchtigen Schritte in der Ferne verhallte.

Die brennende Laterne stand noch auf dem Tisch, und bei ihrem Schein sah ich, daß der Kopf des unglücklichen Hubert auf die Brust herunterhing, daß er also auch tot war. Die Bewegung nach dem Weinbecher war seine letzte gewesen. Im Hause tickte laut eine Uhr, sonst herrschte vollkommene Stille. An der Wand hing die gestreckte Gestalt des Franzosen, am Boden lag regungslos der Körper des Spaniers, beide waren trüb beleuchtet von dem matten Licht der Hornlaterne. Zum erstenmal in meinem Leben zuckte ich vor Schrecken zusammen. Ich hatte zehntausend Menschen mit allen nur erdenklichen Verstümmelungen gesehen, aber ihr Anblick hatte mich nie so angegriffen wie diese beiden bleichen, stummen Gestalten, die meine Gefährten in diesem trüben Raume waren. Ich stürzte hinaus auf die Straße, wie's der Spanier getan hatte, nur darauf bedacht, dieses Haus des Todes im Rücken zu haben, und ich war bis an die Kathedrale gelaufen, ehe ich wieder zur Besinnung kam. Dort hielt ich keuchend inne und verbarg mich in ihrem Schatten. Ich stemmte meine Hand in die Seite und versuchte, mich wieder zu sammeln und zu überlegen, was ich nun tun sollte. Als ich so dastand, schlug die große Glocke zweimal. Es war also zwei Uhr. Um vier sollte die Sturmkolonne wieder auf dem Posten sein. Es blieben mir noch zwei Stunden Zeit zu handeln.

Der Dom war im Innern hell erleuchtet und verschiedene Menschen gingen aus und ein. In der Überzeugung, da drin weniger leicht angehalten zu werden als anderswo, und um in Ruhe meine Pläne machen zu können, trat ich ebenfalls ein. Er gewährte einen eigentümlichen Anblick, er war in ein Hospital, ein Asyl und ein Provianthaus umgewandelt. Ein Seitenflügel barg Mundvorräte, in einem anderen lagen Kranke und Verwundete, während in der Mitte eine Masse hilfloser Menschen ihre Wohnungen aufgeschlagen und sogar auf dem Mosaikboden ihre Feuer zum Kochen angemacht hatten. Viele beteten, so kniete auch ich im Schatten einer Säule nieder und betete inbrünstig, daß ich das Glück haben möchte, lebendig ans dieser Verlegenheit zu kommen und meinen Namen in Spanien ebenso berühmt zu machen, wie er in Deutschland bereits sei. Ich wartete, bis es drei schlug, und verließ dann die Kathedrale und richtete meine Schritte dem Kloster der Madonna zu, wo der Angriff erfolgen sollte. Sie können sich denken, Sie, meine Freunde, die mich so genau kennen, daß ich nicht der Mann war, um kleinmütig mit dem Bericht ins Lager zurückzukehren, daß unser Agent ermordet sei und daß andere Mittel und Wege gefunden werden müßten, die Stadt zu erobern. Entweder würde ich diese unvollendete Aufgabe in irgend einer Weise lösen, oder die Stelle eines Rittmeisters ersten Ranges bei den Conflansschen Husaren würde wieder vakant werden.

Ich ging wieder unangefochten die breite Straße hinab, die ich vorhin beschrieben habe, bis ich an das mächtige steinerne Kloster gelangte, welches das Außenwerk der feindlichen Verteidigung bildete. Es war in einem großen Viereck erbaut, und in der Mitte befand sich ein Garten. In diesem Garten hatten sich einige hundert bewaffneter Männer versammelt, weil natürlich bekannt war, daß die Franzosen ihren Ansturm wahrscheinlich auf diesen Punkt richten würden. Bis dahin hatten wir in ganz Europa gegen geordnete Heeresmassen gekämpft. Erst hier in Spanien sollten wir erfahren, wie furchtbar es ist, gegen eine ganze Bevölkerung zu kämpfen. Auf der einen Seite ist dabei kein großer Ruhm zu holen, denn was kann man sich darauf einbilden, einen Haufen alte Krämer, dumme Bauern, fanatische Pfaffen, wütende Weiber und sonstige elende Kreaturen, welche die Besatzung ausmachten, in die Flucht zu schlagen und zu besiegen? Auf der anderen Seite ist die ständige Beunruhigung und Gefahr sehr groß, weil einem diese Leute keine Ruhe lassen, keine Kriegsregeln beobachten und die verzweifeltsten Anstrengungen machen, einem auf alle erdenkliche Art Schaden zuzufügen. Es kam mir zum Bewußtsein, eine wie häßliche Aufgabe es war, gegen diese bunten, aber doch trotzigen Pöbelhaufen Krieg zu führen, welche im Garten des Madonnenklosters um die Wachtfeuer herumstanden. Wir Soldaten hatten uns nicht um politische Erwägungen zu kümmern, aber auf diesem Krieg in Spanien schien uns vom Anfang an ein Fluch zu ruhen.

Doch in jenen Momenten hatte ich keine Muße, über diese und ähnliche Dinge nachzudenken. Wie ich vorhin erwähnte, war es nicht schwer, in den Garten zu kommen, aber ins Kloster hinein zu gelangen war ohne Frage schon weniger leicht. Ich spazierte zuerst im ganzen Garten rundum und erspähte bald ein großes bemaltes Fenster, das zur Kapelle gehören mußte. Ich wußte von Hubert, daß sich das Gemach der Oberin, wo das Pulver aufgespeichert war, nahe an dieser Kapelle befand, und daß der Zündfaden durch eine Öffnung in der Mauer nach einer benachbarten Zelle durchgelegt war. Ich mußte also auf alle Fälle ins Kloster hinein. Im Eingang stand eine Wache. Wie konnte ich nun, ohne angehalten zu werden, vorbeikommen? Aber plötzlich kam mir eine Inspiration, wie die Sache anzufangen sei. Im Garten war ein Brunnen, und daneben standen einige leere Eimer. Ich füllte zwei davon mit Wasser und ging damit auf die Türe zu. Einen Menschen, der in jeder Hand einen Eimer mit Wasser trägt, fragt man nicht, was er will. Der Wächter machte auf und ließ mich durch. Ich befand mich in einem langen mit Steinplatten belegten Korridor, in dem Laternen brannten; auf die eine Seite mündeten die Zellen für die Nonnen. Endlich war ich also meinem Ziel ziemlich nahe gekommen. Ich schritt ohne Besinnen weiter, denn ich hatte vom Garten ans beobachtet, welchen Weg ich nach der Kapelle einschlagen müßte.

Eine Menge spanischer Soldaten lungerte rauchend in diesem Korridor herum, mehrere derselben redeten mich im Vorübergehen an. Ich war der Meinung, daß sie mich um meinen Segen baten, und mein *Ora pro nobis* schien ihnen vollauf zu genügen. Bald war ich bis an die Kapelle gelangt, und es war leicht zu sehen, daß der Raum daneben als Pulvermagazin diente, denn vor dessen Türe war der Fußboden ganz schwarz von Pulver. Sie war verschlossen, und zwei grimmig aussehende Kerle standen Wache davor; einer hatte einen Schlüssel im Gurt stecken. Wenn dieser allein gewesen wäre, hätte ich den Schlüssel schon bald genug haben wollen, aber angesichts seines Gefährten war es aussichtslos, ihn durch Gewalt in meine Hände bringen zu wollen. Die nächste Zelle nach dem Magazin mußte diejenige der Schwester Angela sein. Deren Tür stand halb offen. Ich faßte Mut, ließ meine beiden Eimer draußen stehen und ging, ohne daß mich jemand anhielt, hinein.

Ich hatte geglaubt, mich einem halben Dutzend entschlossener Männer gegenüber zu befinden, aber, was meine Augen in Wirklichkeit sahen, bereitete mir noch größere Verlegenheit. Diesen Raum hatten die Nonnen offenbar abtreten sollen, sich aber wohl aus irgend welchen Gründen geweigert, ihr Heim zu verlassen. Es waren ihrer drei drin, eine ältliche Dame mit strengem Gesicht, scheinbar die Oberin; die beiden anderen waren reizende jugendliche Erscheinungen. Sie saßen alle drei am entgegengesetzten Ende des Zimmers, aber sie standen alle auf, als ich eintrat, und ich merkte zu meinem nicht geringen Erstaunen, daß mein Kommen erwartet worden und nicht unangenehm war. Sofort gewann ich meine Fassung wieder und überschaute die Situation. Da ein Angriff auf das Kloster zu gewärtigen war, so glaubten diese Schwestern offenbar, sie sollten an einen sicheren Ort gebracht werden.

Wahrscheinlich hatten sie das Gelübde abgelegt, diese Mauern nie zu verlassen, und man hatte ihnen gesagt, sie möchten in dieser Zelle bleiben, bis sie weitere Weisungen erhalten würden. Auf alle Fälle richtete ich also mein Auftreten dieser Vermutung entsprechend ein; sicherlich mußte ich sie zum Hinausgehen bewegen und hatte auf diese Art eine ganz gute Veranlassung dazu. Ich warf zuerst einen Blick nach der Türe und gewahrte, daß der Schlüssel von innen drin steckte. Ich gab dann den Nonnen einen Wink, mir zu folgen. Die Oberin stellte eine Frage an mich, aber ich schüttelte ungeduldig den Kopf und nickte ihr nochmals zu. Als sie noch zögerte, stampfte ich mit dem Fuß und forderte sie in so gebieterischer Weise auf, daß sie sogleich mitkamen. Da sie in der Kapelle sicherer sein würden, führte ich sie dorthin und ließ sie an der vom Magazin am weitesten abliegenden Seite Platz nehmen. Als sich die drei Nonnen am Altar niederließen, schlug mir das Herz vor Freude und Stolz, denn ich fühlte, daß ich nun das letzte Hindernis ans dem Wege geschafft hatte.

Aber, Messieurs, wie oft habe ich nicht die Erfahrung machen müssen, daß dies gerade der gefährlichste Moment ist? Ich warf der Oberin noch einen letzten Blick zu, aber zu meinem größten Schrecken bemerkte ich, daß ihre durchdringenden dunkeln Augen mit dem Ausdruck der Verwunderung und des Argwohns auf meine rechte Hand geheftet waren. Daran konnten zwei Dinge ihre Aufmerksamkeit erregt haben. Erstens war sie noch blutig von dem Wächter, den ich auf dem Baume niedergestochen hatte. Das allein konnte sie jedoch nicht überraschen, weil das Messer bei den Saragossaer Mönchen ebenso gebräuchlich war wie das Brevier. Aber am Zeigefinger trug ich einen schweren goldenen Siegelring – das Geschenk einer deutschen Baronesse, deren Namen ich nicht nennen will. Er glänzte im Schein der Altarkerzen. Nun, meine Freunde, ist ein Ring am Finger eines Bruders eine unmögliche Erscheinung, weil sie absolute Armut gelobt haben. Ich drehte mich schleunigst um und verließ rasch die Kapelle, aber das Unglück war fertig. Als ich mich umsah, gewahrte ich, daß die Oberin bereits hinter mir hereilte. Ich lief den Korridor entlang, aber sie rief den zwei

Wachen vorne laute Warnungsrufe zu. Zum Glück hatte ich die Geistesgegenwart, das gleiche zu tun und den Gang hinunter zu deuten, als ob wir beide dieselbe Person verfolgten. Im Moment war ich an ihnen vorbeigestürzt, sprang in die Zelle, schlug die schwere Tür zu und verschloß sie von innen. Mit einem Riegel oben und unten und einem riesigen Schloß in der Mitte bildete sie ein ganz hübsches Bollwerk, das schon einen Puff vertrug.

Wenn sie jetzt noch so schlau gewesen wären, ein Pulverfaß an die Tür zu rollen, würde ich verloren gewesen sein. Es war ihre einzige Rettung, denn ich war jetzt am Ziel meines Abenteuers. Hier befand ich mich endlich, nachdem ich eine Reihe von Gefahren überwunden hatte, wie sich deren nur wenige Männer rühmen können, am einen Ende der Zündschnur, deren anderes in das Pulvermagazin führte. Sie brüllten draußen auf dem Korridor wie die Löwen und schlugen mit den Kolben ihrer Flinten gegen die Türe. Ich achtete nicht auf ihr Geschrei, sondern suchte eifrig nach jenem Zündfaden, von dem Hubert gesprochen hatte. Er mußte selbstverständlich an der Seite nach dem Magazin zu sein. Ich kroch auf Händen und Füßen daran hin, guckte in jeden Spalt, konnte aber keine Spur entdecken. Zwei Kugeln drangen durch die Tür und drückten sich an der Mauer breit. Der Lärm draußen wurde immer toller. Ich sah ein graues Häufchen in einer Ecke, flog mit einem Freudenschrei drauf los, um zu finden, daß es nur Staub und Schmutz war. Dann lief ich an die Seite, wo sich die Tür befand und wo mich keine Kugeln treffen konnten – sie sausten nämlich überall im Zimmer umher – und kehrte mich nicht an das unheimliche Krachen der Schüsse, sondern suchte ausfindig zu machen, wo die Zündschnur angebracht wäre. Damit sie von diesen Nonnen nicht entdeckt werden konnte, mußte sie Hubert sehr sorgfältig verborgen haben. Mein Blick fiel auf eine Statue des heiligen Joseph, die in einer Ecke stand. Um das Piedestal lag ein Kranz von Blättern und dazwischen brannte ein Lämpchen. Ich stürzte drauf los und machte die Blätter weg. Jawohl, da war eine dünne, schwarze Schnur, die durch ein kleines Loch in der Wand weiter führte. Ich hielt das Licht dran und warf mich zu

Boden. Im nächsten Augenblick erdröhnte ein donnerartiges Krachen, die Mauern zitterten und wankten um mich herum, die Decke über mir zerbarst, und das Geschrei der erschreckten spanischen Soldaten wurde übertönt von dem Kampfruf unserer anstürmenden Grenadiere. Ich hörte es wie in einem Traum – einem schönen Traume, dann hörte ich nichts mehr.

Als ich wieder zur Besinnung kam, hatten mich zwei französische Soldaten unter den Armen gefaßt, und mein Kopf brummte wie ein Bienenkorb. Ich sprang auf und schaute mich um. Die Tünche war von der Decke gefallen, die Möbel lagen umher, es waren Risse in den Wänden, aber keine Löcher. Die Mauern des alten Klosters hatten sich also tatsächlich als so stark erwiesen, daß sie die Explosion des Magazins nicht zu zerstören vermocht hatte. Aber sie hatte doch unter den Verteidigern eine solche Panik hervorgerufen, daß die Anstürmenden durch die Fenster hatten eindringen und die Tore fast ohne Widerstand hatten öffnen können. Als ich auf den Flur hinauslief, fand ich ihn voller französischer Soldaten, und ich traf den Marschall Lannes selbst, als er mit seinem Stabe ankam. Er blieb stehen und hörte aufmerksam meiner Erzählung zu.

„Großartig, Rittmeister, großartig." rief er aus. „Diese Tat soll sicher dem Kaiser gemeldet werden."

„Ich möchte bemerken, Exzellenz," antwortete ich, „daß ich nur das Werk zu Ende geführt habe, das Hubert ausgedacht und vorbereitet hatte, und das ihm sein Leben gekostet hat."

„Wir werden seine Dienste nicht vergessen," erwiderte der Marschall. „Übrigens ist es halb fünf vorbei, und Sie müssen nach all diesen Anstrengungen gehörigen Hunger haben, Rittmeister Gérard. Mein Stab und ich wollen in der Stadt frühstücken. Ich versichere Ihnen, daß Sie uns ein hochverehrter Gast sein werden."

„Ich nehme Ihre Einladung mit Dank an, Exzellenz," sagte ich. „Ich habe nur vorher noch ein kleines Rendezvous, das mich abhält."

Er machte große Augen.

„Um diese Stunde?"

„Jawohl, General,“ antwortete ich. „Meine Kameraden, die ich erst gestern abend kennen gelernt habe, würden mir’s übelnehmen, wenn ich sie nicht erst aufsuchte.“

„Dann auf Wiedersehen.“ sagte der Marschall und ging weiter.

Ich eilte durch das arg mitgenommene Klostertor hinaus. Als ich in das dachlose Haus gekommen war, in dem wir gestern nacht unsere Beratung abgehalten hatten, warf ich mein Franziskanergewand ab und setzte meinen Tschako auf und schnallte meinen Säbel um, den ich dort zurückgelassen hatte. Darauf schritt ich, nachdem ich glücklich wieder Husar war, unserem Bestimmungsort zu. Von der Erschütterung drehte sich mir noch alles im Kopf herum, und ich war erschöpft von den Strapazen dieser schrecklichen Nacht. Die ganze Wanderung in dem düsteren Licht der Morgendämmerung, die rauchenden Wachtfeuer im Lager umher und das Summen des erwachenden Heeres kamen mir vor wie ein Traum. Bei Hörnerklang und Trommelwirbel sammelte sich die Infanterie, denn die Explosion und das Kampfgeschrei hatte ihnen gesagt, was los war. Ich marschierte ruhig weiter, bis ich in das kleine Wäldchen von Korkeichen kam, das hinter den Pferdeställen lag. Dort sah ich meine zwölf Kameraden in einer Gruppe beisammenstehen, die Säbel an ihrer Linken. Sie blickten mich merkwürdig an, als ich mich ihnen näherte. Vielleicht erschien ich ihnen mit meinem pulvergeschwärzten Gesicht und meinen blutbefleckten Händen ein anderer Gérard als der jugendliche Rittmeister, über den sie sich am Abend lustig gemacht hatten.

„Bon jour, Messieurs“, rief ich ihnen zu. „Es tut mir außerordentlich leid, wenn Sie auf mich haben warten müssen, aber ich konnte nicht über meine Zeit verfügen.“

Sie erwiderten nichts, sondern blickten mich forschend an. Ich sehe sie jetzt noch in einer Reihe vor mir stehen, große Männer und kleine, dicke und dünne; Olivier mit seinem martialischen Schnurrbart; das schmale, lebhafte Gesicht Pelletans; den jungen Qudin, freudeglühend vorm ersten Duell; Mortier mit dem Säbelhieb über der gefalteten Stirn. Ich legte meinen Tschako ab und zog den Säbel.

„Messieurs“, sagte ich, „Sie müssen entschuldigen, Marschall Lannes hat mich zum Frühstück eingeladen, und ich kann ihn nicht gut warten lassen.“

„Was meinen Sie damit?“ fragte der Major.

„Ich bitte Sie, mich von meinem Versprechen zu entbinden, daß ich jedem von Ihnen fünf Minuten Zeit widmen wollte, und mir zu gestatten, Sie alle zusammen anzugreifen.“ Ich wartete, was sie antworten würden.

Aber ihre Erwiderung war wirklich schön und echt französisch. Mit einemmal flogen die zwölf Säbel aus den Scheiden und wurden präsentiert. Da standen sie vor mir, alle zwölf, unbeweglich, die Hacken zusammengeschlagen, jeder den Säbel kerzengerade vor dem Gesicht.

Ich taumelte einen Schritt zurück. Ich sah einen nach dem andern an. Ich konnte einen Moment meinen Augen nicht trauen. Sie brachten mir eine Huldigung, dieselben Männer, die mich vor einigen Stunden geuzt hatten. Dann wurde mir alles klar. Ich erkannte, wie ich ihnen imponierte, und sie wollten die Scharte von gestern abend wieder auswetzen. Gegen Gefahr kann sich ein Mann stählen, aber nicht gegen Rührung. „Kameraden,“ rief ich, „Kameraden – .“ aber weiter brachte ich nichts ’raus. Es schnürte mir die Kehle zu, es benahm mir die Sprache. Im nächsten Moment hatte mich Olivier umarmt, Pelletan hatte meine rechte Hand ergriffen, Mortier die linke, einige klopften mich auf die Schulter, einige schlugen mich auf den Rücken, von allen Seiten strahlten mir frohe Gesichter entgegen – so hatte ich mich bei den Conflansschen Husaren eingeführt.

Das Verbrechen des Brigadiers

In all den riesigen Heeren Frankreichs gab es nur einen einzigen Offizier, gegen den die Engländer von Wellingtons Armee einen tiefen, anhaltenden und unversöhnlichen Haß hegten. Es gab Plünderer unter den Franzosen, Gewalttätige, Spieler, Duellanten und Galgenvögel. All das mochte angehen, denn Leute dieses Schlages fanden sich auch in den Reihen der Engländer. Doch ein Offizier von Massénas Streitmacht hatte ein Verbrechen begangen, das unaussprechlich, beispiellos, verabscheuungswürdig war; man erwähnte es nicht anders als unter Flüchen, und auch erst zu vorgerückter Stunde, wenn die zweite Flasche die Zungen der Männer gelockert hatte. Die Kunde von der Angelegenheit gelangte bis nach England, wo Landedelleute, die sich sonst wenig um Einzelheiten des Krieges scherten, vor Zorn rot anliefen, sobald sie davon hörten, und Junker aller Grafschaften sommersprossige Fäuste gegen den Himmel reckten und Verwünschungen ausstießen. Und doch war der Verüber dieser furchtbaren Untat niemand anderes als unser Freund, Brigadier Etienne Gérard von den Conflansschen Husaren, der stolze, schneidige Reiter, der stets gutgelaunt seinen Federhut schwenkte, der Liebling der Damen und der sechs Brigaden der leichten Kavallerie.

Doch das Seltsame an der Sache war, daß dieser wackere Herr jenes hassenswerte Werk vollbrachte und sich zum unpopulärsten Mann der iberischen Halbinsel machte, ohne selbst jemals zu begreifen, daß er ein Verbrechen beging, für das nicht einmal der Reichtum unseres Wortschatzes einen passenden Ausdruck kennt. Er starb hochbetagt, doch wegen seines unerschütterlichen Selbstvertrauens, das seinen Charakter zierte oder verunzierte, kam es ihm niemals in den Sinn, daß viele tausend Engländer ihn mit Freuden eigenhändig aufgeknüpft hätten. Im Gegenteil, er zählte dieses Abenteuer zu den gelungensten Husarenstücken, die er der Welt beschert hatte, und kicherte und schlug sich vielmals auf die Schenkel, wenn er es im Kreise begierig lauschender Zuhörer in jenem billigen Café erzählte, wo er zwischen Abendessen und Dominopartie lachend und Tränen vergießend von jener unvorstellbaren napoleonischen Vergangenheit schwärmte, da Frankreich sich großartig und schrecklich wie ein zorniger Engel über einen zitternden Kontinent erhob. Hören wir ihm zu, wie er die Geschichte auf seine Weise und aus seiner Sicht erzählt.

Ihr müßt wissen, meine Freunde, sagte er, es war gegen Ende des Jahres achtzehnhundertzehn, als ich und Masséna und die anderen Wellington zurückgeschlagen hatten und hofften, ihn mitsamt seiner Armee in den Tejo zu jagen. Aber fünfundzwanzig Meilen vor Lissabon merkten wir schon, daß wir uns irrten, denn der Engländer hatte bei Torres Vedras eine stark befestigte Verteidigung aufgebaut, die selbst wir nicht durchbrechen konnten! Sie reichte quer über die gesamte Halbinsel. Unsere eigene Armee, so weit von der Heimat entfernt, durfte keine Schlappe riskieren; immerhin hatten wir schon bei Busaco lernen müssen, daß es kein Kinderspiel war, gegen diese Leute zu kämpfen. Was blieb uns also anderes übrig, als uns vor ihren Linien festzusetzen und sie so weit wie möglich zu blockieren? Dieser Zustand dauerte sechs Monate und war so nervenaufreibend, daß Masséna später sagte, jedes einzelne Haar an seinem Körper sei dabei weiß geworden. Mich hingegen bekümmerte die Situation wenig, eher schon machte ich mir Sorgen um unsere Pferde, die dringend Ruhe und Grünfutter brauchten. Ansonsten tranken wir den Wein des Landes und vertrieben uns die Zeit, so gut es ging. Es gab da eine Dame in Santarem – aber meine Lippen sind versiegelt. Ein echter Kavalier schweigt, er deutet höchstens an, daß es eine Menge zu sagen gäbe.

Eines Tages ließ Masséna mich zu sich rufen. Ich fand ihn in seinem Zelt, über einen großen Lageplan gebeugt, der auf dem Tisch festgezweckt war. Er musterte mich wortlos mit dem durchdringenden Blick seines einzigen Auges, und ich merkte bereits an seinem Gesichtsausdruck, daß es um eine ernste Sache ging. Er wirkte nervös und bedrückt, doch mein Anblick schien ihn aufzumuntern. Es ist immer gut, tapfere Männer um sich zu haben.

„Oberst Etienne Gérard“, sagte er, „mir wurde stets berichtet, daß Sie ein sehr mutiger und unternehmungslustiger Offizier sind.“

Es stand mir nicht zu, die Berichte zu bestätigen, andererseits aber wäre es unsinnig gewesen, ihnen zu widersprechen. Also schlug ich meine Sporen zusammen und salutierte.

„Außerdem sind Sie ein exzellenter Reiter.“

Das gab ich zu.

„Und der beste Säbelfechter meiner sechs leichten Kavalleriebrigaden.“

Masséna war berühmt für seine akkuraten Informationen.

„Nun“, sagte er, „wenn Sie einen Blick auf diesen Plan werfen, werden Sie sogleich verstehen, was ich von Ihnen will. Hier sehen Sie die Linien von Torres Vedras. Da sie sich über ein ausgedehntes Gebiet erstrecken, können die Engländer nur hier und da eine Stellung unterhalten. Hinter diesen Linien beginnen fünfundzwanzig Meilen offenes Gelände, die bis Lissabon reichen. Ich muß unbedingt wissen, wie Wellington seine Truppen in diesem Gebiet positioniert hat. Deshalb wünsche ich, daß Sie sich aufmachen und die Lage erkunden.“

Bei seinen Worten wurde mir eiskalt.

„Sir“, entgegnete ich, „Sie verlangen Unmögliches! Ein Oberst der leichten Kavallerie wird sich niemals so weit erniedrigen und als gemeiner Spion agieren!“

Er lachte und klopfte mir auf die Schulter.

„Ein Hitzkopf, wie alle Husaren“, meinte er. „Hören Sie weiter! Sie werden sogleich begreifen, daß ich Sie nicht als Spion losschicken wollte. Was halten Sie von dem Pferd?“

Er winkte mich zur Öffnung seines Zeltes, vor dem ein Chasseur ein ungemein stattliches Roß auf und ab führte. Es war ein grauer Apfelschimmel, nicht sehr groß – etwas höher als fünfzehn Handbreit vielleicht – aber mit dem kurzen Kopf und dem herrlich gebogenen Hals, die arabisches Blut verraten. Schultern und Hinterhand waren muskelbepackt, die Fesseln jedoch so schmal, daß mich beim Betrachten ein freudiger Schauer durchlief Ein herrliches Pferd oder eine schöne Frau vermag ich nie ohne innere Bewegung anzuschauen, nicht einmal jetzt, nachdem siebzig Winter mein Blut abgekühlt haben. Da könnt ihr euch vorstellen, wie ich im Jahre zehn reagierte!

„Das“, sagte Masséna, „ist Voltigeur, das schnellste Pferd unserer Armee. Damit brechen sie heute abend auf, reiten an einer Flanke durch die Linien, durchqueren das Hinterland im Rücken des Feindes und kehren über die andere Flanke mit einem Lagebericht zurück. Sie werden eine Uniform tragen und deshalb im Falle Ihrer Gefangennahme nicht den schmachvollen Tod eines Spions erleiden. Höchstwahrscheinlich gelangen Sie ganz unbehelligt durch die Linien, denn die englischen Posten sind sehr weit verteilt. Sind Sie erst einmal durch, können Sie bei Tageslicht jedem davonreiten, dem Sie begegnen. Wenn Sie die Straßen meiden, bemerkt man Sie vielleicht nicht einmal. Sollten Sie sich bis morgen abend nicht zurückmelden, nehme ich an, daß Sie in Gefangenschaft geraten sind, und biete der Gegenseite Oberst Petrie zum Austausch für Sie an.“

Ah, wie schwoll mir das Herz vor Freude und Stolz, als ich in den Sattel sprang und mit dem großartigen Roß ein paarmal auf und ab sprengte, um dem Marschall zu zeigen, wie ich es beherrschte! Es war wundervoll – wir beide waren wundervoll, denn Masséna klatschte in die Hände und stieß einen begeisterten Ruf aus. Nicht ich, sondern er sagte, daß auf ein stattliches Pferd ein stattlicher Reiter gehöre. Dann, als ich zum drittenmal mit wehendem Helmbusch und fliegendem Dolman an ihm vorüberdonnerte, sah ich an seinem harten, alten Gesicht, daß er nicht mehr zweifelte, den richtigen Mann für die Aufgabe gewählt zu haben. Ich zog den Säbel, führte den Knauf grüßend an die Lippen und galoppierte zu meinem Quartier. Die Kunde von meiner Mission hatte sich bereits verbreitet, denn meine kleinen Teufel kamen aus ihren Zelten geströmt, um mir zuzujubeln. Ah, mir altem Mann kommen die Tränen, wenn ich daran zurückdenke, wie stolz sie auf mich waren. Und ich war ebenso stolz auf sie. Sie verdienten einen schneidigen Anführer.

Die Nacht versprach stürmisch zu werden, und das war ganz nach meinem Geschmack. Ich wollte meinen Aufbruch absolut geheimhalten, denn wenn die Engländer bemerkt hätten, daß ich mich von der Truppe entfernte, hätten sie natürlich geahnt, daß etwas Wichtiges im Gange war. Ich ließ das Pferd also hinter die Postenlinie bringen, wie zum Tränken, folgte ihm zu Fuß und bestieg es dort. Ich besaß eine Karte, einen Kompaß und einen Zettel mit den Instruktionen des Marschalls. Mit diesen Dingen in der Brusttasche meines Waffenrocks und meinem Säbel an der Seite brach ich auf zu meinem Abenteuer.

Ein dünner Regen fiel, die Nacht war mondlos und alles andere als erfreulich, wie ihr euch vorstellen könnt. Doch mein Herz war leicht, denn ich dachte an die mir erwiesene Ehre und an den Ruhm, den ich erwerben würde. Diese Unternehmung sollte die Liste meiner glänzenden Heldentaten verlängern und dazu beitragen, meinen Säbel in einen Marschallsstab zu verwandeln. Ah, wie wir träumten, wir närrischen jungen Kerle, trunken vom Erfolg! Hätte ich mir an jenem Abend, als ich losritt, vorstellen können, daß ich, der auserwählte Mann von sechzigtausend, mein Leben mit dem Anbau von Kohl für hundert Franc im Monat zubringen würde? Oh, meine Jugend, meine Hoffnungen, meine Kameraden! Aber das Rad des Schicksals dreht sich unerbittlich weiter und bleibt nie stehen. Verzeiht, meine Freunde, ein alter Mann hat so seine Schwächen.

Meine Route damals führte durch die Hochebene von Torres Vedras, dann über ein Flüßchen, vorbei an einem Bauerngehöft, das niedergebrannt worden war und nur noch als Orientierungspunkt diente, anschließend durch einen Wald junger Korkeichen und weiter bis zum Kloster von San Antonio, das die linke Flanke der Engländer markierte. Dort wandte ich mich nach Süden und ritt leise in das hüglige Land. In diesem Abschnitt würde es mir leicht gelingen, die feindlichen Linien unbemerkt zu passieren, hatte Masséna gesagt. Ich ritt sehr langsam, weil es so dunkel war, daß man die Hand vor den

Augen nicht sah. In solchen Fällen gebe ich gewöhnlich die Zügel frei und überlasse es dem Pferd, den Weg zu finden. Voltigeur ging sicher vorwärts, und ich begnügte mich damit, auf seinem Rücken zu sitzen und auf die Lichter zu achten, die wir umgehen mußten. Etwa drei Stunden lang stahlen wir uns auf diese vorsichtige Weise vorwärts, dann glaubte ich, die Gefahrenzone überwunden zu haben. Ich spornte also das Pferd an, damit ich bei Tagesanbruch im Rücken der Armee wäre. In diesem Gebiet gibt es viele Weingärten, die im Winter zu offenen Flächen werden, so daß ein Reiter wenige Hindernisse vorfindet.

Doch Masséna hatte die List der Engländer unterschätzt, denn diese hatten offensichtlich nicht nur eine Verteidigungslinie angelegt, sondern drei, und in diese dritte, die am stärksten befestigte, ritt ich geradewegs hinein. Während ich, frohlockend über meinen Erfolg, dahintrabte, blitzte plötzlich vor mir eine Laterne auf, ich sah eine rote Uniformjacke und das Schimmern polierter Flintenläufe.

„Wer da?" rief eine Stimme – ein gewaltiges Organ! Ich schwenkte nach rechts und preschte wie ein Besessener davon, doch Dutzende von Mündungsfeuern blitzten in der Dunkelheit auf, Kugeln surrten mir um die Ohren. Das war kein neuer Klang für mich, meine Freunde, obwohl ich nicht wie ein närrischer Grünschnabel behaupten werde, daß er mir jemals gefiel. Doch zumindest hat er mich nie davon abgehalten, klar zu denken. Ich begriff, daß mir nichts anderes übrig blieb, als scharf zu galoppieren und mein Glück an einer anderen Stelle zu versuchen. Ich umritt die englischen Wachtposten, und als ich nichts mehr von ihnen hörte, schloß ich völlig richtig, nunmehr endgültig durch die Verteidigung hindurchgeschlüpft zu sein. Ich ritt fünf Meilen nach Süden, von Zeit zu Zeit ein Schwefelholz anreibend, um auf meinen Taschenkompaß zu schauen. Und dann auf einmal – ich spüre den Stich immer noch, wenn ich daran zurückdenke – brach mein Pferd ohne vorheriges Röcheln oder Stolpern mausetot unter mir zusammen!

Ich hatte es nicht bemerkt, aber eine Kugel dieser verdammten Posten war ihm durch den Leib gefahren. Das brave

Tier hatte nicht einmal gezuckt, sondern war mit voller Kraft weitergelaufen, solange Leben in ihm war. Eben noch befand ich mich auf dem Rücken des schnellsten Pferdes von Massénas Armee – und damit in Sicherheit. Doch nun lag es auf der Seite, nur noch den Preis seiner Haut wert, und ich stand da als das hilfloseste und plumpeste Geschöpf, das es gibt: ein Husar zu Fuß. Was nützten mir nun meine Reitstiefel, meine Sporen, mein Schleppsäbel? Ich befand mich weit hinter den feindlichen Linien. Wie konnte ich hoffen, wieder auf unsere Seite zurückzugelangen? Ich schäme mich nicht, es einzugestehen: Ich, Etienne Gérard, ließ mich auf das tote Roß sinken und schlug verzweifelt die Hände vors Gesicht. Im Osten begann es bereits zu dämmern. In einer halben Stunde würde es hell sein. Da hatte ich nun trotz aller Gefahren die Front glücklich passiert, um im letzten Moment hilflos meinen Feinden ausgeliefert zu sein, meinen Auftrag nicht erfüllen zu können, ja in Gefangenschaft zu geraten – war das nicht genug, um das Herz eines Soldaten zu brechen?

Doch Mut, meine Freunde! Wir alle kennen solche Momente der Schwäche, selbst die Tapfersten von uns; aber meine Willenskraft ist wie eine Stahlfeder: Je mehr man sie niederdrückt, desto höher springt sie. Zunächst ein Anfall von Verzweiflung, doch dann ein kühler Kopf und ein feuriges Herz. Noch war nicht alles verloren. Ich hatte so viele Gefahren überstanden, warum diese nicht auch? Ich sprang von meinem Pferd auf und überlegte, was wohl am besten zu tun sei.

Zunächst einmal stand fest, daß ich nicht mehr zurück konnte. Es würde heller Tag sein, lange bevor ich die Frontlinie erreichte. Also mußte ich mich bis zur nächsten Nacht verbergen und dann die Flucht versuchen. Ich nahm meinem armen Voltigeur Sattel, Halfter und Zaumzeug ab und versteckte alles im Gebüsch, damit niemand, der ihn fand, erkennen konnte, daß es sich um ein französisches Pferd handelte. So ließ ich ihn liegen und machte mich auf die Suche nach einem sicheren Unterschlupf für den Tag. Überall an den Hängen der Hügel sah ich die Feuer der Feldlager, und schon regten sich dort die ersten Gestalten. Ich mußte mich rasch verbergen, sonst war ich verloren.

Doch wo sollte ich mich verbergen? Ich befand mich in einem Weinberg, die Stangen für die Ranken standen noch, doch die Pflanzen fehlten. Dort bot sich keine Deckung. Außerdem mußte ich an Nahrung und Wasser denken, bevor die nächste Nacht kam. Ich eilte in der schwindenden Dunkelheit einfach drauflos und vertraute auf mein Glück. Und wurde nicht enttäuscht. Das Glück ist eine Frau, meine Freunde, und hat immer ein Auge auf einen tapferen Husaren.

Nun, während ich also durch den Weinberg stolperte, ragte plötzlich etwas Dunkles vor mir auf, und ich gelangte zu einem großen kastenförmigen Haus mit einem langen, niedrigen Gebäude daneben. An dieser Stelle liefen drei Straßen zusammen. Ich begriff natürlich sofort, daß ich eine Posada, eine Weinschenke, vor mir hatte. In den Fenstern sah ich kein Licht, alles war dunkel und still, aber natürlich ahnte ich, daß solch ein bequemes Quartier belegt sein mußte – wahrscheinlich von einem hohen Offizier. Da man jedoch nach meiner Erfahrung in der Nähe der Gefahr sicherer ist als davon entfernt, beschloß ich, hierzubleiben und nicht länger zu suchen. Der flache Bau war offenbar der Stall, und in den schlich ich mich hinein, denn die Tür war nicht verriegelt. Innen hatte man eine Menge Ochsen und Schafe zusammengepfercht, wohl um sie vor Marodeuren in Sicherheit zu bringen. Eine Leiter führte zum Heuboden. Ich kletterte hinauf und machte mir ein urgemütliches Versteck unter den Heuballen. Dieser Dachboden hatte eine offene Luke, durch die ich die Frontseite des Wirtshauses und die Straße sehen konnte. Ich lag da also auf der Lauer und wartete ab, was geschehen würde.

Bald bestätigte sich meine Annahme, daß eine wichtige Person in der Weinschenke Quartier genommen hatte. Kurz nach Tagesanbruch kam ein englischer leichter Dragoner mit einer Meldung angesprengt, und von da an herrschte reges Treiben, Offiziere kamen und ritten wieder davon. Sie führten immer nur einen Namen auf den Lippen: „Sir Stapleton! Sir Stapleton!“ Es war hart für mich, mit trockenem Schnurrbart dazuliegen und zuzusehen, wie der Wirt den englischen Offizieren Korbflaschen herausbrachte. Ich betrachtete ihre rosigen, glattrasierten, arglosen Gesichter und stellte mir amüsiert vor, was für eine Miene sie machen würden, wenn sie wüßten, daß eine so prominente Persönlichkeit wie ich sich in ihrer unmittelbaren Nähe befand. Und dann sah ich etwas, das mich mit Verwunderung erfüllte.

Die Frechheit dieser Engländer war unglaublich! Was meint ihr, hatte Mylord Wellington getan, als er feststellen mußte, daß Masséna ihn blockierte, und er seine Armee nicht bewegen konnte? Ratet sooft ihr wollt, ihr kommt nicht drauf. Ihr werdet vielleicht sagen, er hatte getobt, sich seiner Verzweiflung ergeben oder die Truppen zusammengerufen und eine Rede von Vaterland und Ehre gehalten, um sie in die letzte Schlacht zu schicken. Alles falsch, Mylord hatte nichts dergleichen getan, sondern ein Schiff seiner Flotte nach England geschickt und sich eine Meute Jagdhunde kommen lassen, damit er und seine Offiziere Fuchsjagden veranstalten konnten. Ich spreche die reine Wahrheit. Hinter den Linien von Torres Vedras veranstalteten diese verrückten Engländer dreimal in der Woche eine Fuchsjagd. Wir hatten davon in unserem Lager gehört und es nicht geglaubt, doch nun sah ich mit eigenen Augen, daß es stimmte.

Denn auf dieser Straße, die ich erwähnte, kamen genau diese Hunde gelaufen, dreißig oder vierzig an der Zahl, weiß und braun gefleckt, jeder den Schwanz im selben Winkel emporreckend wie die Alte Garde ihre Bajonette. Bei meiner Seele, es war ein hübscher Anblick! Und hinter und zwischen ihnen ritten drei Männer mit Schirmmützen und roten Mänteln, die ich für die Jäger hielt. Nach ihnen kamen viele unterschiedlich uniformierte Reiter, die sich auf Straße zu zweit oder zu dritt nebeneinander hielten, lachten und schwatzten. Sie ritten gemächlich, kaum mehr als leichten Trab, und ich dachte bei mir: Das muß ein ziemlich lahmer Fuchs sein, den ihr da fangen wollt! Aber es war ihre Sache, nicht meine. Bald waren alle an meiner Luke vorbeiparadiert und außer Sicht. Ich wartete und beobachtete weiter, bereit, die geringste Gelegenheit zu nutzen, die sich bieten würde.

Nicht lange danach kam ein Offizier in einer blauen Uniform, ganz ähnlich der unserer leichten Artillerie, angesprengt. Es war ein schon älterer, beleibter Mann mit grauem

Backenbart. Er hielt und sprach einen Ordonnanzoffizier der Dragoner an, der vor der Schenke wartete. Bei der Gelegenheit zahlte es sich aus, daß ich Englisch gelernt hatte, denn ich konnte jedes einzelne Wort hören und verstehen.

„Where is the meet?“ fragte der ältere Offizier. Zuerst glaubte ich, er sei hungrig und wolle ein Beefsteak essen, doch als der andere sagte, er liege in der Nähe von Altara, begriff ich, daß nach einem Treffpunkt gefragt worden war.

„Sie kommen spät, Sir George“, sagte die Ordonnanz.

„Ja, wegen eines Kriegsgerichtsverfahrens. Ist Sir Stapleton Cotton schon weg?“

In diesem Augenblick wurde ein Fenster geöffnet, und ein stattlicher junger Mann in einer sehr prächtigen Uniform schaute heraus.

„Hallo, Murray!“ sagte er. „Ich muß noch diesen verdammten Papierkram erledigen, komme dann aber sofort nach.“

„Na gut, Cotton. Dann reite ich gleich weiter, bin ohnehin schon spät dran.“

„Rufen Sie meinen Burschen! Er soll mein Pferd bringen!“ befahl der junge General am Fenster der unten wartenden Ordonnanz, während der andere Offizier die Straße hinabritt.

Die Ordonnanz ritt davon, zu einem offenbar weiter weg liegenden Pferdestall, und nach einigen Minuten kam ein schmucker junger Bursche mit einer Kokarde am Hut, der ein Bild von einem Pferd am Zügel führte. – Oh, meine Freunde, ihr ahnt nicht die Vollkommenheit, die so ein Tier erlangen kann, wenn ihr noch kein erstklassiges englisches Jagdpferd gesehen habt! Es war ein superber Hengst: hoch, breit, kräftig, dabei jedoch anmutig und agil wie ein Hirsch. Kohlrabenschwarz war er, und sein Hals, seine Schultern, seine Kruppe, seine Fesseln – wie soll ich ihn euch bloß beschreiben? Er glänzte wie poliertes Ebenholz in der Sonne. Anmutig hob er die Hufe und tänzelte leicht und verspielt, er warf seine Mähne zurück und wieherte ungeduldig. Nie zuvor hatte ich solch eine Mischung aus Kraft, Schönheit und Grazie gesehen. Ich hatte mich immer schon gewundert, wie die englischen Husaren damals bei Astorga unsere Gardechasseurs niederreiten konnten, doch als ich die englischen Pferde sah, wunderte ich mich nicht mehr.

Neben der Tür der Schenke befand sich ein Ring zum Anbinden der Pferde, und der Bursche machte die Zügel dort fest, als er ins Haus ging. Augenblicklich begriff ich, was für eine Gelegenheit mir das Schicksal bot. Wenn ich in jenem Sattel saß, war ich besser beritten als bei meinem Aufbruch. Selbst Voltigeur konnte sich mit diesem herrlichen Roß nicht messen. Gesagt – getan! Blitzschnell glitt ich die Leiter hinunter und huschte zur Stalltür. Dann rannte ich los, packte die Zügel, sprang in den Sattel. Jemand schrie empört hinter mir, entweder der General oder sein Bursche. Was kümmerte mich Geschrei! Ich berührte den Hengst mit meinen Sporen, und er sprang mit einem derart gewaltigen Satz vorwärts, daß nur ein guter Reiter wie ich nicht abgeworfen wurde. Ich gab die Zügel frei und ließ ihn laufen – es spielte keine Rolle, wohin; Hauptsache, fort von der Schenke, so weit wie möglich. Er donnerte durch die Weingärten, und binnen weniger Minuten hatte ich Meilen zwischen mich und meine Verfolger gebracht. In dem unübersichtlichen Gelände konnten sie unmöglich feststellen, welche Richtung ich eingeschlagen hatte. Ich wußte mich vor ihnen in Sicherheit, und so ritt ich eine kleine Anhöhe hinauf, zog Bleistift und Notizbuch hervor und begann, die gut sichtbaren Feldlager und markante Orientierungspunkte in einer Kartenskizze festzuhalten.

Der Hengst, auf dem ich saß, war ein braves Tier, doch auf seinem Rücken zu zeichnen war gar nicht so einfach, Denn immer wieder spitzte er die Ohren, zuckte zusammen und begann vor Ungeduld zu zittern. Zuerst begriff ich dieses merkwürdige Verhalten nicht, doch alsbald merkte ich, daß es immer dann einsetzte, wenn ein langgezogener Ruf aus dem Eichenwald unter uns ertönte – etwa so: „Joi-joi-joi!" Und auf einmal wurde dieser merkwürdige Ruf von gräßlichem Geschrei und aufgeregtem Hörnertuten abgelöst. Sofort spielte mein Hengst verrückt. Seine Augen funkelten. Seine Mähne sträubte sich. Er machte einen Luftsprung, und noch einen, und stieg und drehte sich erregt im Kreis. Der Bleistift flog nach der einen Seite, das Notizbuch nach der anderen davon. Und dann, als ich ins Tal schaute, sah ich etwas ganz Seltsames. Die Jagd strömte dort entlang. Den Fuchs sah ich nicht, aber die Hunde waren ihm wütend kläffend auf der Spur. Die Nase am Boden, den Schwanz in der Luft, rannten sie so dicht nebeneinander, daß man die Meute für einen wandernden braun-weiß gesprenkelten Teppich halten konnte. Und hinter ihnen die Reiter – mein Gott, was für ein Bild! Man muß sich alle möglichen Typen vorstellen, die eine große Armee zu bieten hat: einige trugen Jagdkleidung, die meisten jedoch Uniform. Da waren blaue Dragoner, rote Dragoner, rothosige Husaren, grüne Schützen, Artilleristen, goldbetreßte Lanzenreiter, und immer wieder Rot, Rot, Rot, denn im Sattel standen die Infanterieoffiziere der Kavallerie in nichts nach. Was für eine Truppe! Manche saßen auf guten Pferden, manche auf Kleppern, aber alle jagten sie dahin, so gut sie konnten, der Rangniedrige ebenso wie der General, schiebend und drängelnd, Peitsche und Sporen gebrauchend, keinen anderen Gedanken im Kopf, als diesem lächerlichen kleinen Fuchs den Garaus zu machen! Wirklich, sie sind schon ein komisches Volk, diese Engländer!

Aber ich hatte keine Zeit, das Schauspiel zu verfolgen oder mich über die Inselbewohner zu wundern, denn von allen verrückten Kreaturen war das Pferd, auf dem ich saß, das verrückteste. Ihr versteht, es war ein Jagdpferd, und das Gekläff der Hunde bedeutete ihm soviel wie mir ein Hornsignal der Kavallerie. Es erregte den Hengst. Es machte ihn wild. Wieder und wieder bäumte er sich auf. Und dann nahm er die Trense zwischen die Zähne und galoppierte los – den Hügel hinunter, den Hunden hinterher! Ich fluchte und zerrte und riß an den Zügeln, doch ich war machtlos. Der englische General ritt sein Pferd nur mit einer einfachen Trense, und das Biest hatte ein Maul wie aus Eisen. Es war zwecklos, es zurückhalten zu wollen. Ebenso gut hätte man versuchen können, einen Grenadier von einer Weinflasche fernzuhalten. Ich gab verzweifelt auf, ließ mich in den Sattel fallen und machte mich auf das Schlimmste gefaßt.

Was für ein wundervolles Tier! Nie zuvor hatte ich solch ein Pferd zwischen meinen Knien gehabt. Seine herrlichen

Flanken bebten unter mir bei jedem Satz. Schneller und schneller schoß es vorwärts, langgestreckt wie ein Windhund, während der Wind mir ins Gesicht schlug und um die Ohren pfiff. Ich trug meine Interimsjacke, eine schlichte, dunkle Uniform – gleichwohl natürlich wie jede Uniform an bestimmten Einzelheiten zu erkennen –, und ich hatte zur Vorsicht den langen Federbusch von meiner Bärenmütze entfernt. Das Ergebnis war, daß ich inmitten der vielen verschiedenen Uniformen überhaupt nicht auffiel. Die Männer hatten nur ihre Jagd im Kopf und dachten nicht daran, auf mich zu achten. Der Gedanke, ein französischer Offizier könnte neben ihnen reiten, war so absurd, daß er ihnen nicht einmal als Möglichkeit in den Sinn kam. Ich lachte, während wir dahingaloppierten, denn trotz aller Gefahr hatte die Situation etwas Komisches.

Wie ich bereits sagte, waren die Jäger recht unterschiedlich beritten, und so zog sich das Feld der Reiter, das geschlossen wie ein angreifendes Regiment gestartet war, schon nach wenigen Meilen ziemlich weit auseinander; die Schnelleren lagen vorn, unmittelbar hinter den Hunden, die Langsameren fielen allmählich zurück. Nun, da ich so gut wie irgendeiner reite und mein Pferd das beste von allen war, gelangte ich, wie ihr euch vorstellen könnt, bald an die Spitze. Und als ich die Hunde über die offene Ebene strömen sah, einen Jäger im roten Mantel dicht hinter ihnen und nur sieben oder acht Reiter zwischen mir und der Meute, da passierte das Seltsamste der ganzen Geschichte, denn es packte auch mich – mich, Etienne Gérard! Urplötzlich überkam mich dieses Sportfieber, das Verlangen zu siegen, dieser Haß auf den Fuchs. Ah, es ist ein überwältigendes Gefühl, meine Freunde, dieses Wettkampffieber, dieser Wunsch, den Fuchs mit den Hufen des eigenen Pferdes zu zertrampeln! Ich habe diese Fuchsjagd der Engländer mitgemacht. Aber ich habe auch – vielleicht erzähle ich später einmal davon – einen Boxkampf mit dem berühmten Bustler aus Bristol ausgetragen. Und ich sage euch, dieser Sport ist eine wundervolle Sache – mindestens ebenso interessant wie verrückt.

Je weiter wir vorankamen, desto schneller galoppierte

mein Pferd, und bald waren nur noch drei Männer den Hunden so nahe wie ich. Alle Furcht vor dem Entdecktwerden war verschwunden. Mein Blut wallte, es hämmerte in meinen Schläfen. Nur ein Gedanke beherrschte mich, nämlich diesen verflixten Fuchs zu erwischen. Ich überholte einen Reiter – er war ein Husar wie ich. Nun lagen nur noch zwei vor mir: einer in einem schwarzen Mantel, der andere war jener blaue Artillerist, den ich an der Weinschenke gesehen hatte. Sein grauer Backenbart flatterte im Wind, aber er ritt hervorragend. Etwa eine Meile oder länger blieb diese Reihenfolge unverändert, doch als wir einen steilen Hang hinaufgaloppierten, brachte mich mein geringeres Gewicht nach vorn. Ich überholte die beiden und setzte mich an die Spitze. Genauer gesagt, ich ritt nun gleichauf mit dem kleinen englischen Jägersmann mit dem wettergegerbten, harten Gesicht. Vor uns rannten die Hunde, und etwa hundert Schritt vor ihnen flitzte ein bräunlicher Schatten dahin – der verzweifelt fliehende Fuchs. Als ich ihn erblickte, begann mein Blut zu kochen. „Aha, haben wir Dich, Du Räuber!“ rief ich und winkte dem Jäger ermutigend zu. Er sollte sehen, daß er jemanden neben sich hatte, auf den er sich verlassen konnte.

Und nun waren nur noch die Hunde zwischen mir und meiner Beute. Diese Hunde, deren Aufgabe es ist, den Fuchs aufzustöbern und zu verfolgen, waren uns jetzt eher hinderlich als hilfreich, denn man konnte sie schwer überholen. Der Jäger mußte diese Schwierigkeit genau wie ich gespürt haben, denn er ritt dicht hinter der Meute, ohne dem Fuchs näherzukommen. Er war ein guter Reiter, aber es fehlte ihm an Wagemut. Ich jedoch fand, es wäre eines Conflansschen Husaren unwürdig, vor solch einer Schwierigkeit zu kapitulieren. Etienne Gérard sollte sich von einer Meute Jagdhunde zurückhalten lassen? Lächerlich! Ich stieß einen Schrei aus und gab meinem Hengst die Sporen.

„Vorsicht, Sir! Geben Sie acht!“ rief der Jäger.

Er sorgte sich um mich, der gute alte Mann, aber ich beruhigte ihn mit einem Winken und einem Lächeln. Die Meute öffnete sich vor mir. Zwei oder drei Hunde mögen verletzt worden sein, aber was machte das schon! Schließlich muß man Eier zerbrechen, wenn man ein Omelett haben will, nicht wahr? Ich hörte die anfeuernden Rufe des Jägers in meinem Rücken. Eine letzte Anstrengung, und die Hunde lagen hinter mir. Jetzt befand sich vor mir nur noch der Fuchs.

Ah, die Freude und der Stolz, die ich in jenem Augenblick empfand! Zu wissen, daß ich die Engländer in ihrer ureigensten Sportart besiegte! Dreihundert Mann dürsteten nach dem Blut dieses Fuchses, aber ich und kein anderer würde ihn erlegen! Ich dachte an meine Kameraden von der leichten Kavallerie, an meine Mutter, an den Kaiser, an Frankreich. Für sie alle wollte ich Ruhm erwerben. Unaufhaltsam rückte ich dem Fuchs näher. Der entscheidende Moment war gekommen. Ich zog den Säbel aus der Scheide und schwang ihn in der Luft. Alle die braven Engländer hinter mir jauchzten auf.

Doch erst dann begriff ich, wie schwierig diese Fuchsjagd ist, denn wie man auch auf dieses kleine Tier einhaut, man trifft es einfach nicht. Es ist sehr flink und wendig und weicht jedesmal aus. Bei jedem Hieb brandete hinter mir das anfeuernde Geschrei der Engländer auf und spornte mich zu immer energischeren Bemühungen an. Und dann endlich kam der Augenblick meines höchsten Triumphes. Gerade, als er wieder einen Haken schlug, erwischte ich ihn mit einem Rückhandschlag wie jenem, mit dem ich damals den Adjutanten des russischen Zaren tötete. Ich hieb ihn glatt mittendurch; sein Kopf flog nach einer Seite, sein Schwanz nach der anderen. Ich wandte mich um und schwang den blutbeschmierten Säbel in der Luft. In dem Moment fühlte ich mich wie verzückt – einfach großartig!

Ah, wie gern hätte ich auf diese großmütigen Gegner gewartet, um ihre Glückwünsche entgegenzunehmen! An die fünfzig waren in Sichtweite, und alle schwenkten die Arme und schrien. Sie sind eigentlich gar nicht so eine phlegmatische Rasse, diese Engländer. Eine tapfere Tat im Krieg oder im Sport begeistert sie immer. An dem alten Jäger, der mir am nächsten war, konnte ich mit eigenen Augen sehen, welchen überwältigenden Eindruck das Gesehene auf ihn machte. Er wirkte wie gelähmt – sein Mund stand offen, er reckte seine freie Hand starr mit gespreizten Fingern in die Luft. Einen

Moment lang fühlte ich mich versucht, umzukehren und ihn zu umarmen. Doch meine Pflicht rief mich, und diese Engländer hätten mich trotz aller Ritterlichkeit, die zwischen Sportsleuten herrscht, sicherlich gefangengenommen. An die Fortführung meiner Mission war nun freilich nicht mehr zu denken. Ich hatte alles getan, was in meiner Macht stand. Ich sah die Linien von Massénas Lager in nicht allzu großer Entfernung vor mir, denn durch einen glücklichen Zufall hatte uns die Jagd in diese Richtung geführt. Ich wandte mich von dem toten Fuchs ab, salutierte mit dem Säbel und galoppierte davon.

Aber sie wollten mich nicht so einfach entkommen lassen, diese wackeren Jäger. Nun war ich der Fuchs, und die wilde Jagd ging quer über die Ebene. Erst als ich auf unser Lager zuritt, merkten sie wohl, daß sie einen Franzosen vor sich hatten, und ich hatte nun den ganzen Schwarm auf den Fersen. Wir waren bereits in Schußweite unserer Posten, als sie schließlich innehielten. Sie kehrten jedoch nicht um, sondern blieben dort in Gruppen stehen und brüllten und winkten mit den Armen und wollten lange nicht fortgehen. Feindselig? Nein, das glaube ich nicht. Ich denke eher, daß echte Begeisterung sie erfüllte; sie hätten wohl gern den Fremden ans Herz gedrückt, der sich so tapfer und großartig geschlagen hatte.

Anmerkung des Übersetzers: Die heiligen Regeln der englischen Fuchsjagd verlangen, daß der Fuchs von der Hundemeute zerrissen wird. Mit dem Töten des Fuchses und der Verletzung der Jagdhunde hatte der ahnungslose Gérard gleich zwei Todsünden begangen.

Wie der Brigadier eine Armee rettete

Ich habe Ihnen bereits erzählt, Messieurs wie wir die Engländer sechs Monate lang, vom Oktober 1810 bis März 1811, in ihren Verschanzungen bei Torres-Vedras im Schach hielten. Während dieser Zeit machte ich auch eine Fuchsjagd bei ihnen mit und zeigte ihnen, daß von allen ihren Sportsleuten sich keiner mit einem Conflansschen Husaren messen konnte. Als ich mit dem frischen Blut des Tiers am Säbel in unsere Linien hineingaloppierte, brachen die Vorposten, die meine Tat gesehen hatten, in einen Sturm der Begeisterung aus, während mir die englischen Jagdteilnehmer auch noch zujubelten, sodaß ich den Beifall beider Armeen hatte. Die Tränen traten mir in die Augen, als ich merkte, daß ich die Bewunderung so vieler tapferer Männer erreicht hatte. Diese Engländer sind großmütige Gegner. Noch am selben Abend kam ein Paket unter einer weißen Flagge an; es trug die Adresse:

„An den Husarenoffizier, der den Fuchs erlegte."

Drin fand ich die zwei Teile des Fuchses, wie ich ihn zurückgelassen hatte. Es lag noch ein kurzes, aber herzliches Schreiben bei, wie's bei den Engländern Sitte ist. Es besagte, daß ich, nachdem ich den Fuchs abgeschlachtet hatte, ihn nun auch verzehren müßte. Sie konnten ja nicht wissen, daß wir Franzosen keine Füchse zu essen pflegen, aber es bewies doch ihren Wunsch, daß derjenige, der die Ehren der Jagd geerntet hatte, auch an der Beute Anteil haben sollte.

Ein Franzose läßt sich in punkto Höflichkeit nicht gerne übertreffen, ich schickte den braven Weidmännern also die Beute zurück und bat sie, dieselbe beim nächsten Jagdfrühstück als Zwischenspeise sich gut munden zu lassen. So verkehren ritterliche Feinde im Kriege miteinander.

Ich hatte von meiner Expedition einen klaren Plan der englischen Stellungen mitgebracht und legte ihn noch am Abend dem Marschall Masséna vor.

Ich hatte gehofft, daß er auf Grund desselben zum Angriff vorgehen würde, aber die verschiedenen Marschälle lagen sich in den Haaren, sie schnappten und knurrten sich gegenseitig an wie hungrige Hunde. Ney haßte Masséna, Masséna haßte Junot, und Soult haßte sie alle. Aus diesem Grunde wurde nichts unternommen. Dabei wurde die Fourage immer spärlicher, und unsere prächtige Kavallerie ging aus Futtermangel zugrunde. Ehe der Winter ganz zu Ende war, hatten wir die ganze Gegend so abgegrast, daß uns nichts mehr zu essen blieb, wir mochten unsere Fouragemannschaften noch so weit hinausschicken. Es wurde also auch den Tapfersten von uns klar, daß die Zeit zum Rückzug gekommen war. Ich selbst konnte nicht umhin, diese Notwendigkeit einzusehen.

Aber der Rückzug war nicht so leicht. Nicht allein daß unsere Truppen infolge des Nahrungsmangels geschwächt und erschöpft waren, der Feind hatte auch wegen unserer langen Untätigkeit frischen Mut gewonnen. Vor Wellington hatten wir keine große Furcht. Wir hatten ihn zwar als einen tapferen und umsichtigen Führer kennengelernt, aber die Unternehmungslust fehlte ihm. Überdies konnte er uns in diesem öden Land nicht allzu rasch und energisch verfolgen. Aber auf den Flanken und im Rücken unserer Armee hatten sich große Massen portugiesischer Miliz, bewaffnete Bauern und Guerillas, angesammelt. Dieses Volk hatte sich den Winter über in einem respektabeln Abstand gehalten, aber nun, als unsere Pferde kaum noch laufen konnten, umschwärmten sie unsere Vorposten wie die Aasfliegen, und das Leben eines Mannes, der ihnen in die Hände fiel, war keinen Sou mehr wert. Ich könnte Ihnen aus meinem eigenen Bekanntenkreis mehr als ein Dutzend Offiziere namhaft machen, Messieurs, die von ihnen damals abgefangen wurden, und von denen derjenige noch von Glück sagen konnte, dem eine Kugel hinter einem Felsen her den Kopf oder das Herz durchbohrte. Manche fanden einen so grausamen Tod, daß keine Kunde davon je an ihre Angehörigen gelangen durfte. Solche Fälle kamen so häufig vor, und sie wirkten derartig auf die Mannschaften, daß sich niemand getraute, das Lager zu verlassen. Besonders waren es die Greueltaten eines Guerillaführers namens Manuelo mit dem Beinamen „Der Lächelnde“, welche unsere Leute mit Schrecken erfüllten. Er war ein dicker, fetter Kerl mit jovialem Äußeren, der mit einer verwegenen Bande in den Bergen zu unserer Linken auf der Lauer lag. Die Grausamkeiten und Brutalitäten dieses Burschen allein würden ein ganzes Buch füllen, denn er besaß eine große Macht, weil er es verstand, seine Briganten so zu organisieren, daß es uns fast unmöglich war, durch sein Gebiet hindurchzukommen. Er bewirkte das durch eine strenge Disziplin und die Androhung furchtbarer Strafen. Durch diese Mittel machte er seine Bande zum Schrecken seiner Feinde, erzielte aber dadurch außerdem einige unerwartete Resultate, wie ich Ihnen gleich erzählen werde. Hatte er doch seinen eigenen Leutnant peitschen lassen – doch davon später.

Der Rückzug war mit vielen Schwierigkeiten verknüpft, aber zweifelsohne gab's keinen anderen Ausweg mehr. So ließ denn Masséna den Troß von seinem Hauptquartier Torres-Novas nach Coimbra transportieren, dem ersten festen Platz auf seiner Verbindungslinie. Das konnte jedoch nicht unbemerkt geschehen, und sofort kamen die Guerillas näher und näher an unsere Flanken geschwärmt. Eine Division von uns, die Clauselsche, mit einer Brigade Kavallerie unter Montbrun stand weit im Süden vom Tajo, und sie mußten unbedingt von unserem beabsichtigten Rückzug in Kenntnis gesetzt werden, weil sie sonst ohne Schutz mitten im Feindesland zurückgeblieben wären.

Ich war neugierig, wie Masséna das anfangen würde, denn einfache Kuriere konnten nicht durchkommen, und kleine Detachements würden sicher vernichtet werden. Auf irgend eine Weise mußte ihnen aber Nachricht gebracht werden, oder Frankreich würde um vierzehntausend Mann ärmer werden. Ich dachte freilich zuletzt daran, daß ich, Oberst Gérard, die Ehre haben sollte, eine Tat auszuführen, die im Leben jedes anderen die Krone des Ruhmes gebildet haben würde, und die selbst in meinem gloriosen Dasein mit an erster Stelle steht.

Ich gehörte damals zu Massénas Stab. Er hatte noch zwei Offiziere in seinen persönlichen Diensten, die auch sehr tapfer und intelligent waren. Der eine hieß Cortex und der andere Duplessis. An Alter waren sie mir vor, aber in jeder anderen Beziehung waren sie jünger. Cortex war ein kleiner, dunkler Mann, sehr flink und lebhaft. Er war ein tüchtiger Soldat, aber wegen seiner Einbildung nicht zu gebrauchen. Nach seiner eigenen Schätzung war er der Erste in der ganzen Armee. Duplessis war, wie ich selbst, ein Gascogner, ein sehr feiner Kerl, wie alle Gascogner.

Wir taten abwechselnd Dienst, einen Tag um den anderen. An dem Morgen, von dem ich spreche, war Cortex an der Reihe. Ich sah ihn noch beim Frühstück, aber später war weder er zu schauen, noch sein Pferd. Den ganzen Tag befand sich Masséna in seiner gewöhnlichen düsteren Stimmung. Er verbrachte viel Zeit damit, mit seinem Fernrohr die englischen Linien und den Schiffsverkehr auf dem Tajo zu betrachten. Er sagte uns kein Wort von der Mission, zu der er unseren Kameraden ausgesandt hatte, und es war nicht unsere Sache, ihn darüber zu fragen.

In der folgenden Nacht gegen zwölf Uhr stand ich draußen vor dem Hauptzelt, als er heraustrat und eine halbe Stunde regungslos auf demselben Fleck stand, und, die Arme über die Brust gekreuzt, durch die Finsternis nach Osten starrte. So kalt und gespannt stand er da, daß man die verhüllte Gestalt mit dem Dreimaster für seine Statue hätte halten können. Wonach er Umschau hielt, konnte ich nicht ahnen; aber endlich stieß er einen bitteren Fluch aus, drehte sich um, ging in seine Wohnung zurück und schlug die Tür hinter sich zu.

Am nächsten Morgen hatte Duplessis, der zweite Adjutant, schon früh eine Unterredung mit dem Marschall, nach welcher ebenfalls weder er noch sein Pferd wiederzusehen waren. In der kommenden Nacht wachte ich im Vorzimmer, Masséna ging an mir vorüber, und ich bemerkte vom Fenster aus, daß er wieder nach Osten blickte, genau wie er's in der vergangenen Nacht getan hatte. Eine volle halbe Stunde blieb er draußen stehen, ein schwarzer Schatten in der Dunkelheit. Dann schritt er wieder zurück, schlug die Tür heftig zu und ging sporenklirrend und säbelrasselnd die Treppe hinauf. Er war schon für gewöhnlich ein alter Brummbär, wenn ihm aber etwas schief ging, konnte er beinahe so wild werden wie der Kaiser selbst. Ich hörte ihn in jener Nacht fluchen und über mir auf den Boden stampfen, aber er rief mich nicht, und ich kannte ihn zu gut, um unaufgefordert hinaufzugehen.

Am nächsten Morgen kam ich an die Reihe, denn ich war der einzige Adjutant, der noch übrig war. Ich war sein Lieblingsadjutant. Er hatte einen flotten Soldaten immer gern. Ich glaube, die Tränen standen ihm an jenem Morgen, als er mich holen ließ, in den schwarzen Augen. „Gérard!“ sagte er. „Kommen Sie ’mal her!“ Er faßte mich wie einen Freund am Ärmel und führte mich an das offene Fenster, das gegen Osten lag. Unter uns war das Lager der Infanterie, dahinter kam die Kavallerie mit den langen Reihen angebundener Pferde, dann die Vorpostenketten, und davor breitete sich ein ebenes, von Weingärten durchschnittenes Gelände aus. Jenseits der Ebene zog sich eine Hügelkette hin, aus der eine Spitze besonders hervorragte. Am Fuße dieser Hügel war ein breiter Gürtel Waldes. Eine einzige weiße Landstraße führte nach diesen Bergen.

„Das ist die Sierra de Merodal,“ sagte Masséna, indem er nach dem Gebirgszug deutete. „Sehen Sie etwas auf der Höhe.“

Ich antwortete, daß ich nichts bemerken könnte.

„Jetzt?“ fragte er, nachdem er mir sein Glas gegeben hatte.

Mit dem Feldstecher erkannte ich auf der Spitze des höchsten Berges eine kleine Erhebung, einen Haufen Stein oder Holz.

„Was Sie dort sehen, “ erklärte Masséna, „ist ein Haufen Holz, der als Feuersignal dienen soll. Er wurde aufgeschichtet, als wir das Land noch in unserem Besitz hatten, und jetzt, wo wir’s nicht länger halten können, liegt er zu unserem Glück noch da. Dieser Holzstoß muß heute nacht angezündet werden, Gérard. Das fordert Frankreich von uns, fordert der Kaiser, fordert die Armee. Zwei Ihrer Kameraden sind schon zu diesem Zwecke abgegangen, aber keiner von beiden ist bis zum Gipfel gekommen. Heute ist die Reihe an Ihnen, und ich hoffe, daß Sie mehr Glück haben.“

Es geziemt sich nicht für einen Soldaten, nach Gründen zu fragen, und ich wollte daher bereits hinausgehen, als mir der Marschall die Hand auf die Schulter legte und mich zurückhielt.

„Ich will Ihnen alles sagen,“ fuhr er fort, „damit Sie wissen, für welche hohe Aufgabe Sie Ihr Leben riskieren. Fünfzig Meilen südlich von uns auf der anderen Seite des Tajo liegt General Clausel mit seinen Truppen. Sein Lager befindet sich in der Nähe eines Berges, der Sierra d’Ossa. Auf der Spitze dieses Berges ist ebenfalls ein Holzhaufen errichtet, und dabei ist eine Wache aufgestellt. Wir haben nun vereinbart, daß, wenn er um Mitternacht unser Feuer sieht, er als Antwort mit seinem eigenen signalisieren und sich dann sofort auf die Hauptarmee zurückziehen soll. Wenn er nicht bald aufbricht, muß er zurückbleiben. Seit zwei Tagen bin ich bestrebt, ihm sein Zeichen zu geben. Heute muß er’s bekommen, sonst wird seine Armee zurückgelassen und aufgerieben werden.“

Oh, mes amis, wie das Herz in meiner Brust höher schlug, als ich vernahm, welch hohe Aufgabe mir Fortuna zugewiesen hatte. Falls ich mit dem Leben davonkäme, würde mein Lorbeerkranz um ein neues prächtiges Blatt reicher werden. Sollte ich aber dabei den Tod finden, würde er meiner Laufbahn würdig gewesen sein. Ich äußerte kein Wort, aber ich glaube bestimmt, daß sich alle diese edeln Gedanken auf meinem Gesicht ausdrückten, denn Masséna ergriff meine Hand und drückte sie.

„Dort ist der Hügel, und dort ist der Holzhaufen,“ sagte er. „Zwischen diesem und Ihnen ist nur dieser Guerilla mit seinen Leuten. Eine größere Abteilung kann ich für diesen Zweck nicht absenden, und eine kleine würde gesehen und vernichtet werden. Ich übertrage es Ihnen also allein. Führen Sie’s aus, wie’s Ihnen am besten erscheint, aber lassen Sie mich um zwölf Uhr heute nacht den Feuerschein auf dem Berge sehen.“

„Wenn er nicht aufleuchtet,“ antwortete ich, „dann bitte ich Sie darum, Marschall, dafür zu sorgen, daß meine Effekten verkauft werden und das Geld meiner Mutter geschickt wird.“ Ich legte die Hand an den Tschako und machte kehrt; meine Brust hob sich bei dem Gedanken an die Tat, die ich vor mir hatte.

Eine Zeitlang saß ich in meinem Zimmer, um darüber nachzudenken, wie ich die Sache am besten ausführen könnte. Die Tatsache, daß es weder Cortex noch Duplessis, zwei sehr eifrigen und tätigen Offizieren, gelungen war, die Spitze des angegebenen Hügels zu erreichen, bewies, daß die Guerillas die Gegend sehr gut bewachten. Ich rechnete nach einer Karte die Entfernung aus. Ich hatte zehn Meilen offenes Gelände, ehe ich an die Bergkette kommen würde. Dann kam am Fuße derselben ein Waldsaum, der vielleicht drei oder vier Meilen breit sein mochte, und darüber erhob sich erst der Berg selbst, der zwar nicht sehr hoch war, aber mir keinerlei Deckung bot. Das waren die drei Etappen meiner Tour.

Es schien mir, daß, wenn ich erst den schützenden Wald erreicht hätte, alles andere leicht zu machen sei, denn ich konnte mich in seinem Schatten verbergen und, nachdem's dunkel geworden war, die kahle obere Hälfte hinaufsteigen. Von acht bis zwölf Uhr hatte ich vier Stunden Zeit zum Aufstieg. Ich hatte also nur den ersten Teil reiflich zu überlegen.

Über dieses flache Terrain führte die einladende weiße Straße, und es fiel mir ein, daß meine Kameraden die Pferde mitgenommen hatten. Das war sicher ihr Verderb gewesen, denn nichts war für die Briganten leichter, als diese Chaussee zu überwachen und alle Vorüberkommenden aus einem Hinterhalt zu überfallen. Es würde mir ja keine Schwierigkeiten gemacht haben, querfeldein zu reiten, zumal ich damals über ein ausgezeichnetes Pferdematerial verfügte, denn ich hatte außer Violetta und Rataplan, zwei der feinsten Springer in der ganzen Armee, auch noch den großartigen englischen Rappen vom Baron Cotton. Jedoch nach reiflicher Erwägung kam ich zu dem Entschluß, zu Fuß zu gehen, weil ich dann eher jede Chance, die sich bieten würde, ausnutzen könnte. Ich warf also über meine Husarenuniform einen langen Mantel und setzte eine graue Mütze auf, wie man sie beim Fouragieren trägt. Sie wundern sich vielleicht, warum ich mich nicht als Bauer verkleidete, darauf kann ich Ihnen nur sagen, Messieurs, daß ein Ehrenmann nicht gerne den Tod eines Spions stirbt. Es ist ein Unterschied, ob man ermordet oder ob man einfach kriegsrechtlich erschossen wird. Jenes Ende zu nehmen, wollte ich nicht wagen.

Am Nachmittag entfernte ich mich aus dem Lager und passierte unsere Vorposten. Unter meinem Mantel hatte ich einen Feldstecher, eine Pistole und natürlich auch meinen Säbel. In der Tasche hatte ich Zunder, Stein und Stahl.

Zwei bis drei Meilen marschierte ich durch die Weingärten und kam so gut voran, daß ich mich innerlich freute und bei mir dachte, man braucht doch nur ein Mann mit etwas vernünftiger Überlegung zu sein und die Sache richtig anzufangen, um sie leicht zum Gelingen zu bringen. Cortex und Duplessis, die einfach die Landstraße entlanggaloppiert waren, mußten natürlich bemerkt worden sein, aber der schlaue Gérard, der unter den deckenden Weinsträuchern dahinschlich, war ein ganz anderer Kerl. Ich hatte sicher fünf Meilen hinter mir, ohne auch nur auf das geringste Hindernis gestoßen zu sein. Da kam ich an eine kleine Weinschenke, vor der ich einige Karren und eine Anzahl Menschen erblickte, die ersten, die ich bis dahin gesehen hatte.

Nun, wo ich längst außerhalb unseres Bereichs war, wußte ich, daß jeder Mensch mein Feind war. Ich duckte mich also und schlich an eine Stelle, von der aus ich besser beobachten konnte, was da vorging. Ich merkte dann, daß diese Leute Bauern waren, die leere Weinfässer aufluden. Ich konnte nicht einsehen, inwiefern sie mir förderlich oder hinderlich sein sollten und setzte also meinen Weg ruhig fort.

Doch bald wurde mir klar, daß meine Aufgabe nicht so leicht war, wie sie geschienen hatte. Als sich das Gelände hob, hörten die Weingärten auf, und ich kam auf ein offenes, hügeliges Terrain. Ich kroch in einen Graben und betrachtete die Gegend durch mein Fernglas. Da bemerkte ich denn sehr bald, daß auf jedem Hügel eine Wache stand, und daß diese Kerle eine Postenkette ausgestellt hatten, ganz genau so wie wir selbst. Ich hatte von der Organisation dieses „Lächelnden“ gehört und sah hier ein praktisches Beispiel davon vor mir. Zwischen den einzelnen Hügeln war ein Kordon von Schildwachen, und obwohl ich in einem weiten Umkreis um die Flanken herumging, sah ich doch überall Feinde vor mir. Da war guter Rat teuer. Es gab so wenig Deckung, daß keine Ratte hätte durchkommen können, ohne gesehen zu werden. Natürlich würde es nicht schwer gewesen sein, während der Nacht durchzuschlüpfen, wie ich's mit den Engländern bei Torres-Vedras gemacht hatte; aber ich war noch zu weit von jenem Berge ab und konnte ihn, wenn ich bis zum Eintritt der Dunkelheit warten wollte, nicht mehr rechtzeitig erreichen, um den Holzhaufen um Mitternacht in Brand zu stecken. Ich lag in meinem Graben und schmiedete tausenderlei Pläne, von denen einer immer gefährlicher war als der andere. Endlich kam mir plötzlich jener Lichtblitz, der bei dem tapferen Manne, der sich nicht der Verzweiflung hingibt, nie ausbleibt.

Ich sagte Ihnen bereits, Messieurs daß vor dem Wirtshaus leere Fässer aufgeladen wurden. Die Ochsen vor den Wagen standen mit den Köpfen nach Osten zu, es war also klar, daß die zwei Wagen in derselben Richtung fahren würden, die ich auch einschlagen mußte. Wenn ich mich nun auf einem derselben verbergen konnte, was für einen einfacheren und besseren Weg gab's dann für mich, durch die Linien der Guerillas zu kommen? Dieser Plan war so gut und so ausgezeichnet, daß ich einen Freudenschrei nicht unterdrücken konnte, als er mir in den Sinn kam, und ich lief sofort auf die Schenke los. Dort konnte ich hinter ein paar Hecken genau beobachten, was auf der Straße vorging.

Drei Bauern mit roten Jagdmützen waren mit Aufladen beschäftigt. Mit einem Wagen waren sie fertig, auf dem anderen lag erst die unterste Reihe Fässer. Eine Anzahl leerer Fässer lagen noch draußen vor dem Wirtshaus. Fortuna war mir hold – ich hab' immer gesagt, sie ist ein Weib, das einem kühnen jungen Husaren nicht widerstehen kann. Als ich so wartete, gingen die drei Männer ins Wirtshaus, denn es war ein heißer Tag, und sie hatten Durst bekommen bei der Arbeit. Schnell wie der Blitz stürzte ich hinter meinem Versteck hervor, kletterte auf den Wagen und kroch in eins der leeren Fässer. Es hatte einen Boden, aber keinen Deckel, und es lag auf der Seite, das offene Ende nach innen gekehrt. Ich lag drin wie ein Hund in seiner Hütte, die Knie bis ans Kinn gezogen, denn die Fässer waren nicht sehr groß, und ich bin kein kleiner Mann. Ich war kaum drin, so kamen die Bauern auch schon wieder 'raus, und gleich darauf hörte ich einen Krach über mir, woran ich merkte, daß sie ein anderes Faß auf mein's geworfen hatten.

Sie schichteten so viele auf, daß ich nicht mehr wußte, wie ich je wieder herauskommen sollte. Doch damit hatte es ja noch gute Weile, und ich zweifelte nicht, daß mich mein gutes Glück und mein eigener Mutterwitz, die mich soweit gebracht hatten, auch noch weiter bringen würden.

Bald nachdem der Wagen vollgeladen war, setzte er sich in Bewegung, und ich lachte in meinem Faß bei jedem Schritt, denn er führte mich doch näher an mein Ziel. Die Fahrt ging langsam, und die Bauern schritten neben dem Fuhrwerk her. Das erkannte ich daran, daß ich ihre Stimmen ganz nahe hörte. Sie schienen mir sehr fröhliche Burschen zu sein, denn sie lachten herzlich, während sie dahinwanderten. Worum sich ihre heitere Unterhaltung drehte, konnte ich nicht verstehen. Obwohl ich ihre Sprache ziemlich gut spreche, konnte ich doch nichts Komisches aus den Bruchstücken heraushören, die an mein Ohr drangen.

Ich rechnete aus, daß wir bei dem Tempo eines Ochsengespanns zwei Meilen in der Stunde zurücklegten. Nach zweieinhalb Stunden – mes amis, solche Stunden, mit zusammengezogenen Gliedern, dem Ersticken nahe und beinahe vergiftet von den schädlichen Gasen – nach Verlauf dieser Stunden mußte also das freie Gelände hinter uns liegen und wir am Saum des Waldes und am Fuße des Berges sein. Nun überlegte ich, wie ich aus meinem Faß herauskommen würde. Ich hatte bereits an verschiedene Wege gedacht und wog sie gerade gegen einander ab, als die Frage in einer sehr einfachen aber ebenso unerwarteten Weise für mich entschieden wurde.

Der Karren hielt plötzlich an, und ich hörte mehrere rauhe Stimmen. „Wo, wo?" schrie einer. „Auf Euerem Karren," sagte ein anderer. „Wer denn?" rief ein dritter. „Ein französischer Offizier; ich hab' ihn an der Mütze und den Stiefeln erkannt.“ Sie brüllten alle vor Lachen. „Ich guckte gerade in der Posada zum Fenster ’naus und sah ihn ins Faß springen, so geschwind wie’n Stierkämpfer in Sevilla, wenn’n Stier hinter ihm her ist.“ „In welches denn?“ „In dieses,“ antwortete der Kerl und schlug tatsächlich mit der Faust an die Stelle, wo sich mein Kopf befand.

Quelle situation, Messieurs, für einen Mann in meinem Stand! Heute, nach vierzig Jahren, werde ich noch rot, wenn ich dran denke. Eingesperrt wie ein Vogel und hilflos das rohe Gelächter dieser Lümmel anhören zu müssen – dazu der Gedanke, daß meine Mission nun ein schimpfliches, ja sogar lächerliches Ende genommen hatte. Ich hätte den Mann gesegnet, der eine Kugel durch das Faß gejagt und mich aus allem Elend befreit hätte.

Ich hörte das Krachen der ’runtergeworfenen Fässer, bis zwei bärtige Gesichter und die Rohre zweier Gewehre in meines guckten. Sie packten mich an den Rockärmeln und zogen mich heraus an das Licht des Tages. Ich muß seltsam ausgesehen haben, als ich dastand in dem blendenden Sonnenlicht, mit den Augen blinzelnd und nach Luft schnappend. Ich war krumm und lahm, ich konnte meine steifen Glieder nicht gerade kriegen, und mein Mantel war halb rot wie der Rock der englischen Soldaten von der Hefe, in der ich gelegen hatte. Sie lachten und lachten immer lauter, diese Hunde, und als ich ihnen durch mein Benehmen und meine Gebärden meine Verachtung zu erkennen zu geben suchte, wurd’s immer schlimmer. Aber selbst unter diesen erschwerenden Umständen betrug ich mich als der Mann, der ich bin, und als ich sie langsam mit meinem Blick fixierte, war keiner dieser Lacher imstande, mir ins Gesicht zu sehen.

Dieser eine Blick in die Runde genügte für mich, um meine Situation genau zu erkennen. Ich war von diesen Bauern an einen der Vorposten der Guerillas verraten worden. Es waren ihrer acht, wild aussehende, haarige Burschen, mit großen Hüten und den vielknöpfigen Röcken und bunten Gürteln. Jeder trug eine Büchse und hatte eine oder zwei Pistolen im Gurt. Der Anführer, ein großer, bärtiger Kerl, hielt mir die Mündung seiner Flinte ans Ohr, während die anderen meine

Taschen durchsuchten und mir Mantel, Pistole, Feldstecher, Säbel und, was das Schlimmste von allem war, das Feuerzeug abnahmen. Nun durfte es kommen, wie's wollte, ich war ruiniert, denn ich hatte nicht mehr die Mittel, um den Haufen anzuzünden, selbst wenn ich ihn erreichen sollte.

Acht Mann von dieser Sorte und drei Bauern, mes cher amis, und ich ohne jede Waffe . War Etienne Gérard darob in Verzweiflung? Verlor er die Besinnung? Oh, Sie kennen mich zu gut, meine Herrn, aber diese verdammten Briganten kannten mich noch nicht. Nie habe ich mich so mit aller Kraft des Geistes angestrengt, wie gerade in diesem Augenblick, wo alles verloren schien. Sie werden freilich nicht drauf kommen, und wenn Sie noch so lange raten, durch welche List ich ihnen entwischt bin. Hören Sie also zu, ich will's Ihnen sagen.

Sie hatten mich vom Wagen heruntergezerrt und durchsucht, und ich stand noch schief und krumm zwischen ihnen. Aber die Steifheit ließ schon nach, und ich war lebhaft darauf bedacht, auf irgendeine Weise durchzubrechen. Die Posten der Briganten waren in einem schmalen Paß aufgestellt. Hinter demselben erhob sich eine steile Bergwand und nach vorne lief das Terrain dachförmig ab bis an ein viele hundert Meter entferntes und mit Buschwerk bestandenes Tal. Diese Kerle würden sowohl bergauf wie bergab viel rascher laufen können als ich. Sie hatten Abarcas oder rindlederne Schuhe an, die nach Art von Sandalen befestigt waren, und mit denen sie überall festen Fuß fassen konnten. Ein weniger resoluter Mann würde verzweifelt sein. Aber ich bemerkte sofort die seltsame Chance, die mir Fortuna gegeben hatte, und benutzte sie. An der Kante des Abhangs lag eins von den Weinfässern. Ich bewegte mich ganz langsam und unmerklich drauf zu, dann sprang ich wie ein Tiger mit einem gewaltigen Satz hinein, die Füße voran. Ein rascher Ruck, und es lag auf der Seite und rollte den Berg hinunter.

Ich werde diese fürchterliche Reise nie vergessen, Messieurs oh, wie's mit Donnergepolter hinuntersauste! Mit den Knien und Ellbogen stemmte ich mich gegen die Wandungen, sodaß ich ein kompaktes Bündel bildete und dadurch dem Faß die nötige Widerstandsfähigkeit und das richtige Gleichgewicht verlieh; aber der Kopf guckte an der Seite ’raus, und es war ein Wunder, daß ich mir nicht den Schädel einschlug. An den sanft abfallenden Stellen rollte es ganz erträglich, aber an den steileren machte es Bocksprünge in die Luft und stürzte krachend wieder zu Boden, sodaß mir alle Knochen knackten. Oh, wie mir der Wind um die Ohren pfiff! Mein Kopf drehte sich wie ein Kreisel, es wurde mir übel, schwindelig und zuletzt war ich fast besinnungslos! Dann hörte ich das Schrammen und Knacken von abbrechenden Zweigen; ich hatte das Buschwerk erreicht, das ich von oben weit unter mir gesehen hatte. Unaufhaltsam raste mein Vehikel weiter, noch über ein freies Feld und wieder in ein zweites Gebüsch, bis es gegen einen Baumstamm prallte und zerschellte. Ich kraxelte aus dem Häufchen Dauben und Reifen heraus. Mein Kopf tat mir überall weh, aber im Herzen war ich froh und gutes Muts, wußte ich doch, welch hehre Tat ich vollendet hatte – den Holzstoß auf dem Berge sah ich bereits in Flammen stehen.

Von der furchtbaren Erschütterung war mir ganz übel, und ich hatte das Gefühl, wie seinerzeit, als ich auf dem Meere jene Bewegungen zum erstenmal kennenlernte, welche die Seekrankheit hervorrufen. Ich mußte mich ein paar Augenblicke neben die Trümmer meines Fasses setzen und meinen Kopf mit den Händen stützen. Zu längerer Rast war keine Zeit, denn schon hörte ich über mir Schießen, ein Zeichen, daß meine Verfolger hinter mir waren. Ich stürzte ins wildeste Dickicht und lief und lief, bis ich ganz erschöpft war. Dann warf ich mich keuchend zu Boden und horchte. Nichts rührte sich. Ich hatte meine Feinde abgeschüttelt.

Als ich wieder zu Atem gekommen war, setzte ich meinen Weg schleunigst fort. Ich watete bis an die Knie im Wasser durch verschiedene Bäche, weil mir einfiel, sie könnten mich mit Hunden verfolgen. Als ich eine freie Stelle erreicht hatte, wo ich Umschau halten konnte, fand ich zu meiner größten Freude, daß ich trotz meiner Abenteuer nicht weit von meinem Wege abgekommen war. Über mir erhob sich der Peak von Merodal mit seinem kahlen, kühnen Haupt, das aus den Eichenwäldern, die seine Flanken bedeckten, hervorragte. Diese Haine von Zwergeichen bildeten die Fortsetzung des

Strauchwerks, das mich eben deckte, und ich glaubte nichts wieder befürchten zu müssen, bis ich die andere Seite erreicht hätte. Freilich machte ich mir klar, daß jeder Mensch gegen mich war, daß ich keinerlei Waffe mehr hatte, und daß viel Volk um mich herum war. Ich sah niemandem, hörte aber verschiedentlich schrille Pfiffe und auch einmal einen Schuß in der Ferne.

Es war 'ne harte Arbeit, durch das Gestrüpp vorwärts zu dringen, und ich war daher ganz froh, als ich in höheren Bestand kam und ein Pfädchen fand. Natürlich war ich nicht so dumm, es selbst zu benutzen, ich hielt mich nur in seiner Nähe und folgte seinem Lauf. Ich war eine Weile gegangen und meinte, nahe am Rande des Waldes zu sein, als ich ein sonderbares Geräusch hörte, es klang wie Stöhnen. Zuerst hielt ich's für das Geschrei irgend eines Tieres, aber allmählich vernahm ich Worte, von denen ich nur den französischen Ausruf: „Mon Dieu!" unterscheiden konnte. Mit größter Vorsicht ging ich nach der Richtung, wo der Schall herkam. Und was zeigte sich meinen Augen?

Auf einem Lager von trockenem Laub lag ein Mann in derselben grauen Uniform, die ich selbst trug. Er war offenbar schrecklich verwundet, denn ein Tuch, das er auf seine Brust preßte, war rot von Blut. Um sein Lager war eine ganze Pfütze, und eine solche Menge Fliegen umschwärmten ihn, daß mich deren Brummen und Summen sicher aufmerksam gemacht haben würde, wenn mir sein Ächzen entgangen wäre. Ich machte erst einen Moment halt, weil ich eine Falle fürchtete, dann aber erstickte mein Mitleid und meine Anhänglichkeit jedes andere Gefühl, ich stürzte auf ihn zu und kniete an seiner Seite. Er sah mich verstört an, es war Duplessis, der Mann, der gestern abgegangen war. Ein Blick auf seine eingefallenen Wangen und seine gebrochenen Augen sagte mir, daß er im Sterben lag.

„Gérard!" flüsterte er; „Gérard!"

Ich konnte ihn nur mitleidig anschauen, aber er, der wackere Mann, dachte noch an seine Pflicht, obwohl er dem Tod nahe war.

„Der Haufen, Gérard! Willst Du ihn anzünden?"

„Hast Du Stein und Stahl?“

„Hier!“

„Dann will ich ihn heute nacht noch anstecken.“

„Ich sterbe zufrieden mit diesem Bewußtsein. Sie haben mich erschossen, Gérard. Erzähl’ dem Marschall, daß ich mein Bestes getan habe.“

„Und Cortex?“

„Er war noch unglücklicher. Er ist ihnen in die Hände gefallen und auf schreckliche Weise gestorben. Wenn Du siehst, daß Du ihnen nicht mehr entrinnen kannst, Gérard, schieß Dir selbst ’ne Kugel durch den Kopf, damit Du nicht wie Cortex sterben mußt.“

Ich merkte, wie ihm das Sprechen sauer wurde, und bückte mich zu ihm nieder, um seine leisen Worte besser zu verstehen.

„Kannst Du mir noch irgend einen guten Rat geben, wie ich meine Aufgabe löse“ fragte ich ihn.

„Ia, ja; De Pombal. Er wird Dir helfen.

Vertrau’ De Pombal.“ Mit diesen Worten sank er hinten ’nüber und war tot.

„Vertrau’ De Pombal. Das ist ein guter Rat.“ Zu meinem Erstaunen stand ein Mann direkt neben mir. Derartig war ich durch die Worte meines Kameraden von allem übrigen abgelenkt, daß er hatte hervorkriechen können, ohne daß ich ihn bemerkt hatte. Nun sprang ich auf und blickte ihn an. Es war ein schlanker, dunkler Mann mit schwarzem Haar und Bart und schwarzen Augen und traurigem Gesichtsausdruck. Er hatte eine Weinflasche in der Hand und über der Schulter ein Gewehr, wie’s die Guerillas trugen. Er machte keine Anstalt, es abzunehmen, und ich erkannte, daß dies der Mann sei, den mir mein sterbender Kamerad empfohlen hatte.

„Ach, er ist dahin .“ sagte er, indem er sich über Duplessis beugte. „Er floh ins Gehölz, nachdem er einen Schuß bekommen hatte; glücklicherweise fand ich ihn, wo er zusammengebrochen war, und konnte ihm so seine letzten Stunden leichter machen. Diese Lagerstatt ist mein Werk, und ich hatte diesen Wein geholt, seinen Durst zu lindern.“

„Monsieur“, sagte ich zu ihm, „im Namen Frankreichs

danke ich Ihnen. Ich bin nur ein Husarenoberst, aber ich bin Etienne Gérard, und dieser Name hat einen guten Klang in der französischen Armee. Darf ich fragen –“

„Jawohl, ich heiße Aloysius de Pombal und bin der jüngere Bruder des bekannten Edelmanns gleichen Namens. Augenblicklich bin ich der erste Leutnant in der Guerillabande unter Manuelo, der gewöhnlich ‚Der Lächelnde‘ genannt wird.“

Meiner Treu, ich faßte an die Stelle, wo meine Pistole sein sollte, aber der Mann lächelte über diese Bewegung.

„Ich bin sein erster Leutnant, aber zugleich auch sein Todfeind,“ sagte er. Dabei riß er seinen Rock auf und schob das Hemd weg. „Sehen Sie hierher.“ rief er und zeigte mir seinen Rücken, auf dem er alte und neue, blaue und rote Streifen hatte. „Das hat mir der ‚Lächelnde‘ angetan, mir, einem Mann vom vornehmsten Geblüt in ganz Portugal. Wie ich mich dafür an ihm rächen werde, sollen Sie noch sehen.“

Ans seinen Augen sprach eine solche Wut, und er knirschte mit den Zähnen, daß ich an der Wahrheit seiner Worte nicht mehr zweifeln konnte, zumal die blutunterlaufenen Striemen auf dem Rücken sie bestätigten.

„Ich habe noch zehn Mann, die zu mir stehen,“ fuhr er fort, „in wenigen Tagen hoffe ich zu Ihrer Armee zu stoßen, nachdem ich erst hier mein Werk vollendet habe. Inzwischen –“ Sein Gesicht nahm mit einemmal ein ganz sonderbares Aussehen an, er riß plötzlich die Flinte von der Schulter und schrie: „Hand hoch, Du verdammter Franzos! Hände in die Höh’, sonst blas ich Dir eine Kugel durchs Hirn!“

Sie staunen, mes amis! Sie sind starr! Nun denken Sie, wie ich damals starr war und staunte über diese unerwartete Wendung unseres Gesprächs. Ich sah die schwarze Gewehrmündung und dahinter die schwarzen, blitzenden Augen. Was konnte ich tun? Ich war machtlos. Ich streckte meine Hände in die Luft. Gleichzeitig vernahm ich von allen Seiten menschliche Stimmen, ein Schreien und Rufen und das Getrampel vieler Füße. Ein Haufen furchtbarer Gestalten brach durch die grünen Büsche, ein Dutzend kräftiger Männerhände packten mich, und ich Unglücksmensch war, noch eh’ ich mir’s recht versah, zum zweitenmal in ihrer Gefangenschaft. Glücklicherweise hatte ich keine Pistole, um mir mit eigener Hand eine Kugel durch den Kopf jagen zu können. Wäre ich in jenem Augenblick bewaffnet gewesen, würde ich jetzt nicht hier im Café sitzen und Ihnen diese alten Geschichten erzählen, mes amis.

Derbe, haarige Hände hielten mich an jeder Seite umschlungen und führten mich auf dem erwähnten Pfad durch den Wald, und der Schuft De Pombal erteilte die Befehle dabei. Vier Briganten trugen die Leiche meines Kameraden Duplessis. Als wir aus dem Wald heraus ins Freie traten, war die Sonne schon tief gesunken. Ich wurde nun den Berg hinaufgetrieben, bis wir ins Hauptquartier der Guerillas kamen, welches in einer Kluft in der Nähe des Gipfels lag. Dort erblickte ich auch den Holzhaufen, der mich so teuer zu stehen gekommen war, einen viereckig aufgeschichteten Stoß Holz, gerade über uns. Etwas unterhalb befanden sich zwei oder drei Hütten, die zweifelsohne Ziegenhirten gehört hatten, und in denen nun diese Schurken hausten. In eine derselben wurde ich gesteckt, gefesselt und hilflos, und neben mich wurde der Leichnam meines armen Kameraden gelegt.

Als ich so dalag, quälte mich nur der eine Gedanke, wie ich nach ein paar Stunden jenen Haufen über mir in Brand setzen könnte. Da wurde plötzlich die Tür aufgemacht und ein Mann trat herein. Wenn mir die Hände nicht gebunden gewesen wären, würde ich ihm die Kehle zugeschnürt haben, denn es war kein anderer als dieser De Pombal. Einige Briganten folgten ihm auf den Fersen, er hieß sie aber draußen bleiben und schloß die Tür hinter sich.

„Du Schuft!“ sagte ich.

„Still!“ rief er. „Sprechen Sie leise, denn ich weiß nicht, ob uns nicht jemand belauscht, und mein Leben steht auf dem Spiel. Ich muß Ihnen Aufklärung geben, Oberst Gérard; ich bin Ihnen ebenso zugetan, wie ich's Ihrem Kameraden war. Als ich an seiner Leiche zu Ihnen sprach, merkte ich, daß wir umzingelt waren, und daß Ihre Gefangennahme unvermeidlich war. Ich hätte Ihr Schicksal teilen müssen, wenn ich gezaudert hätte. Ich griff Sie also auf der Stelle selbst, um das Vertrauen der Bande nicht zu verlieren. Ihr eigener Verstand wird Ihnen sagen, daß mir nichts anderes zu tun übrig blieb. Ich weiß jetzt noch nicht, ob ich Sie retten kann, aber ich will's wenigstens versuchen."

Das warf ein neues Licht auf die Situation. Ich erwiderte ihm, daß ich nicht wüßte, wie weit ich seinen Worten trauen dürfte, ich würde ihn nach seinen Handlungen beurteilen.

„Weiter verlange ich nichts," sagte er. „Noch einen guten Rat. Der Führer will Sie gleich sehen. Sprechen Sie offen mit ihm, sonst wird er Sie zwischen zwei Brettern zersägen lassen. Widersprechen Sie ihm nicht. Geben Sie ihm jede Information, die er wünscht. Es ist Ihre einzige Aussicht auf Rettung. Wenn Sie Zeit gewinnen können, mag vielleicht noch ein günstiger Umstand für Sie eintreten. Kommen Sie sofort, damit kein Verdacht entsteht." Er half mir auf, dann öffnete er die Türe und zerrte mich sehr unsanft 'naus, und im Verein mit den Burschen draußen schleppte er mich unter Puffen und Rippenstößen an den Platz, wo der Häuptling saß, umgeben von seinen rohen Gesellen.

Es war ein merkwürdiger Mann, dieser Manuelo, „der Lächelnde". Er war wohlbeleibt, von frischem, behäbigem Äußeren, mit einem groben, glattrasierten Gesicht und einer Glatze, der richtige Typus eines braven Familienvaters. Als ich dieses ehrbare Lächeln sah, konnte ich's kaum für möglich halten, daß dieser Mensch wirklich der elende Schurke sein sollte, dessen Name in gleicher Weise den englischen wie den französischen Truppen ein Schrecken war. Bekanntlich hat ein britischer Offizier namens Frent den Kunden später wegen seiner Grausamkeiten hängen lassen. Er saß auf einem Stein und sah mich so freundlich an wie einer, der einen alten Bekannten wiedertrifft. Es entging mir jedoch nicht, daß einer seiner Leute auf eine Säge gelehnt war, und dieser Anblick genügte, um mich von allen Illusionen zu kurieren.

„Guten Abend, Oberst Gérard," rief er mir entgegen. „Wir sind von Massénas Stab bereits hoch beehrt worden: einen Tag erschien Major Cortex, den nächsten Oberst Duplessis, und nun Oberst Gérard. Vielleicht erweist uns der Marschall gar selbst noch die Ehre seines Besuchs. Sie haben Duplessis gesehen, wie ich gehört habe. Cortex werden Sie dort unten an einen Baum angenagelt finden. Wir haben nun bloß noch darüber zu befinden, wie wir über Sie am besten verfügen."

Das war keine sehr heitere Begrüßungsrede; aber sein Gesicht zeigte stets ein gemütliches Lächeln, und er sprach ganz leise, sanft und liebenswürdig. Plötzlich beugte er sich jedoch vor, und ich las in seinen Augen Strenge und Nachdruck. „Oberst Gérard," sagte er, „ich kann Ihnen nicht versprechen, Ihnen das Leben zu schenken, denn das würde unserer Gepflogenheit widersprechen, aber ich kann Ihnen einen leichten Tod bestimmen oder einen schrecklichen. Welchen wünschen Sie?"

„Was wollen Sie, daß ich Ihnen dafür tun soll?"

„Wenn Sie 'nen leichten Tod sterben wollen, fordere ich von Ihnen, daß Sie mir auf die Fragen, die ich an Sie richte, genaue, wahre Antwort geben."

Da kam mir plötzlich ein Gedanke.

„Sie wollen mich töten," sagte ich; „es kann Ihnen einerlei sein, wie ich sterbe. Wenn ich Ihnen Ihre Fragen beantworte, wollen Sie mich dann meine Todesart selbst wählen lassen?"

„Jawohl, das will ich," antwortete er, „das heißt, bis Mitternacht des heutigen Tages."

„So schwören Sie mir's!" rief ich.

„Das Wort eines portugiesischen Edelmannes genügt," erwiderte er.

„Kein Wort werde ich sagen, bis Sie geschworen haben."

Er wurde rot vor Zorn und blickte sich nach der Säge um. Aber er hörte an meinem bestimmten Ton, daß ich mein Wort halten würde und kein Mann war, den man unterkriegen könnte. Er zog ein Kreuz unter seiner Zammara, dem schwarzen, schafledernen Wams, hervor und sagte: „Ich schwör's!"

Oh, welche Freude ich bei diesen Worten empfand. Was für ein Ende – was für ein Ende für den ersten Degen Frankreichs! Ich hätte vor Entzücken lachen mögen bei diesem Gedanken.

„Nun Ihre Fragen!" versetzte ich.

„Sie schwören mir Ihrerseits nun, sie der Wahrheit entsprechend zu beantworten?"

„Das tue ich bei der Ehre eines Gentleman und Soldaten.“ Es war, wie Sie sehen, meine Freunde, ein furchtbares Versprechen, das ich da ablegte; aber was wollte es bedeuten im Vergleich zu dem Gewinn, den ich erlangen würde?

„Das ist ein ganz hübscher und interessanter Handel,“ sagte er, ein Notizbuch aus der Tasche nehmend. „Wollen Sie so gut sein und sich ’mal nach dem französischen Lager umdrehen?“

Ich folgte seinem Wink, drehte mich um und blickte hinunter auf das Lager in der Ebene unter uns. Trotz der fünfzehn Meilen Entfernung konnte man bei der reinen Luft alles bis ins kleinste und haarscharf erkennen. Ich sah die langen Vierecke unserer Zelte und Baracken, die Linien der Kavallerie und die dunkeln Flecken, wo die zehn Batterien Artillerie lagen. Welch trauriger Gedanke, daß mein herrliches Regiment dort unten vergeblich warten und seinen Obersten nie wiedersehen würde! Mit einer Schwadron desselben hätte ich diese Halsabschneider sämtlich vom Erdboden vertilgen können. Meine Augen wurden feucht, als ich in jene Ecke des Lagers blickte, wo ich achthundert Mann wußte, von denen ein jeder für seinen Obersten das Leben hingeben würde. Aber meine Traurigkeit verging, als ich hinter den Zelten die Rauchwölkchen aufsteigen sah, welche das Hauptquartier bei Torres-Vedras bezeichneten. Dort war Masséna, und, so Gott wollte, würde auf Kosten meines Lebens sein Auftrag heute nacht zur Ausführung gelangen. Stolz und Jubel erfüllten meine Brust. Ich wünschte mir die Stimme des Donners, um ihnen zurufen zu können: Sehet her auf mich, Etienne Gérard, der sterben wird, um die Armee Clausels zu retten! Allerdings war der Gedanke betrübend, daß eine so hochherzige Tat geschehen würde, ohne daß ein Mensch da wäre, sie zu melden.

„Nun,“ sagte der Brigantenführer, „Sie sehen das Lager, und Sie sehen die Straße, die nach Coimbra führt. Sie ist voll von Gepäck- und Krankenwagen. Bedeutet das, daß Masséna auf dem Rückzug begriffen ist?“

Man konnte die schwarzen Linien der Wagen und ein gelegentliches Blitzen von Stahl bei der Begleitmannschaft wohl erkennen. Das, was klar vor Augen lag, zuzugeben, konnte, abgesehen von meinem Versprechen, kaum als eine Indiskretion gelten.

„Er wird sich zurückziehen," sagte ich.

„Nach Coimbra?"

„Ich glaube."

„Aber die Armee Clausels?"

Ich zuckte die Achsel

„Jeder Pfad nach dem Süden ist besetzt. Kein Bote kann ihn erreichen. Wenn Masséna zurückgeht, ist Clausel verloren."

„Er muß für sich selbst sorgen," sagte ich.

„Wieviel Mann hat er"

„Gegen vierzehntausend, schätze ich."

„Wieviel Kavallerie?"

„Eine Brigade der Division Montbrun."

„Was für Regimenter?"

„Die vierten Chasseurs, die neunten Husaren und ein Regiment Kürassiere."

„Ganz richtig," sagte er, in sein Notizbuch blickend. „Sie sprechen die Wahrheit, aber wehe Ihnen auch, wenn Sie's nicht täten." Dann ging er Division um Division die ganze Armee durch und fragte mich über die Zusammensetzung jeder Brigade. Ich brauche Ihnen wohl kaum zu sagen, mes amis, daß ich mir lieber die Zunge hätte herausreißen lassen, als ihm darüber Aufschluß zu geben, wenn ich nicht ein höheres Ziel im Auge gehabt hätte. Er sollte alles erfahren, wenn ich nur die Clauselsche Armee retten konnte.

Endlich klappte er sein Notizbuch zu und steckte es wieder in die Tasche. „Ich danke Ihnen für diese Information, die morgen noch an Wellington gelangen wird," sagte er. „Sie haben Ihren Anteil bei unserem Geschäft erledigt, nun ist's an mir, meinen zu vollenden. Wie möchten Sie am liebsten sterben? Als Soldat werden Sie's sicher vorziehen, erschossen zu werden, doch manche halten einen Sprung vom Merodal für einen leichteren Tod. Es haben schon eine stattliche Anzahl dieses Ende gewählt, aber wir waren leider nie in der Lage, später Bericht von ihnen einzufordern. Dann ist noch die Säge da, die scheint jedoch nicht so populär zu sein. Wir könnten Sie ja auch hängen, zweifelsohne, dazu müßten wir uns aber der Unbequemlichkeit unterziehen und einen Spaziergang hinunter in den Wald machen. Doch, Versprechen bleibt Versprechen, und Sie scheinen ein ausgezeichneter Kerl zu sein, so wollen wir uns keine Mühe verdrießen lassen, Ihren Wünschen gerecht zu werden."

„Sie sagten," antwortete ich, „daß ich noch vor Mitternacht sterben müßte. Ich will also gerade bis zur letzten Minute vor dieser Frist warten."

„Sehr gut," sagte er. „Dieses sich Festklammern ans Leben ist ziemlich kindisch, aber wir werden Ihrem Wunsche entsprechen."

„Was die Methode anbelangt," setzte ich hinzu, „so liebe ich einen Tod, den alle Welt sehen kann. Setzen Sie mich auf jenen Holzstoß dort über uns und verbrennen Sie mich bei lebendigem Leibe, wie in früheren Zeiten Heilige und Märtyrer verbrannt worden sind. Das ist kein gewöhnliches Ende, sondern eins, um das mich ein Kaiser beneiden könnte."

Diese Idee schien ihn höchlich zu amüsieren.

„Warum nicht " sagte er. „Wenn Sie Masséna ausgesandt hat, bei uns zu spionieren, so wird er schon verstehen, was das Feuer auf dem Berge zu bedeuten hat."

„Ganz recht, antwortete ich. „Sie haben meinen Grund richtig erraten. Er wird's begreifen, und alle werden wissen, daß ich eines würdigen Soldatentodes gestorben bin."

„Ich habe nichts dagegen einzuwenden," sagte der Brigant mit seinem teuflischen Lächeln. „Ich will Ihnen etwas Ziegenfleisch und Wein in Ihre Hütte schicken. Die Sonne geht unter, es ist bald acht Uhr. In vier Stunden halten Sie sich bereit."

Es war eine schöne Welt, aus der ich scheiden sollte. Ich blickte hinunter auf den goldigen Streifen, wo die letzten Strahlen der sinkenden Sonne auf die blauen Fluten des Tajo schienen und die weißen Segel der englischen Schiffe erleuchteten. Sie war sehr schön, und es war sehr traurig, sie verlassen zu müssen; aber es gibt noch Schöneres als das. Der Tod für andere, für Ehre und Pflicht, für Treue und Liebe – das sind Schönheiten, viel herrlicher als diejenigen, welche das Auge schauen kann. Ich bewunderte mein eigenes edelmütiges Betragen und dachte darüber nach, ob wohl je jemand erfahren würde, wie ich mitten in den Flammen dieses Scheiterhaufens, der die Armee Clausels rettete, mein Leben ausgehaucht hätte. Ich hoffte es und betete darum, denn was für ein Trost würde es für meine Mutter, was für ein Vorbild für die Armee, was für ein Stolz für meine Husaren sein! Als De Pombal endlich mit dem Essen und dem Wein in meine Hütte trat, war mein erstes, worum ich ihn bat, einen Bericht über meinen Tod zu schreiben und ihn ins französische Lager zu senden. Er antwortete zwar nichts, aber ich aß mein Abendbrot doch mit besserem Appetit bei dem Gedanken, daß mein ruhmvolles Ende nicht ganz unbekannt bleiben würde.

Ich war ungefähr zwei Stunden dagewesen, als die Türe wieder aufging und der Hauptmann hereinguckte. Es war dunkel, aber ein Brigant mit einer Fackel stand neben ihm, sodaß ich sehen konnte, wie seine Augen und seine weißen Zähne leuchteten.

„Bereit?“ fragte er.

„Es ist noch nicht Zeit.“

„Sie bestehen darauf, bis auf die letzte Minute zu warten?“

„Ein Versprechen ist ein Versprechen.“

„Gut. So sei’s. Wir haben noch unter uns etwas Gerechtigkeit zu üben, weil sich einer meiner Leute nicht ordentlich geführt hat. Wir haben den strengen Grundsatz, daß es dabei kein Ansehen der Person gibt, wie Ihnen De Pombal hier bezeugen kann. Bindet ihn und legt ihn dann auf den Scheiterhaufen, De Pombal, ich will wiederkommen und ihn sterben sehen.“

De Pombal und der Mann mit der Fackel kamen herein, während der Häuptling fortging. De Pombal machte die Türe zu.

„Oberst Gérard, Sie dürfen diesem Mann vertrauen, er gehört zu meiner Partei. Jetzt oder nie. Noch können wir Sie retten. Aber ich nehme ein großes Risiko auf mich, und ich wünsche ein festes Versprechen. Wenn wir Ihnen das Leben retten, garantieren Sie mir, daß wir dann im französischen Lager freundlich aufgenommen werden, und daß die ganze

Vergangenheit vergessen sein wird?“

„Dafür stehe ich.“

„Und ich vertraue auf Ihre Ehre. Nun,. rasch, rasch, kein Augenblick ist zu verlieren. Wenn dieses Scheusal zurückkommt, werden wir sonst alle drei eines fürchterlichen Todes sterben.“

Ich sah staunend, was er machte. Er zog ein langes Seil hervor, wand es um den Leichnam meines Kameraden und band ihm ein Tuch vor den Mund, das beinahe das ganze Gesicht bedeckte.

„Legen Sie sich hierher!“ rief er mir zu und legte mich an die Stelle des Toten. „Vier von meinen Anhängern warten draußen, und sie werden diesen auf den Holzstoß legen. Er öffnete die Tür und gab Befehl. Mehrere Briganten traten ein und trugen Duplessis hinaus. Ich selbst blieb am Boden liegen, unruhig von Hoffnung und Spannung.

Nach fünf Minuten kehrte De Pombal mit seinen Leuten zurück.

„Sie liegen auf dem Holzhaufen,“ sagte er, „ich möchte denjenigen sehen, der behauptete, Sie wären’s nicht, und Sie sind so gebunden und geknebelt, daß niemand erwarten kann, daß Sie sich bewegen oder sprechen. Nun bleibt nur noch übrig, die Leiche Duplessis fortzuschaffen und sie vom Merodal hinunterzustürzen.“

Zwei von der Gesellschaft ergriffen mich am Kopf und an den Füßen und trugen mich, steif und leblos, aus der Hütte. Als ich ins Freie kam, hätte ich vor Staunen laut aufschreien mögen. Der Mond stand über dem Holzhaufen, und darauf lag ganz oben die Gestalt eines Mannes, dessen Umrisse im Mondschein zu erkennen waren. Die Räuber waren teils im Lager, teils standen sie um den Haufen herum, denn keiner hielt unsere kleine Gesellschaft an oder stellte irgendwelche Fragen. De Pombal führte sie in der Richtung nach dem Abgrund. Am Rande, als wir außer Sicht waren, durfte ich wieder meine eigenen Füße gebrauchen. De Pombal deutete auf einen schmalen, gewundenen Pfad.

„Da geht’s ’nunter,“ sagte er, und dann plötzlich: „Dios mio, was ist das?“

Ein schreckliches Geschrei drang unten aus dem Walde an unser Ohr. Ich sah, daß sich De Pombal schüttelte wie ein erschrecktes Pferd.

„Es ist dieser Halunke," flüsterte er. „Er mißhandelt einen anderen, wie er mich mißhandelt hat. Aber weiter, weiter, denn Gott sei uns gnädig, wenn wir ihm in die Hände fallen!"

Hinter einander krochen wir den schmalen Ziegenpfad hinunter. Am Fuße das Abhangs befanden wir uns wieder in dem Walde. Plötzlich gewahrten wir einen hellen Feuerschein, und die schwarzen Schatten der Bäume lagen vor uns. Man hatte den Holzstoß angezündet. Von unserer Stelle aus konnten wir noch den regungslosen Körper mitten in den Flammen sehen und die schwarzen Gestalten der Guerillas, die wie Kannibalen drum 'rumtanzten und heulten. Ha! Wie ich die Faust gegen sie erhob, gegen diese Höllenhunde, und wie ich ihnen schwur, daß ich eines Tages mit meinen Husaren Abrechnung mit ihnen halten würde!

De Pombal wußte, wie die Vorposten verteilt waren, und kannte jeden Pfad, der durch das Holz führte. Aber um diese Schurken zu umgehen, mußten wir um die Hügel herum und große Umwege machen. Und doch wie gerne machte ich sie, nur um den *einen* Anblick, den mein Auge genoß! Es mochte gegen zwei Uhr sein, als wir an einer lichten Stelle unseres Weges halt machten. Als wir uns umschauten, sahen wir die rote Glut des niedergebrannten Holzhaufens, als ob der Peak von Merodal einen Lavahaufen ausgespien hätte. Und dann, als ich noch hinausstarrte, erblickte ich noch etwas – etwas, worüber ich vor Freude aufjauchzte und vor Entzücken mich auf der Erde wälzte. Denn, ferne am südlichen Horizont, blitzte ein großes gelbes Licht auf, es wurde größer, man sah die Flammen, es kam von keinem Haus, auch von keinem Stern, es war das Signalfeuer vom Mont d'Ossa, die Antwort der Clauselschen Armee auf das Zeichen, das ihnen Etienne Gérard gegeben hatte.

Wie der Brigadier die „Brüder“ erschlug

Der alte Brigadier saß im Café im Kreise seiner Freunde und erzählte:

So oft Napoleon einer hilfreichen Hand bedurfte, erwies er mir stets die Ehre, sich des Namens Etienne Gérard zu erinnern, wenngleich sein Gedächtnis ihn gelegentlich im Stiche ließ, sobald es galt, Dienste zu belohnen. Immerhin darf ich mich über meine Laufbahn nicht beklagen, war ich doch mit achtundzwanzig Jahren bereits Oberst und mit einunddreißig Kommandeur einer Brigade, ja, wer weiß, ob ich nicht den Marschallstab erlangt hätte, falls der Krieg noch einige Jahre gedauert, und dann war der Schritt bis zu einem Throne nicht mehr weit. Hatte nicht Murat seine Husarenmütze gegen eine Krone vertauscht? Aber die Schlacht von Waterloo machte allen diesen Träumen ein Ende. Es war manchem würdigen Namen nicht vergönnt, in den Blättern der Geschichte verzeichnet zu werden, aber die Männer, die in den großen Kriegen des Kaiserreiches mitgefochten haben, kennen ihn wohl.

Heute sollen Sie von einem seltsamen Ereignis hören, einem Abenteuer, dem ich eigentlich mein schnelles Emporsteigen verdanke, und das mich in geheime Beziehungen zum Kaiser brachte.

Doch zuvor ein kurzes Wort der Mahnung! Vergessen Sie nie, meine Freunde, daß ich die folgende Begebenheit mit meinen eigenen Augen geschaut, mit meinen eigenen Ohren gehört habe, und versuchen Sie es nicht, mich widerlegen zu wollen, indem Sie die Darstellung irgend eines Gelehrten oder eines Mannes der Feder anführen, der ein Buch über Geschichte geschrieben. Denn glauben Sie mir, diesen Herren ist vieles unbekannt, und vieles wird der Welt überhaupt unbekannt bleiben. Ich selbst könnte Ihnen mancherlei mitteilen, worüber Sie staunen würden, wäre mir die Zunge nicht gebunden. Auch über die folgende Tatsache habe ich geschwiegen, so lange der Kaiser lebte, weil ich es ihm versprochen hatte, nun aber sehe ich kein Unrecht mehr darin, von der sonderbaren Rolle zu reden, die mir dabei zufiel.

Zur Zeit des Friedens von Tilsit war ich weiter nichts als ein armer Leutnant. Ich bezweifle ja nicht, daß meine Erscheinung und meine galanten Abenteuer sehr zu meinen Gunsten sprachen, und daß ich bereits als einer der tüchtigsten und kühnsten Offiziere in der Armee bekannt war, indes genügte das bei der großen Anzahl tüchtiger Männer, die den Kaiser umgaben, noch nicht, schnelle Karriere zu machen. Da kam mir der Zufall in wunderbarer Weise zu Hilfe.

Als der Kaiser nach dem Friedensschluß im Jahre 1807 zurückkam, war er häufig mit der Kaiserin und dem Hofe in Fontainebleau. Er stand damals auf dem Gipfel seines Ruhmes, denn durch drei schnell aufeinanderfolgende Feldzüge hatte er Österreich gedemütigt, Preußen zermalmt und die Russen über den Niemen zurückgedrängt. Und wenn auch die Bulldogge über dem Kanal drüben immer noch knurrte, so wagte sie sich doch nicht weit von ihrer Hütte weg. Ja, hätte Frankreich damals einen endgültigen Frieden schließen können, es hätte eine Größe erlangt wie kein Reich seit den Tagen der Römer. So sagten wenigstens einige kluge Leute. Ich meinesteils hatte den Kopf von anderen Dingen voll. Die weibliche Bevölkerung war voll Freuden, daß die Soldaten nach langer Abwesenheit endlich wieder einrückten, und mir fiel bei ihrem jubelnden Empfang kein kleiner Teil zu – das können Sie mir glauben. Sogar jetzt noch, in meinem sechzigsten Jahre – doch wozu die Zeit mit etwas vergeuden, was genugsam bekannt ist?

Unser Husarenregiment lag mit den Jägern der Garde in Fontainebleau. Das ist bekanntlich nur ein kleiner Ort inmitten des Waldes; aber er wimmelte damals von Großherzögen, Kurfürsten und Fürsten, die Napoleon umschwärmten, um eine Krone aus seiner Hand zu erhalten.

Unser kleiner Mann aber mit dem blassen Gesicht und den kalten, grauen Augen ritt jeden Morgen schweigsam und nachdenklich auf die Jagd, während sich alle jene Großen um ihn scharten und die Ohren spitzten, sobald sich die Lippen des Gewaltigen bewegten. Und wenn ihn die Laune gerade packte, so warf er dem einen hundert Quadratmeilen zu, die er dem anderen entriß. Hier schob er die Grenzen eines Königreichs bis zu einem Flusse vor, dort verkleinerte er ein anderes, indem er ihm einen Gebirgszug nahm.

Das war so die Art des kleinen Artilleriehauptmannes, den wir mit Schwert und Bajonett auf seinen hohen Posten gehoben hatten. Er wußte auch recht wohl, wem er seine Macht zu verdanken hatte, und war immer sehr höflich gegen uns. Wir aber wiederum waren uns unseres Verdienstes gegen ihn sehr wohl bewußt und verfehlten nicht, es in unserem ganzen Auftreten zu zeigen; wir vergaßen keinen Augenblick, daß er zwar ein tüchtiger Befehlshaber, wir aber die tüchtigsten Männer waren, die er befehligen konnte.

Eines Tages befand ich mich – um nun endlich zur Sache zu kommen – in meinem Quartier und machte gerade ein Spielchen mit dem jungen Morat von den berittenen Jägern, als sich die Türe öffnete und Lasalle, unsern Oberst, einließ. Jedermann weiß, was für ein Teufelskerl das war; die himmelblaue Uniform der Zehner stand ihm wunderbar, und wir Jüngern waren so eingenommen von ihm, daß wir um die Wette tranken und spielten, nur um unserm Obersten ähnlich zu sein. Wir vergaßen ganz, daß der Kaiser ihn nicht zum Anführer der leichten Reiterei machte, weil er trank und spielte, sondern lediglich deshalb, weil er von allen das sicherste Auge für die Stärke des Feindes und seine Aufstellung hatte, weil er am besten zu sagen wußte, wann es Zeit war, die Infanterie vorrücken oder die Kanonen zurückziehen zu lassen. Wir verstanden das alles aber noch nicht, und so wichsten wir den Bart, klirrten mit den Sporen und schleiften den Säbel über das Pflaster, in der Meinung, es dadurch Lasalle gleichzutun. Sobald er jetzt mein Zimmer betrat, sprangen wir, Morat und ich, von unseren Sitzen auf, er aber schritt auf mich zu und sagte, indem er mir auf die Schulter klopfte: „Mein Sohn, der Kaiser will Dich heute um vier Uhr sprechen." Bei diesen Worten begann sich das Zimmer um mich zu drehen; ich mußte mich am Kartentisch festhalten.

„Was?“ rief ich, „der Kaiser?“

„Gewiß“, bestätigte er, über mein Erstaunen lächelnd.

„Aber der Kaiser kennt mich ja gar nicht!“ protestierte ich, „warum sollte er mich zu sehen verlangen?“

„Ja, das weiß ich selbst nicht“, rief Lasalle und zwirbelte den Schnurrbart, „wenn er die Hilfe eines guten Säbels braucht, so hat er doch wohl nicht nötig, erst zu einem meiner Leute herabzusteigen; jedoch“ – und er klopfte mir in seiner gemütlichen Weise wieder auf die Schulter – „einmal pocht das Glück an jedes Mannes Türe. Auch bei mir hat es vorgesprochen; wäre ich sonst wohl Oberst bei den Zehnern? Auf, mein Sohn, viel Glück zu Deinem Gange!“

Da es erst zwei Uhr war, verließ er mich wieder, versprach aber, wiederzukommen und mich in den Palast zu geleiten. Meiner Treu, wie langsam schlichen die Minuten plötzlich hin! Ich schritt in fieberhafter Erregung in meinem Zimmer auf und ab und stellte die sonderbarsten Vermutungen an, was der Kaiser wohl von mir verlange. Hatte er vielleicht von den Kanonen gehört, die wir bei Austerlitz genommen? Doch nein, darüber waren ja schon zwei Jahre vergangen, und außerdem gab es unzählige Soldaten, die dasselbe getan hatten. Oder wollte er mich für mein Duell mit dem Adjutanten des Kaisers von Rußland belohnen? Plötzlich schüttelte mich kalter Fieberfrost, denn ich gedachte einiger kleiner Streiche und Abenteuer, von denen er gehört haben mochte, und die ihm wahrscheinlich mißfallen hatten.

Da fielen mir Lasalles Worte wieder ein: „Wenn er die Hilfe eines guten Säbels braucht“, und ich beruhigte mich. Es war ja ganz klar, daß mein Oberst wenigstens eine Ahnung von dem Zusammenhang hatte, und sicher war er nicht so grausam, mir Glück zu wünschen, wenn mir nicht etwas Gutes bevorstand. Bei diesem Gedanken schwoll mir das Herz in der Brust; ich setzte mich hin und schrieb an meine Mutter, daß der Kaiser nach mir geschickt habe, um meinen Rat in einer sehr ernsten Angelegenheit zu hören. Meine Mutter war immer des Glaubens gewesen, daß unser Kaiser ein höchst vernünftiger Mann sei, wie mußte meine Mitteilung sie nun in ihrer Meinung bestärken!

Um halb vier Uhr hörte ich Lasalles Säbel auf der Treppe, der auf jeder der hölzernen Stufen aufstieß, und gleich darauf trat er selbst ein. Ein lahmer Herr in schwarzem Anzug mit weißen Manschetten und zierlichem Kragen begleitete ihn. Nun kannten wir Männer vom Militär zwar nicht viel Zivilisten, aber potz tausend, das war einer, den man wohl kennen mußte! Der erste Blick auf jene funkelnden Augen, die komisch aufgestülpte Nase und den geradlinigen, festgeschlossenen Mund verriet mir, daß ich den einzigen Mann in Frankreich vor mir hatte, auf den selbst der Kaiser Rücksicht nehmen mußte – Monsieur de Talleyrand.

Lasalle nannte meinen Namen, ich salutierte, und währenddessen musterte mich der Staatsmann mit scharfen Blicken von Kopf zu Fuß.

„Haben Sie dem Leutnant schon gesagt, warum er zu dem Kaiser befohlen ist?" fragte er geschäftsmäßig mit seiner hohen Fistelstimme.

Mein Auge schweifte von dem einen der beiden Männer zu dem anderen, und ich konnte nicht umhin, Betrachtungen anzustellen über den schroffen Gegensatz zwischen ihnen: hier der schwarzgekleidete Diplomat, der sich geräuschlos niederließ, dort der schöne, große, in Blau gekleidete Husar, der ihm gegenüber Platz nahm und die eine Hand in die Hüfte stemmte, indes die andere auf dem Schwertgriff ruhte.

Lasalle wandte sich mir zu: „Die Sache ist nämlich die", fing er auf seine brüske Art an, „als ich heute früh beim Kaiser war, wurde ihm ein Schreiben überreicht. Kaum hatte er es geöffnet, als er so erschrocken auffuhr, daß das Papier zur Erde flatterte. Ich bückte mich und reichte es ihm wieder; er aber starrte vor sich hin, als hätte er ein Gespenst gesehen! ‚Fratelli dell' Ajaccio!' murmelte er vor sich hin, ‚Fratelli dell' Ajaccio!'

Was das heißen sollte, wußte ich natürlich nicht, denn wieviel Italienisch kann denn ein Mann verstehen, der nur zwei Feldzüge dort mitgemacht hat? Aber mir schien es, als ob der Kaiser den Verstand verloren hätte, und Sie wären sicher derselben Meinung gewesen, Monsieur de Talleyrand, wenn Sie den Blick seiner Augen gesehen hätten. Er las das Schreiben und saß dann beinahe eine halbe Stunde da, ohne sich zu regen."

„Und Sie?" forschte Talleyrand.

„Ja ich – ich stand dabei und wußte auch nicht, was ich anfangen sollte. Da schien er plötzlich wieder zu sich zu kommen. ‚Lasalle,' redete er mich an, ‚Sie haben doch wohl ein paar tapfere Offiziere bei den Zehnern?'

‚Das sind sie alle, Sire', antwortete ich.

‚Nun, und wenn es sich darum handelt, einen zu wählen, auf den man sich verlassen kann, aber der nicht zu viel nachdenkt – Sie verstehen mich doch, Lasalle! – wen würden Sie dann vorschlagen?'

Ich sah, daß er jemand brauchte, der nicht zu tief in seine Pläne eindrang.

‚Ich habe einen, der nur aus Sporen und Schnurrbart besteht', berichtete ich, ‚einen, dessen Gedanken nicht über Säbel und Pferde hinausgehen.'

‚Das ist mein Mann,' sagte Napoleon, .‚bringen Sie ihn mir um vier Uhr her!'

Und so, mein Sohn, ging ich geradeswegs zu Dir. Nun sorge, daß Du den Zehnern Ehre machst!"

Ich kann nicht gerade behaupten, daß ich mich durch die Gründe, die meinen Oberst bewogen hatten, mich zu wählen, besonders geschmeichelt fühlte, und meine Miene mußte das wohl bestätigen, denn der Oberst brach in ein schallendes Gelächter aus, und Talleyrand lachte auch trocken auf, ehe er sich mit den Worten zu mir wendete:

„Lassen Sie sich erst noch einen guten Rat geben, mein Lieber! Ihr Fahrzeug lenkt jetzt in gefährliches Wasser, und Sie könnten einen schlechteren Lotsen finden als mich. Keiner von uns hat die geringste Ahnung, was jene Sache zu bedeuten hat, und doch ist es – unter uns gesagt – von der größten Wichtigkeit, daß wir, die wir das Geschick Frankreichs lenken, von allem, was vor sich geht, Kenntnis haben. Verstehen Sie, was ich meine, Monsieur Gérard?"

Nun wußte ich zwar nicht im geringsten, worauf er hinzielte, aber ich verbeugte mich und versuchte auszusehen, als ob mir das alles klar wäre.

„Handeln Sie also recht vorsichtig und schweigen Sie gegen jedermann“, fuhr er fort, „wir beide werden uns nicht öffentlich mit Ihnen sehen lassen, aber wir wollen Sie hier erwarten und Sie beraten, nachdem Sie uns mitgeteilt haben, was sich zwischen dem Kaiser und Ihnen zugetragen hat. Machen Sie sich nun auf den Weg, denn der Kaiser verzeiht nie Unpünktlichkeit.“

So machte ich mich denn zu Fuß nach dem Palast auf, der nur gegen hundert Schritte entfernt war. Im Vorzimmer stieß ich auf Duroc. Der gute Junge eilte mit geschäftiger Miene zwischen der Menge der bereits Wartenden hin und her, trug er doch heute die neue Uniform in Scharlach und Gold! Eben flüsterte er Monsieur de Caulancourt zu, daß die hier Versammelten sämtlich fremde Herzöge seien, von denen die einen hofften, die Königskrone zu erlangen, die anderen von der Furcht verzehrt würden, daß die nächste halbe Stunde sie als Bettler sehen werde. Sobald Duroc meinen Namen nennen hörte, ließ er mich eintreten und – ich stand vor dem Kaiser.

Natürlich hatte ich den großen Mann schon oft im Felde gesehen, doch nie so nahe wie heute. Wie er aussah? Nun, wie ein kleines, bleiches Männchen mit einer schönen Stirn und ziemlich wohlgestalteten Waden, die durch die engen, weißen Kniehosen und die weißen Strümpfe sehr zur Geltung kamen. Aber die Augen! Jedem, auch dem Fremdling, mußte der seltsame Blick auffallen. Zuweilen nahmen sie einen so harten Ausdruck an, daß auch dem tapfersten Grenadier das Herz vor Furcht erstarrte. Erzählt man sich doch, daß sogar Anguereau, der sonst keine Furcht kannte, vor Napoleons Blick erbebte, und das noch dazu, als der Kaiser noch ein unbekannter Soldat war. Nun, mich sah er ganz freundlich an und winkte mir, an der Türe stehen zu bleiben. Er war eben dabei, De Meneval etwas zu diktieren, und dieser blickte ihn zwischen jeder Zeile mit gespannter Aufmerksamkeit an.

„Genug, Sie können nun gehen“, sagte der Kaiser plötzlich.

Der Sekretär verließ das Zimmer und Napoleon schritt, die Hände auf dem Rücken, auf mich zu und musterte mich schweigend. Ich bin der festen Überzeugung, mein Äußeres hat ihm gut gefallen, denn obgleich er selbst ein kleiner, unansehnlicher Mann war, hatte er doch gerne große, schöne Leute um sich. Und ich stand stramm vor ihm und blickte geradeaus, wie es einem Soldaten zukommt; die eine Hand hielt ich salutierend emporgehoben, die andere lag auf meinem Säbel.

„Nun, Monsieur Gérard“, sagte er endlich, und tippte mit seinem Zeigefinger auf eine der goldenen Tressen meiner Uniform, „ich höre, Sie sind ein wackerer Offizier, Ihr Oberst hat Gutes von Ihnen berichtet!“

Ich besann mich auf eine recht kluge Antwort. Da mir aber weiter gar nichts einfallen wollte als Lasalles Bemerkung, ich bestände nur aus Schnurrbart und Sporen, so schwieg ich lieber. Der Kaiser sah mich eine Weile erwartungsvoll an, da aber keine Entgegnung kam, schien er eben auch nicht unzufrieden zu sein, denn er fuhr fort:

„Mir scheint, Sie sind gerade der Mann, den ich brauche. An klugen und tapferen Männern fehlt es mir nicht.“ Er brach ab. Ich konnte mir gar nicht denken, was er hatte sagen wollen, und begnügte mich deshalb mit der ehrerbietigen Versicherung, daß er auf mich zählen könnte. „Wie ich höre, verstehen Sie sich wohl aufs Fechten?“

„So ziemlich, Sire!“

„Wurden Sie nicht dazu ausersehen, mit den Vorfechtern der Husaren von Chambarant zu kämpfen?“

„Meine Kameraden erwiesen mir damals die Ehre, Sire“, entgegnete ich.

„Und um der Übung willen haben Sie in den Wochen vor dem Duell sechs Fechtmeister herausgefordert?“

„Es bot sich mir Gelegenheit, in sieben Tagen ebensoviel Duelle zu haben.“

„Ohne Verwundung davongekommen?“

„Der Fechtmeister der leichten Infanterie vom dreiundzwanzigsten hat mich am linken Ellbogen gestreift, Sire.“

„Nun aber genug von diesen Kindereien, junger Mann“, brach der Kaiser plötzlich los in einem jener mit Recht so sehr gefürchteten Zornanfälle. „Meinen Sie, ich stelle Veteranen an jene Posten, damit Sie Ihre Kunststückchen an ihnen ausüben? Wie soll ich mit Europa Krieg führen, wenn meine Soldaten die Spitzen ihrer Schwerter gegeneinander kehren? Noch eines Ihrer Duelle, und ich zermalme Sie zwischen meinen Fingern."

Ich sah, wie seine kleine weiße Hand bei diesen zischend und grollend hervorgestoßenen Worten vor meinem Gesichte drohend hin und her fuhr. Und Sie mögen mir glauben oder nicht, es überrieselte mich kalt.

Wie viel lieber wäre ich in jenem Augenblicke in der heißesten Schlacht gewesen als hier! Er trat an den Tisch, stürzte eine Tasse Kaffee hinunter, und als er sich mir wieder zuwandte, war jede Spur von jenem Sturme verschwunden.

„Ich bedarf Ihrer Dienste, Monsieur Gérard! Ich bedarf eines guten Schwertes zu meinem Schutze und habe meine besonderen Gründe, gerade das Ihrige zu wählen. Was heute zwischen uns beiden vorgeht, darf – wenigstens so lange ich lebe – kein Mensch weiter erfahren. Also, ich fordere Stillschweigen!"

Mir fielen Talleyrand und Lasalle ein, aber ich gab das Versprechen.

„Zweitens verbitte ich mir alle Ratschläge und Vermutungen Ihrerseits. Sie haben nur zu tun, was Ihnen gesagt wird."

Ich verbeugte mich.

„Ich brauche Ihr Schwert und nicht Ihren Kopf. Das Denken ist meine Sache, – verstanden?"

„Ja, Sire."

„Kennen Sie die Kanzlerallee im Walde?"

Ich bejahte.

„Auch die große Tanne, wo die Jagd am Dienstag begann?"

Wie sollte ich die nicht kennen! Hatte ich doch dreimal in derselben Woche ein Stelldichein dort gehabt! Aber ich verbeugte mich und schwieg.

„Gut, heute abend um zehn Uhr werden Sie mich dort treffen."

Ich wunderte mich bereits über nichts mehr. Ja, hätte er mir jetzt befohlen, mich auf den kaiserlichen Thron zu setzen, ich hätte bereitwilligst zugestimmt.

„Von da aus gehen wir zusammen in den Wald", fuhr er

fort; „nehmen Sie den Säbel mit, aber keine Pistolen. Wir schweigen beide. Sie reden mich nicht an, und ich werde nichts zu Ihnen sagen. Verstehen Sie, Monsieur?“

„Ich verstehe, Sire.“

„Nach einer Weile werden wir einen oder vielleicht auch zwei Männer unter einem Baume sehen und werden auf sie zugehen. Gebe ich Ihnen ein Zeichen, mich zu beschützen, so ziehen Sie Ihr Schwert, spreche ich aber mit jenen Männern, so warten Sie alles ruhig ab. Sollte es zum Kampfe kommen, so sorgen Sie, daß keiner von beiden entwischt; ich selbst werde Ihnen beistehen.“

„Sire“, fiel ich da eifrig ein, „zwei sind nicht zu viel für mein Schwert; aber wäre es nicht vielleicht besser, ich brächte noch einen Kameraden mit, damit Sie nicht zu kämpfen brauchen?“

„Ta, ta, ta“, sagte er, „ich bin Soldat gewesen, ehe ich Kaiser war. Meinen Sie denn, der Mann am Geschütz hat nicht eben so gut ein Schwert wie der Husar? Aber ich habe Ihnen doch befohlen, mich mit Ihrer Meinung zu verschonen. Tun Sie, was ich Ihnen sage! Sobald die Schwerter gezogen sind, darf keiner von den Männern entwischen.“

„Sie werden es nicht, Sire“, sagte ich.

„Nun gut, ich habe keine weiteren Befehle für Sie. Sie können gehen.“

Ich machte kehrt, aber plötzlich kam mir ein neuer Gedanke.

„Sire, ich denke –“

Er sprang auf mich zu wie ein wildes Tier, ja, ich dachte nichts anderes, als daß er mich schlagen wolle.

„Denken! Denken!“ rief er, „meinen Sie, ich habe Sie gewählt, weil Sie denken können ? Lassen Sie mich das nicht noch einmal hören. Sie, der einzige Mann, der – Aber genug, um zehn Uhr an der Tanne!“

Meiner Seel'! Froh war ich, als ich das Zimmer verlassen durfte. Auf einem guten Pferde fühle ich mich am Platze. Und wenn von grünem oder trockenem Futter, von Gerste, Hafer und Roggen die Rede ist, oder wenn eine Schwadron ins Feld geführt werden soll, so kann mich niemand viel lehren. Wenn ich aber einem Kammerherrn oder Oberhofmeister begegne oder gar einem Kaiser Rede stehen soll und finde, daß mir Winke hingeworfen werden, wo andere Leute gerade herausreden, da geht es mir wie dem Damenpferd, das man vor einen Lastwagen gespannt hat. Ich bin zwar ein Kavalier, aber kein Höfling.

Nun, wie gesagt, froh war ich, als ich mich wieder in der freien Luft befand, und ich lief so schnell in mein Quartier zurück wie ein Schulknabe, der seinem Lehrer entwischt ist. Aber kaum hatte ich die Türe aufgerissen, so fielen meine Augen auf ein Paar lange, himmelblaue Beine in Husarenstiefeln und auf ein Paar kleine schwarze in Kniehosen und Schnallenschuhen. Beide sprangen mir entgegen.

„Nun was war es?“ riefen beide zur gleichen Zeit.

„Nichts“, antwortete ich.

„Sie haben den Kaiser nicht gesprochen?“

„Doch!“

„Und was hat er gesagt?“

„Monsieur de Talleyrand, ich bedaure, sagen zu müssen, daß ich Ihnen darüber gar nichts mitteilen kann.“

„Pah, mein lieber junger Mann“, sagte er in schmeichelndem Tone und rückte mir nahe auf den Leib, „wir sind ja Freunde. Was Sie mir anvertrauen, kommt nicht über diese vier Wände hinaus, und überdies hat der Kaiser nicht mich in dieses Versprechen einschließen wollen.“

„Nun, Monsieur de Talleyrand“, antwortete ich, „der Palast ist ja nicht weit von hier, vielleicht bemühen Sie sich dorthin und bringen mir des Kaisers geschriebene Bestätigung, daß mein Versprechen sich nicht auf Ihre Person bezieht, als dann soll es mir viel Vergnügen machen, Ihnen jedes Wort wiederzuerzählen.“

Da begann der alte Fuchs mir die Zähne zu weisen.

„Monsieur Gérard scheint etwas aufgeblasen zu sein; man muß das wohl seiner Jugend zugute halten. Werden Sie erst ein paar Jährchen älter, mein Freund, dann werden Sie finden, daß es sich für einen jungen Offizier wenig schickt, dergleichen Antworten zu geben.“

Auf diesen Verweis wußte ich nichts zu entgegnen, aber

glücklicherweise kam mir jetzt Lasalle in seiner unverfrorenen Art zu Hilfe.

„Der junge Mann hat recht!“ entschied er. „Hätte ich gewußt, daß er sein Wort gegeben, so hätte ich ihn nicht erst gefragt. Sie wissen recht gut, Monsieur de Talleyrand, daß Sie sich ins Fäustchen gelacht haben würden, wenn er Ihnen Rede gestanden hätte, und ihn selbst hätten Sie dann doch nur beiseite geschoben wie eine leere Burgunderflasche. Und, mein Wort darauf, bei den Zehnern wäre kein Raum mehr gewesen für einen, der des Kaisers Geheimnis verraten hat.“

Die Wahrnehmung, daß ich den Oberst auf meiner Seite hatte, erbitterte den Staatsmann nur noch mehr, und er erwiderte in eisigem Tone:

„Es ist mir gesagt worden, Oberst, daß Ihre Meinung in militärischen Dingen sehr schätzenswert ist, und ich werde nicht verfehlen, mich gelegentlich bei Ihnen darüber zu informieren. Gegenwärtig handelt es sich jedoch um Diplomatie, und Sie werden mir zugeben, daß ich über *diesen* Punkt meine eigenen Ansichten habe. So lange das Wohl Frankreichs und die Sicherheit der Person des Kaisers zum größten Teil meiner Fürsorge anheimgegeben sind, werde ich beides mit allen Kräften, die mir zu Gebote stehen, zu schützen suchen, ja selbst, wenn ich den zeitweiligen Wünschen des Kaisers entgegenhandeln müßte. Ich habe die Ehre, Monsieur de Lasalle, mich Ihnen zu empfehlen.“

Noch einen unangenehmen Blick nach mir hin, dann wandte er sich ab und marschierte mit kurzen, schnellen und geräuschlosen Schritten hinaus.

Lasalles Miene zeigte deutlich, daß ihm die feindselige Stimmung, in der der gewaltige Minister davongegangen, durchaus nicht gleichgültig war. Er stieß ein paar kräftige Verwünschungen zwischen den Zähnen hervor, griff nach Mütze und Säbel und rasselte die Treppe hinab. Als ich an das Fenster trat, sah ich, wie der große blaue Mann und der Kleine im schwarzen Anzug nebeneinander die Straße entlangschritten. – Talleyrand ging steif einher, während Lasalle lebhaft auf ihn einsprach, als ob er ihn versöhnen wolle.

Nun hatte mir der Kaiser verboten, zu denken. Ich griff

deshalb zu einem Spiel Karten und versuchte, mir eine Partie „Ecarté“ zurechtzulegen. Aber es wollte nicht gehen, und ärgerlich warf ich die Blätter unter den Tisch. Dann zog ich meinen Säbel und übte, bis mir der Arm erlahmte – mein Hirn arbeitete und arbeitete, ich mochte wollen oder nicht. Um zehn Uhr sollte ich den Kaiser im Walde treffen, und zwar allein, ganz allein – welch furchtbare Verantwortung für mich! Ich schauderte. Wie oft schon hatte ich dem Tod auf dem Schlachtfelde ins Auge geschaut, aber nie zuvor hatte ich gewußt, was wirkliche Furcht war! Dennoch verzagte ich nicht; ich nahm mir vor, all meine Kraft daran zu setzen, wie es einem tapferen Manne zukommt, und vor allem, des Kaisers Befehl mit der größten Pünktlichkeit nachzukommen. Und vorausgesetzt, daß heute abend alles gutging, war damit nicht der Anfang zu meinem Glück gemacht?

Endlich war die Zeit zum Aufbruch gekommen. Ich legte meinen Mantel an, da ich nicht wissen konnte, wie lange das nächtliche Abenteuer im Walde währen würde, und befestigte mein Schwert darüber. Statt der schweren Reiterstiefel wählte ich ein Paar leichte Schuhe und Gamaschen, und so ausgestattet schlich ich mich aus dem Quartier und eilte dem Walde zu. Nun die Stunde des Grübelns vorüber war und der Augenblick der Tat nahte, waren alle Bedenken geschwunden, mein Herz war erleichtert.

Der Weg führte mich an den Baracken der Jäger und an einer Reihe von Cafés vorüber, die um diese Stunde von Uniformen aller Art wimmelten. Im Vorübergehen bemerkte ich auch einige von meinem Regiment, die gemütlich ihren Wein nippten und eine Zigarre dazu rauchten. Einer von ihnen gewahrte mich im Schein der Lampe, stand auf und rief mir nach. Ich aber tat, als ob ich ihn nicht hörte, worauf er eine Verwünschung über meine tauben Ohren ausstieß und zu seiner Flasche zurückkehrte.

Der Wald von Fontainebleau ist bald erreicht, denn seine Vorläufer wagen sich, gleich Tirailleuren vor der Armee, bis in die Straßen der Stadt herein. Ich bog in den Pfad ein, der nach dem Saum des Gehölzes führte, und eilte hastig nach dem alten Tannenbaum. Wie bereits erwähnt, hatte ich meine besonderen Gründe, den Ort gut zu kennen, und dankte nur dem Zufall, daß Leonie mich heute nicht hier erwartete. Das arme Kind wäre doch vor Schreck umgekommen, wenn sie den Kaiser erblickt hätte, und dieser, nun, vielleicht wäre er zu barsch gegen sie gewesen, oder aber – und das war noch schlimmer – allzu freundlich.

Heller Mondschein fiel durch die Bäume und verbreitete fast Tageshelle, und als ich näher kam, gewahrte ich, daß ich nicht der erste am Platze war. Die Hände auf dem Rücken und das Haupt leicht gesenkt, schritt der Kaiser bereits auf und ab. Er trug einen weiten, grauen Überrock und eine große Kapuze. Ich hatte ihn während unseres Feldzuges in Polen schon oft in diesem Aufzug gesehen, und man sagte, daß er ihn deshalb so gern trüge, weil er darin schwer erkannt werden konnte, wenn er abends, sei es nun im Felde oder in Paris, umherging und die Gespräche am Wachtfeuer oder in der Schenkstube belauschte.

Ich meinte zuerst, mich verspätet zu haben und fürchtete schon des Kaisers Zorn; aber als ich auf ihn zuschritt, verkündete die große Turmuhr von Fontainebleau die zehnte Stunde, und ich sah ein, daß er zu früh gekommen war, nicht aber ich zu spät.

Seines Befehls, nicht zu reden, eingedenk. blieb ich vier Schritt vor ihm stehen, stieß die Sporen gegeneinander, ließ den Säbel aufstoßen und salutierte. Er warf mir einen Blick zu, dann kehrte er schweigend um und schritt langsam durch den Wald, während ich ihm in derselben Entfernung folgte. Da es mir vorkam, als ob er etliche Male furchtsam um sich blickte, tat ich dasselbe; aber, obgleich ich scharfe Augen habe, bemerkte ich weiter nichts als die großen, schwarzen Schatten der Bäume. Nun ist aber mein Gehör nicht minder scharf als mein Auge, und ich bemerkte zu wiederholten Malen, daß ich Zweige knacken hörte. Aber Sie wissen ja selbst, meine Herren, wie vielerlei Geräusch man bei Nacht im Walde hört, und daß man schwer bestimmen kann, was die Ursache ist.

Wir gingen eine ziemliche Strecke in den Wald hinein, und ich kannte unser Ziel schon ganz genau, ehe wir noch hinkamen.

Inmitten einer Lichtung steht ein riesiger, alter Baumstumpf – die „Abtsbuche“ genannt; von derselben geht so mancherlei schauerliche Mär im Volke herum, daß mancher tapfere Soldat dort nicht gern Schildwache stehen würde. Mich aber scherten dergleichen Torheiten ebenso wenig wie den Kaiser; wir gingen quer über die Lichtung hinweg und gerade auf den Stamm zu. Als wir näher kamen, bemerkte ich dort zwei Männer stehen.

Anfangs standen sie mehr hinter dem Stamm, als ob sie sich verbergen wollten, später aber traten sie aus dem Schatten heraus und kamen uns entgegen. Der Kaiser sah sich nach mir um und ging ein wenig langsamer voran, so daß ich ihm noch näher rückte, und Sie werden mir's glauben, meine Hand lag fest am Schwert, und keinen Augenblick verlor ich die beiden Männer aus den Augen, die auf uns zukamen.

Der eine von ihnen war außerordentlich groß und stark gebaut, während der andere kaum Mittelgröße erreichte, aber behende und sicher einherschritt. Beide trugen schwarze Mäntel, die lose um die Figur geworfen waren und an der einen Seite herabhingen – ähnlich den Mänteln der Dragoner Murats.

Auf dem Kopfe hatten sie dieselben schwarzen Mützen, die ich später in Spanien wiedergesehen habe, und obgleich ihr Gesicht dadurch beschattet wurde, sah ich doch deutlich ihre Augen darunter funkeln. Fürwahr, ein Anblick, wie geschaffen, um dem nächtlichen Besucher der Abtsbuche Grausen einzuflößen – jene beiden Gestalten, die den hellen Mond hinter sich und ihre eigenen langen Schatten vor sich, mit schleichenden Schritten auf uns zukamen; ich sehe noch im Geiste die beiden weißen Dreiecke, die das Mondlicht zwischen ihren Beinen und denen ihrer Schatten zeichnete.

Der Kaiser blieb stehen, und die beiden taten einige Schritte vor uns dasselbe. Ich selbst stellte mich dicht an seiner Seite auf, so daß wir vier nun einander gegenüber standen. Keiner sprach ein Wort. Ich richtete meine Aufmerksamkeit besonders auf den größeren der beiden, da er mir am nächsten stand, und als ich ihn so beobachtete, bemerkte ich, daß ihm die Angst bereits stark mitspielte. Er zitterte am ganzen Körper und keuchte leise, wie vor Erschöpfung. Plötzlich gab einer von beiden ein Signal – einen kurzen, zischenden Ton – der Große beugte Rücken und Knie wie zum Sprung, aber ich kam ihm zuvor: mit einem Satze stand ich, das Schwert in der Hand, vor ihm. Im selben Augenblicke schoß der Kleine an mir vorbei und stieß einen langen Degen in die Brust des Kaisers.

Mein Gott, welcher Schrecken! Ein Wunder, daß ich nicht selbst tot niedersank. Wie im Traum sah ich den grauen Rock sich rundum wirbeln und bemerkte drei Zoll roten Stahl, der zwischen den Schultern hervorragte. Dann brach der Verwundete sterbend zusammen, und der Mörder, der die Waffe im Stich gelassen, warf beide Arme empor und jauchzte vor Freude laut auf. Ich aber, ich stieß mein Schwert mit solcher Wut durch seines Spießgesellen Herz, daß er sechs Schritte weiter taumelte, ehe er niederfiel und ich die rauchende Waffe aus seinem Körper ziehen konnte. Nun wendete ich mich seinem Gefährten mit einem solchen Durst nach Blut zu, wie ich ihn in meinem ganzen Leben nicht wieder empfunden habe. Als ich auf ihn zustürzte, sah ich einen Dolch vor meinen Augen blitzen, ich fühlte, wie er durch die Luft sauste und wie des Schurken Arm meine Schulter streifte. Da packte ich das Schwert kürzer, er aber entrang sich mir und floh, wie ein gehetztes Wild, in großen Sätzen über die Lichtung dahin.

Nein, so durfte er mir nicht entkommen! Wußte ich doch, des Buben mörderischer Stahl hatte sein Werk getan; ich kannte, trotz meiner Jugend, einen tödlichen Stoß gar wohl! Nur einen Augenblick gönnte ich mir, um in tiefem Schmerz die Hand des Kaisers zu umfassen.

„Sire! Sire!“ rief ich in Todesangst aus, und als keine Antwort kam und nichts sich regte, da wußte ich, daß alles vorbei war. Ich sprang wie besessen empor, warf meinen Überrock ab und sprang, so schnell ich konnte, dem Mörder nach.

Wie froh war ich jetzt, daß ich daran gedacht hatte, in Schuhen und Gamaschen zu kommen! Wie schnell flog ich jetzt dahin ohne den schweren Mantel! Dem Elenden da vor mir gelang es augenscheinlich nicht, den seinigen abzuwerfen, oder aber dachte er in seiner Angst gar nicht daran? Ich konnte dem Umstand nur Dank wissen, denn jeder Sprung brachte mich ihm näher. Ob er nur seinen Verstand verloren hatte, da er nie auf den Einfall kam, sich in den dunklen Teil des Waldes zu verbergen, sondern von Lichtung zu Lichtung dahinflog, bis er auf die große Heide oberhalb des Steinbruches kam? Nun war er mein, nun konnte er mir nicht mehr entrinnen. Zwar lief er immer noch gut – lief wie der Feigling, dem um sein Leben bange ist, während ich gleich der Furie dahinstürmte, die sich an die Ferse des Verbrechers geheftet hat. Mit jeder Sekunde kam ich ihm näher. Schon hörte ich das Pfeifen seines Atems und sah, wie er wankte und stolperte.

Da öffnete sich plötzlich vor ihm der weite Schlund des großen Steinbruchs; er sah sich, über seine Schulter hinweg, nach mir um und stieß einen verzweifelten Schrei aus. Im nächsten Augenblick war er meinem Auge entschwunden.

Ja, gänzlich entschwunden! Ich stürzte auf die Stelle zu und schaute hinab in den schwarzen Abgrund. Schon glaubte ich, er habe sich hinuntergestürzt, als leises Geräusch aus der Dunkelheit von unten an mein Ohr schlug. Es war sein Atem, und er verriet mir, wo der Mann war. Er hatte sich in der Hütte verborgen, wo die Arbeiter ihr Gerät aufzubewahren pflegten, und diese befand sich auf einer kleinen Plattform, dicht unter dem Rande des Steinbruches. Vielleicht hatte der Narr gedacht, ich würde nicht den Mut haben, ihm in die Dunkelheit zu folgen, aber da kannte er Etienne Gérard schlecht. Ein Sprung brachte mich auf die Plattform, ein zweiter in die Hütte, und nun flog ich in die Ecke, aus welcher sein Keuchen ertönte, und stürzte mich über ihn.

Er wehrte sich wie eine wilde Katze, aber was konnte er mit seiner kurzen Waffe anfangen ? Gar bald wurden seine Stöße schwächer, und endlich fiel sein Dolch klirrend zu Boden. Als sein Atem verstummt war, erhob ich mich, trat hinaus in das Mondlicht und kletterte wieder hinauf auf die Heide.

Das bloße Schwert in der Hand wanderte ich ziellos darüber hin und wußte kaum, was in der letzten Stunde vor sich gegangen. Endlich schaute ich um mich und gewahrte in der

Ferne jenen knorrigen Stumpf, an den sich für immer die schrecklichsten Erinnerungen meines Lebens knüpfen mußten. Da ließ ich mich auf einen umgefallenen Baumstamm nieder, legte den Säbel über die Knie, stützte den Kopf in die Hände und versuchte, über meine Lage klar zu werden.

Der Kaiser hatte sich in meinen Schutz begeben und war nun tot! Das war der einzige Gedanke, der in meinem Kopfe Raum hatte, und er verdrängte alle anderen. Ich war zwar all seinen Befehlen nachgekommen, während er noch lebte, ich hatte ihn gerächt, nachdem er tot war –aber was half das alles? In den Augen der Welt stand ich doch nicht schuldlos da, wurde vielleicht gar als sein Mörder betrachtet! Welche Beweise, welche Zeugen standen mir zur Seite? Konnte ich nicht der Mitschuldige jener Schurken sein? Ia, ja, ich war für immer entehrt, war die gemeinste, verächtlichste Kreatur in ganz Frankreich! Das war nun das Ende meiner ehrgeizigen Pläne, der Hoffnungen meiner Mutter. Ich lachte bitter auf. Und was nun? Sollte ich nach Fontainebleau gehen, das Schloß wachrufen und verkünden, daß der Kaiser wenige Schritte von mir ermordet worden war? Nein, das nicht; nur das nicht! Für einen Mann von Ehre, den das Schicksal so grausame Pfade geführt, blieb nur ein einziger Weg übrig. Ich wollte mich in mein entehrtes Schwert stürzen und so des Kaisers Los teilen, da ich es nicht hatte von ihm abwenden können. Entschlossen stand ich auf, um meinen Plan auszuführen, als mein Auge auf etwas fiel, was mir den Atem raubte: Der Kaiser stand vor mir!

Ja, keine zwanzig Schritte stand er von mir entfernt, und das Mondlicht fiel auf sein kaltes, blasses Gesicht. Er trug den grauen Mantel, aber die Kapuze war zurückgeschlagen, und vorn waren der grüne Rock und die weißen Hosen sichtbar. Kein Zweifel, er war es. Da stand er in seiner gewöhnlichen Haltung: die Hände auf dem Rücken, den Kopf etwas auf die Brust gesenkt.

„Nun“, sagte er mit harter und barscher Stimme, „was haben Sie zu berichten?“

Ich glaube, hätte er noch eine einzige Minute schweigend dort gestanden, ich hätte den Verstand verloren. So aber brachte mich der kurze Kommandoton schnell zur Besinnung; ich sagte mir: Der Kaiser steht vor Dir – allons, antworte! raffte mich zusammen und salutierte.

„Wie ich sehe, haben Sie einen getötet", sagte er, mit dem Kopfe nach der Buche hin nickend.

„Ja, Sire!"

„Und der andere entkam?"

„Rein, Sire, ich habe ihn auch getötet."

„Was", rief er, „höre ich recht? Sie haben beide getötet?"

Dabei kam er mir ganz nahe und zeigte lächelnd die im Mondlicht schimmernden Zähne. Ich aber entgegnete :

„Der eine liegt dort, Sire, und der andere im Arbeiterhäuschen des Steinbruches."

„Dann ist es aus mit den Brüdern von Ajaccio!" rief er, und fügte nach einer Pause wie zu sich selbst redend hinzu: „Nun ist dieser Schatten für immer von mir genommen."

Er neigte sich zu mir und legte seine Hand auf meine Schulter.

„Das war brav von Ihnen, junger Freund. Sie haben Ihrem Rufe alle Ehre gemacht."

Nun erst, als ich die kleine, fleischige Hand auf mir ruhen fühlte, hatte ich die Gewißheit, daß der Kaiser selbst und nicht sein Geist vor mir stand.

Er mochte wohl meine Gedanken gelesen haben, denn sein Gesicht verzog sich abermals zu einem Lächeln, als er bemerkte:

„Nein, nein, Monsieur Gérard, ich bin kein Gespenst, Sie haben nicht gesehen, wen man tötete. Kommen Sie mit!"

Damit wendete er sich und schritt nach der Buche. Da lagen noch die toten Körper, zwei Männer standen daneben. Als wir nahe kamen, erkannte ich an den Turbanen die Mamelucken Rustem und Mustafa, die Diener des Kaisers. Napoleon beugte sich zu der grauen Gestalt herab, schob die Kapuze zurück, die den Kopf verhüllte, und siehe – ein Gesicht wurde sichtbar, das von seinem eigenen sehr verschieden war.

„Hier sehen Sie einen treuen Diener, der sein Leben für seinen Herrn geopfert hat", sagte der Kaiser. „Sie werden zugeben, daß er mir in Gestalt und Haltung nicht unähnlich ist."

Nun raubte mir die Freude über die Lösung des Rätsels beinahe den Verstand, und ich war nahe daran, ihn zu umarmen. Wiederum schien er meine Absicht zu durchschauen, denn er trat lächelnd einen Schritt zurück, ehe er fragte:

„Sind Sie verletzt?"

„Nein, Sire, aber beinahe hätte ich in meiner Verzweiflung –"

„Ta, ta", unterbrach er mich, „Sie haben sich wacker gehalten, aber Sie hätten auch vorsichtiger sein können; ich habe alles mitangesehen."

„Alles mitangesehen?"

„Haben Sie nicht gehört, wie ich Ihnen durch den Wald nachging? Von dem Momente an, wo Sie Ihr Quartier verließen, bis zu Monsieur de Goudins Tod habe ich Sie kaum aus den Augen verloren. Der Pseudokaiser ging Ihnen voran, und der echte ging hinter Ihnen her. Jetzt kommen Sie und begleiten Sie mich nach dem Schlosse zurück."

Er gab den Mamelucken einen leisen Befehl, diese salutierten schweigend und blieben zurück. Aber ich – ich ging mit dem Kaiser, und meine Brust schwellte vor Stolz. Meiner Treu, ich habe mich stets gehalten, wie es einem Husaren zukommt, aber selbst Lasalle hätte nicht besser einherstolzieren und seinen Mantel schwingen können, als ich es in jener Nacht tat. Wer hatte ein Recht, mit Sporen und Säbel zu klirren und zu rasseln, wenn nicht ich – ich, Etienne Gérard, der Vertraute des Kaisers, der anerkannt beste Degen der leichten Kavallerie, der Mann, der die erschlug, die dem Kaiser nach dem Leben trachteten? Aber er bemerkte mein Gebaren und wendete sich mir blitzschnell mit kalt funkelnden Augen zu.

„Haben Sie sich so zu benehmen, wenn Sie einen geheimen Auftrag auszuführen haben? Meinen Sie, auf diese Weise Ihre Kameraden überzeugen zu können, daß nichts Besonderes vorgegangen ist? Lassen Sie den Unsinn, Monsieur, sonst wird man Sie in die Bergwerke schicken, wo Sie schwerere Arbeit und grauere Federn finden werden."

Das war so die Art des Kaisers. Sobald er glaubte, jemandem verpflichtet zu sein, ergriff er die erste beste Gelegenheit, dem Betreffenden die beiderseitige Stellung klarzulegen. Ich salutierte schweigend, aber ich muß Euch doch gestehen, daß ich mich ziemlich verletzt fühlte. Am Palast angekommen, betraten wir ihn durch eine Seitentüre und stiegen nach des Kaisers Privatkabinett hinauf. Auf der Treppe standen ein paar Grenadiere, und glauben Sie mir nur, die machten keine kleinen Augen, als sie einen jungen Husarenleutnant erblickten, der um die Mitternachtsstunde mit dem Kaiser in sein Kabinett ging. Ich blieb, wie am Nachmittag, in der Türe stehen, während er sich in einen Lehnstuhl niederließ und so lange schwieg, daß ich dachte, er hätte mich ganz vergessen. Da erlaubte ich mir endlich, ganz leise zu husten, um ihn an meine Gegenwart zu erinnern.

„Aha, Monsieur Gérard“, sagte er da, „Sie möchten wohl gerne wissen, was das alles bedeutet?“

„Nur, wenn es in Ew. Majestät Belieben steht, mich darüber aufzuklären.“

„Ta, ta, ta“, entgegnete er ungeduldig, „das sind leere Redensarten. Sie würden ja doch sobald wie möglich Nachforschungen darüber anstellen; in zwei Tagen hätten es Ihre Kameraden erfahren, in drei ganz Fontainebleau und am vierten Paris. Gebe ich Ihnen aber so viel Aufschluß, daß Ihre Neugier befriedigt wird, so darf man vielleicht hoffen, daß Sie die Sache für sich behalten.“

Nun, der Kaiser kannte mich eben nicht, und deshalb verbeugte ich mich nur und schwieg.

„'s ist alles in wenig Worten gesagt“, begann er hastig und schritt im Zimmer auf und ab. „Jene beiden Männer waren Korsen, die ich in meiner Jugend kennenlernte. Wir gehörten zu derselben Verbindung, den „Brüdern von Ajaccio“, die aus der Zeit der Paoli stammte, und waren strengen Regeln unterworfen, die nicht ungestraft übertreten werden durften.“

Bei diesen Worten nahmen seine Züge einen grimmigen Ausdruck an; es war, als habe er jede Spur eines Franzosen abgestreift, als stände der reine Korse mit seinen starken Leidenschaften und seinem heißen Durst nach Rache vor mir. Die Erinnerung an die Tage seiner frühen Jugend wurde wach, und in Gedanken verloren schritt er mit schnellen, kleinen Schritten auf und ab. Endlich eine ungeduldige, abwehrende Bewegung mit der Hand, und sein Geist kehrte zurück in seinen Palast und zu mir.

„Die Satzungen einer solchen Gesellschaft“, fuhr er fort, „mögen ja ganz gut für einen Privatmann sein, und in früheren Tagen gab es auch keinen eifrigeren ‚Bruder‘ als mich. Aber die Zeiten ändern sich, und es würde weder mir noch Frankreich zum Heile gereichen, wollte ich mich jetzt noch daran binden. Sie wollten mich dazu zwingen und haben dadurch ihr Schicksal selbst heraufbeschworen. Die beiden Männer, die Sie gesehen, waren die Oberhäupter des Bundes, sie waren von Korsika gekommen, um mich nach dem von ihnen bezeichneten Orte zu entbieten. Aber ich verstand den Sinn einer solchen Aufforderung – kein Mann, der ihr nachgekommen, ist je lebend zurückgekehrt. Ging ich aber nicht, so wußte ich, daß Unglück daraus entspringen würde. Sie wissen, ich bin selbst ein ‚Bruder‘, und kenne als solcher ihr Tun.“

Wieder der harte Zug um seinen Mund und das kalte Aufblitzen seiner Augen.

„Sie sehen mein Dilemma, Monsieur Gérard. Wie würden Sie unter diesen Umständen gehandelt haben?“

„Hätte die Husaren vom Zehnten entboten, Sire“, rief ich, „Patrouillen hätten den ganzen Wald abgesucht und die beiden Schurken Ew. Majestät zu Füßen gelegt.“

Er lächelte, schüttelte aber den Kopf.

„Ich hatte meine guten Gründe, die beiden nicht gefangen nehmen zu lassen. Des Mörders Zunge kann eine ebenso scharfe Waffe sein, wie sein Dolch, und ich wollte um jeden Preis vermeiden, daß die Sache ruchbar wurde. Deshalb befahl ich Ihnen, keine Pistolen zu sich zu stecken. Meine Mamelucken werden jede Spur der Sache verwischen, und damit wird sie abgetan sein. Ich habe allerhand Pläne erwogen, aber ich glaube, den besten erwählt zu haben. Hätte ich mehr als einen Mann mit de Goudin in den Wald geschickt, so wären die ‚Brüder‘ nicht zum Vorschein gekommen; wegen eines einzigen aber gaben sie ihre Absicht und ihre Chancen nicht auf. Da Oberst Lasalle zufällig gegenwärtig war, als ich die Aufforderung empfing, entschied ich mich, einen Husaren zu schicken, und wählte Sie, Monsieur Gérard, weil ich einen Mann wünschte, der das Schwert zu führen verstand, mir aber nicht zu sehr der Sache selbst nachforschte; ich hoffe, Sie werden in dieser Beziehung meiner Wahl ebenso viel Ehre machen, wie Sie es durch Ihren Mut und durch Ihre Geschicklichkeit getan haben."

„Sire", entgegnete ich, „Sie dürfen sich darauf verlassen."

„So lange ich lebe", fuhr er fort, „darf kein Wort von der Begebenheit über Ihre Lippen kommen!"

„Sie wird meinem Gedächtnis entschwinden, Sire, als ob sie nie gewesen wäre. Ich verspreche, jetzt Ew. Majestät Kabinett als der zu verlassen, der ich war, als ich es um vier Uhr betrat."

„Das wird nicht angehen", sagte der Kaiser lächelnd. „Damals waren Sie Leutnant. Erlauben Sie mir, Hauptmann, Ihnen angenehme Ruh' zu wünschen!"

Wie der Brigadier den König hatte

Hier, auf dem Aufschlag meines Rockes, können Sie das Band meiner Verdienstmedaille erblicken; aber die Medaille selbst bewahre ich in einem Lederetui auf und nehme sie nur heraus, wenn einer der neuen Generäle unserer Friedenszeit oder irgend ein hoher Fremder kommt und die Gelegenheit wahrnimmt, um dem wohlbekannten Brigadier Gérard seine Aufwartung zu machen. Dann hefte ich sie an meine Brust, dann zwirble ich meinen Schnurrbart, daß die grauen Spitzen bis in die Augen hinauf stehen, und dennoch fürchte ich, mes amis, daß sich niemand einen richtigen Begriff von dem Manne machen kann, der ich einst war. Denn jetzt bin ich nur noch Zivilist –allerdings einer, der sich sehen lassen kann – aber immerhin nur Zivilist. Hätten Sie mich indes am 1. Juli 1810 in der Türe des Gasthauses zu Alamo stehen sehen – ah, dann wäre Ihnen klar geworden, wozu es der Husar bringen kann.

Einen vollen Monat lang hatte ich in jenem verwünschten Dorfe gelegen und zwar nur wegen eines elenden Lanzenstiches in den Knöchel, der es mir unmöglich machte, den Fuß aufzusetzen. Außer mir befanden sich erst noch drei andere Invaliden dort, die sich aber bald wieder erholten und zur Armee zurückkehrten. Nur ich blieb zu meiner großen Verzweiflung übrig, saugte an meinen Fingern, raufte mein Haar und – nun, ich will es gestehen – weinte von Zeit zu Zeit, wenn ich an meine Husaren dachte, die sich ohne ihren Oberst behelfen mußten.

Zwar war ich noch nicht Brigadechef, obwohl mich jedermann dafür halten mußte, aber der jüngste Oberst des ganzen französischen Heeres, und mein Regiment war mir alles auf der Welt. Es ging mir nahe, daß meine guten Jungen so vereinsamt waren; Villaret, der älteste Major, war ja ein vortrefflicher Soldat – aber gibt es nicht selbst unter den vortrefflichen noch verschiedene Grade?

Ach, jener glückliche Julitag, an dem ich zuerst wieder nach der Türe hinken und mich im goldnen Sonnenschein erlaben konnte! Ich sah mich schon .wieder an der Spitze meiner Tapferen – aber wie zu ihnen gelangen, zu ihnen, die in Pastores, auf der andern Seite des Gebirges, kaum vierzig Wegmeilen vor mir lagen? Hatte doch derselbe Stoß, der mich verletzte, mein tapferes Roß getötet! So sehr ich auch Gomez, den Wirt, und einen alten Priester, der des Nachts im Wirtshaus geblieben war, mit Fragen bestürmte, mir wurde kein Rat; beide versicherten mir, daß auch nicht die elendeste Mähre im ganzen Dorfe aufzutreiben wäre. Überdies hielt es der Wirt für höchst gefährlich, das Gebirge ohne Begleitung zu überschreiten, da El Cuchillo, der spanische Räuberhauptmann, mit seiner Bande darin hause, und in seine Hände fallen sei gleichbedeutend mit dem qualvollsten Tode. Der alte Priester bestätigte diese Worte, meinte aber zugleich, daß ein französischer Offizier sich dadurch wohl nicht abhalten lassen würde. Und wenn ich einen Augenblick gezaudert hatte, diese Bemerkung genügte mir, meinen Weg klar zu zeigen.

Aber ein Pferd, ein Pferd! Da stand ich nun in der Türe, sann und schmiedete Pläne und war der Verzweiflung nahe, als ich plötzlich Pferdegetrappel hörte und aufschauend einen großen, bärtigen Mann in blauem, uniformartigem Rock erblickte. Er ritt einen plumpen Rappen, der durch einen rechten weißen Vorderfuß besonders auffällig war.

„Holla, Kamerad!“ rief ich ihn an.

„Holla!“ erwiderte er.

„Oberst Gérard von den Zehnern. Habe einen Monat hier verwundet gelegen und möchte nun zu meinem Regiment nach Pastores.“

„Kommissär Vidal, auch nach Pastores; würde mich freuen, Oberst, wenn Sie mitreisen wollten, das Gebirge soll gar nicht sicher sein.“

„Ach“, antwortete ich, „ich habe kein Pferd! Wollen Sie mir nicht das Ihrige verkaufen? Ich lasse Sie morgen mit einer Bedeckung von Husaren abholen.“

Aber davon wollte er nichts hören, und ebenso vergebens war es, daß der Wirt schreckliche Geschichten von El Cuchillo erzählte und ich ihn auf die Pflicht hinwies, die er dem Lande und dem Heere schuldig sei. Ja, endlich verschmähte er es, uns auch nur zu antworten, und rief mit lauter Stimme nach einem Becher Wein. Da forderte ich ihn listigerweise auf, abzusteigen und mit mir zu trinken; aber es mußte ihm etwas in meinem Gesichte aufgefallen sein, denn er schüttelte den Kopf. Und als ich mich ihm näherte, um ihn am Fuße zu packen, stieß er die Sporen in die Flanken seines Pferdes und verschwand in einer Staubwolke.

Zum Kuckuck! Ich hätte verrückt werden können, als ich den Burschen so munter zu seinen Fleischfässern und Schnapsflaschen dahineilen sah und an meine fünfhundert schönen Husaren ohne ihren Oberst dachte. Ich blickte ihm immer noch mit bitterem Neide nach, als mich jemand am Arme berührte, und mich umwendend gewahrte ich den schon erwähnten kleinen Priester.

„Ich könnte Ihnen helfen, Oberst“, sagte er mit sanfter Stimme, „ich reise selbst nach dem Süden.“

Ich fiel ihm in meiner Freude um den Hals; aber da gab mein Fußgelenk nach, und beinahe wären wir beide zur Erde gefallen.

„Bringen Sie mich nach Pastores!“ rief ich, „und Sie sollen einen Rosenkranz von goldenen Perlen haben!“

Ich hatte einen solchen im Kloster zum „Heiligen Geiste“ gefunden und sah nun abermals, wie gut es ist, so viel als möglich aus einem Feldzuge mit heimzunehmen, da man nicht weiß, bei welcher Gelegenheit man auch die unwahrscheinlichsten Dinge gebrauchen kann. Er entgegnete in ganz vorzüglichem Französisch:

„Ich will Sie mitnehmen, aber nicht um einer Belohnung willen, sondern weil es mir Bedürfnis ist, meinen Mitmenschen nach Kräften beizustehen, und deshalb bin ich auch überall so gern gesehen.“

Indem er so sprach, führte er mich das Dorf entlang nach einem alten Stalle, wo wir eine ausgediente Postkutsche fanden, wie man sie so ungefähr im Anfang dieses Jahrhunderts in entlegenen Dörfern hatte. Auch drei alte Maulesel standen darin, von denen zwar keiner stark genug war, einen Mann zu tragen, vereint aber mochten sie wohl imstande sein, die Kutsche zu ziehen. Glaubt mir, chers amis, der Anblick dieser elenden Tiere mit ihren ungeheuren Rippen und lahmen Beinen entzückte mich mehr, als die zweihundertundfünfzig Renner des Kaisers, die ich in ihrem Stalle zu Fontainebleau bewundert hatte. Es kostete uns jedoch viel Mühe, den Eigentümer zu bewegen, sie vor den Wagen zu spannen, denn er hatte gewaltige Furcht vor dem schrecklichen Cuchillo; aber nachdem ich ihm alle Reichtümer der Welt versprochen, und der Priester ihm mit der Hölle gedroht hatte, bestieg er den Wagen und ergriff die Zügel. Dann aber hatte er es so eilig, noch vor Anbruch der Nacht ans Ziel zu kommen, daß er mir kaum genügend Zeit ließ, mich von des Wirtes Töchterlein gebührend zu verabschieden. Leider fällt mir ihr Name augenblicklich nicht ein, aber ich erinnere mich sehr wohl, daß wir beide damals weinten, und daß sie ein schönes Mädchen war. Und dieses Zeugnis aus dem Munde eines Mannes, der in vierzehn verschiedenen Königreichen die Männer bekämpft und die Frauen geküßt, will gewiß etwas heißen.

Der kleine Priester hatte zuerst ein wenig ernst dreingeschaut, als wir uns den Abschiedskuß gaben, aber dann bewies er sich als ein sehr guter Reisegefährte. Die ganze Zeit über unterhielt er mich von seiner kleinen Pfarre in den Bergen oben, und ich wiederum plauderte von allerlei Abenteuern aus meinem Leben; aber, meiner Treu, man mußte vorsichtig sein, denn sobald ich ein Wort zu viel sagte, begann er unruhig zu werden, und sein Gesicht verriet deutlich, daß ich sein Gefühl verletzt hatte. Selbstverständlich wird ein Gentleman mit einem Geistlichen auch nur in schicklicher Weise reden, obgleich es auch nicht zu verwundern ist, wenn einem Soldaten einmal ein Wort entschlüpft. Aus seiner Erzählung erfuhr ich, daß er aus dem nördlichen Spanien kam und zum Ziel ein kleines Dörfchen in Estremadura hatte, wo seine bejahrte Mutter lebte.

Er schilderte ihr gemütliches Heim und seine Freude auf das Wiedersehen in so lebhaften Farben, daß ich an meine eigene Mutter denken mußte und mir die Tränen in die Augen traten. In seiner liebenswürdigen Einfalt zeigte er mir sogar die kleinen für sie bestimmten Gaben, und sein ganzes Wesen war überhaupt so kindlich einfach, daß ich gern seiner Versicherung glaubte, daß jedermann ihn gern hatte. Meiner Uniform zollte er große Bewunderung; staunend prüfte er den feinen Stoff, lobte den stattlichen Federbusch und streichelte ehrfurchtsvoll den scharlachenen Besatz des Rockes. Auch mein Schwert zog er aus der Scheide und schauderte, als ich ihm erzählte, wie vielen es schon ein frühes Ende bereitet hatte. Als ich aber nun gar meinen Finger in die Scharte legte, die vom Schulterbein des Adjutanten des Kaisers von Rußland herrührte, da kannte sein Entsetzen keine Grenzen mehr. Sanft entwand er mir die Waffe und verbarg sie unter dem ledernen Sitzkissen mit der Bemerkung, daß ihm schon beim bloßen Anblick schwindele.

So waren wir denn eine gute Strecke des Weges dahingerumpelt, und als wir den Fuß des Gebirges erreichten, hörten wir zu unserer Rechten fernen Kanonendonner. Das war Masséna, der, wie ich wußte, Ciudad Rodrigo belagerte. Nun wäre ich für mein Leben gern geradewegs zu ihm geeilt, denn wenn auch, wie manche sagten, jüdisches Blut in seinen Adern floß, so war er doch der tapferste Iude, der seit Josuas Tagen die Erde betreten. Immerhin bleibt aber eine Belagerung nur ein armseliges Geschäft mit Pickaxt und Schaufel, und bei meinen Husaren gab es im Kampfe gegen die Engländer doch noch schönere Arbeit. Mit jeder Meile, die wir vorwärts rückten, wurde mir das Herz leichter, bis ich endlich, vor Freude, meine Pferde und all die flotten Bursche wiederzusehen, wie ein junger, neugebackener Fähnrich sang und jubelte.

Je weiter wir in das Gebirge eindrangen, desto rauher und wilder wurde der Weg. Anfangs waren wir noch hier und da einem Maultiertreiber begegnet, nun aber war alles wie ausgestorben, kein Wunder, denn Engländer, Franzosen und Räuberhorden hatten hier ihr Wesen getrieben. Endlich wendete ich meine Augen von dem traurigen Bilde ab, und Einkehr in mich selbst haltend, dachte ich an dieses und jenes, an Frauen, die ich geliebt, an Pferde, die ich unter den Händen gehabt hatte.

Plötzlich wurde ich in meinen Träumereien durch das Gebaren meines Reisegefährten gestört, der sich bemühte, mit einer Art Spitzbohrer ein Loch in den Lederriemen seiner Wasserflasche zu bohren. Dabei zuckten seine Finger jedoch dergestalt, daß der Riemen ihm endlich aus der Hand fuhr und die hölzerne Flasche mir vor die Füße fiel. Ich bückte mich nieder, um sie aufzuheben, aber indessen sprang der Priester blitzschnell auf meinen Rücken und trieb mir den Spitzbohrer in das Auge!

Messieurs! Sie wissen recht wohl, daß ich ein Mann bin, der jeder Gefahr keck ins Auge sieht. Wenn man von der Affäre bei Zürich bis zu dem verhängnisvollen Tage bei Waterloo dabeigewesen ist, wenn man die große Verdienstmedaille errungen hat, die ich in einem Lederetui aufbewahre, dann ist es einem wohl erlaubt, von „Furcht" zu reden. Und wenn Ihnen zuweilen Ihre Nerven einen Streich spielen, so trösten Sie sich nur mit dem Gedanken, daß sogar ich, der Brigadier Gérard, die Furcht gekannt habe. Zu dem Schreck über den unvermuteten Überfall und zu dem Schmerz in meiner Wunde gesellte sich noch ein plötzliches Gefühl des Ekels – ein Gefühl, wie der es empfinden mag, der von einer widerlichen Viper angefallen wird.

Ich packte den Unhold mit beiden Händen, riß ihn auf den Boden der Kutsche herab und stampfte mit meinen schweren Stiefeln auf ihm herum. Zwar gelang es ihm, eine Pistole aus der Tasche seines Priesterrockes zu ziehen, aber ich schleuderte sie ihm aus der Hand und stieß wieder und wieder mit meinen Knien gegen seine Brust. Da begann er fürchterlich zu schreien; ich aber tappte nach meinem Säbel umher, den er so listig verborgen hatte. Jetzt hatte ihn meine Hand entdeckt und ich wischte eben das Blut aus meinem Gesichte, um zu sehen, wo der Kerl lag, denn ich wollte ihn durchbohren – als sich plötzlich die ganze Kutsche auf die Seite legte und die Waffe mir durch den Ruck aus der Hand fiel.

Ehe ich mich fassen konnte, wurde die Türe aufgerissen und ich wurde an den Füßen auf den Weg herausgeschleift.

Aber obwohl ich auf die harten Steine fiel, obwohl ich mir sagen mußte, daß gegen dreißig Kerle mich umringten, jauchzte ich doch bei mir selbst vor Freude; denn in dem Gedränge war mir der Zipfel meines Mantels über das eine Auge gefallen, aber mit dem anderen – dem verwundeten – konnte ich die Räuberbande sehen! An dieser Narbe hier können Sie heute noch gewahren, daß der Stahl sehr nahe am Augapfel eingedrungen war, und erst, als ich aus der Kutsche gezerrt wurde, wußte ich, daß ich das Augenlicht nicht für immer verloren hatte. Der Bube mochte wohl die Absicht gehabt haben, mein Gehirn zu durchbohren, und in der Tat muß er einen Knochen verletzt haben, denn jene Wunde hat mir mehr zu schaffen gemacht als irgend eine von den siebzehn, die ich überhaupt davongetragen.

Nachdem mich die Hunde unter Flüchen und Verwünschungen herausgezogen hatten, schlugen sie mich mit ihren Fäusten und stießen mich mit den Füßen. Nur gut, daß es die Gewohnheit jener Bergbewohner war, ihre Füße mit Tüchern zu umwickeln! Endlich ließen sie von mir ab, denn das Blut strömte von meinem Kopfe herunter, und ich lag ganz ruhig da, als hätte ich das Bewußtsein verloren; insgeheim aber prägte ich mir alle ihre häßlichen Gesichter ins Gedächtnis ein, so daß sie alle gehängt werden konnten, wenn sich mir je Gelegenheit dazu bot. Es waren lauter nervige Gestalten mit gelben Tüchern an den Köpfen und roten Gürteln, in denen ihre Waffen steckten. Sie hatten zwei große Steine quer über den Weg gelegt, da, wo er eine scharfe Wendung machte, und diese hatten eines der Räder weggerissen und und umgeworfen. Jener Mordbube, der den Priester so geschickt gespielt und mir dabei so viel von seiner Mutter und seiner Gemeinde vorerzählt hatte, wußte natürlich, wo der Hinterhalt lag, und hatte versucht, mich ganz wehrlos zu machen, ehe wir an die Stelle kamen.

Als die Burschen ihn aus dem Wagen zogen und nun bemerkten, wie übel ich ihm mitgespielt hatte, kannten sie sich nicht vor Wut. Nun, wenn er auch nicht ganz nach Verdienst belohnt worden war, so hatte er doch etwas zur Erinnerung an Etienne Gérard davongetragen; denn seine Beine hingen schlaff herab, während der obere Teil seines Körpers sich in Wut und Schmerzen wand. Aber seine kleinen schwarzen Augen, die in der Kutsche so mild und unschuldig ausgeschaut, funkelten mich während der ganzen Zeit wie diejenigen einer verwundeten Katze an, und unaufhörlich spie er nach mir.

Meiner Treu! Als die Schufte mich jetzt emporrissen und einen der Gebirgspfade entlangschleiften, da wurde mir klar, daß ich bald all meinen Mut und meine Kraft nötig haben würde. Mein Feind aber wurde von zwei Männern hinter mir her getragen, und sein Zischen sowohl als seine Schmähreden drangen auf dem gewundenen Pfade bald von rechts, bald von links her an mein Ohr.

Unser Aufstieg muß, meiner Schätzung nach, gegen eine Stunde gedauert haben, aber der Schmerz in meinen Wunden, sowie die Befürchtung, daß meine äußere Erscheinung bei dem Vorfall gelitten haben möchte, machten ihn mir zu einer der furchtbarsten Reisen meines Lebens. Nun bin ich zwar ein guter Bergsteiger gewesen, aber es ist wunderbar, was der Mensch leisten kann, sobald er zu beiden Seiten einen Briganten und je einen blitzenden Dolch an den Enden seines Schnurrbartes weiß.

Jetzt gelangten wir an eine Stelle, wo der Pfad sich über den Gipfel des Berges wand und auf der anderen Seite durch dichten Wald in ein nach Süden offenes Tal führte. Höchst wahrscheinlich waren all diese Bösewichter in Friedenszeiten Schmuggler, und das war einer von den Schleichpfaden, die über die portugiesische Grenze führten. Ich bemerkte häufig die Spuren von Maultieren, und als wir an einen Ort kamen, wo der Boden etwas aufgeweicht war, sah ich mit Staunen die Eindrücke eines großen Pferdehufes. Die Ursache davon sollte mir bald klar werden, denn in einer Lichtung nicht weit davon erblickte ich das Tier selbst an einen gestürzten Baum gebunden. Kaum war mein Auge darauf gefallen, so erkannte ich an den plumpen Formen und dem weißen Vorderfuße jenen Rappen, den ich mir heute früh so sehnsüchtig gewünscht hatte.

Aber was war aus dem Kommissar Vidal geworden? War

er vielleicht in derselben gefährlichen Lage wie ich selbst? Es blieb mir jedoch keine Zeit, diesen Gedanken nachzuhängen; denn jetzt hielt der Zug, und einer der Männer stieß einen eigentümlichen Schrei aus, der sogleich aus der von einer Klippe überragten Hecke auf der anderen Seite des Aushaues beantwortet wurde. Zu gleicher Zeit stürzten zehn bis zwölf Briganten auf uns zu, begrüßten meine Begleiter und umringten dann mit lauten Beileidsbezeigungen meinen Freund mit dem Spitzbohrer. Schließlich würdigten sie mich ihrer Aufmerksamkeit, sie schwangen ihre Messer und brüllten mich an, daß es mir angst und bange wurde. Ja, ich meinte schon, mein letzter Augenblick sei gekommen, und nahm mir vor, ihm als ein Mann entgegenzugehen, der seinen Ruf zu wahren hat, als einer der Mordbuben einen Befehl gab, worauf ich nicht eben sanft über die kleine Lichtung nach der Hecke geschleift wurde, aus welcher diese neue Bande gekommen. Ein ganz schmaler Weg schlängelte sich hindurch und endete in einer tiefen Grotte unter der Klippe. Draußen ging eben die Sonne unter, und es wäre in der Höhle wohl schon ganz dunkel gewesen, hätten nicht zwei an der Mauer befestigte Fackeln ihr flackerndes Licht verbreitet. Bei ihrem Scheine sah ich eine sehr seltsame Person an einem rohgezimmerten Tische sitzen und schloß sofort aus dem ehrfurchtsvollen Benehmen der anderen, daß ich niemand anders als den berüchtigten Räuberhauptmann El Cuchillo vor mir hatte.

Hinter mir wurde der Mann, den ich verwundet hatte, hereingetragen und auf ein Faß gesetzt; seine Beine hingen schlaff herab, aber seine Katzenaugen sprühten immer noch Haß gegen mich. Ans dem Gespräch zwischen ihm und dem Hauptmann wurde mir klar, daß er ebenfalls zu der Bande gehörte, und daß es seine Aufgabe war, Gimpeln wie mir aufzulauern und sie durch seine glatte Zunge und sein heiliges Gewand zu betören. Wenn ich bedachte, wie viele edle Männer schon durch diesen elenden Heuchler ins Verderben gelockt sein mochten, frohlockte ich, daß ich seinen Schurkenstreichen nun ein Ziel gesetzt hatte, obgleich ich fürchtete, es mit meinem Leben bezahlen zu müssen, das doch dem Kaiser und dem Heer so unentbehrlich war.

Während der Verwundete, von zwei Kameraden gestützt, über seine Erlebnisse Bericht erstattete, stellten mich einige der Kerle an den Tisch, an welchem der Häuptling saß, und ich hatte nun die beste Gelegenheit, ihn mir genau anzusehen. Ich muß gestehen, daß dieser Mann sehr wenig meiner Idee von einem Räuber entsprach, und daß ich mich höchlichst wunderte, wie man in Spanien, dem Lande der Grausamkeit, ihm seinen Spitznamen geben konnte. Sein wohlgenährtes, gutmütiges Gesicht, mit der frischen Farbe und dem Backenbart, ließ in ihm vielmehr einen wohlhabenden Krämer von St. Antoine vermuten als einen gefürchteten Banditen. Auch trug er weder den grellen Gürtel noch die blitzenden Waffen, die die anderen Räuber kennzeichneten, sondern im Gegenteil einen einfachen, dunklen Tuchrock, wie ein ehrbarer Familienvater, und wären seine braunen Gamaschen nicht gewesen, es hätte nichts an der ganzen Erscheinung den Bergbewohner verraten.

Die ganze Umgebung stand mit der Person des Mannes im Einklang; auf dem Tisch befand sich außer seiner Schnupftabaksdose noch ein großes braunes Buch, fast wie das Hauptbuch eines Kaufmanns, und viele andere Bücher waren auf einem Brette zwischen zwei Pulverfässern aufgereiht. Der ganze Boden aber war mit Papieren bedeckt, von denen die meisten flüchtig hingeworfene Verse enthielten. Er selbst lehnte nachlässig in seinem Stuhle zurück und lauschte den Worten des Krüppels, der, nachdem er seinen Bericht beendet hatte, wieder hinausgetragen wurde. Ich aber mußte mit meinen drei Wächtern zurückbleiben, um mein Schicksal zu hören. Jetzt ergriff der Hauptmann eine Feder, tippte damit an seine Stirn und schaute nachdenklich an die Decke der Grotte. Nach einer Weile wendete er sich mir zu und bemerkte in reinstem Französisch: „Sie wissen wohl auch keinen Reim auf das Wort ‚Covilha'?"

Darauf entgegnete ich, daß meine Bekanntschaft mit der spanischen Sprache dazu leider zu gering sei.

„Es ist eine reiche Sprache", fuhr er fort, „aber doch für Verse weniger günstig als Deutsch oder Französisch, und das ist der Grund, weshalb unsere besten Werke in reimlosen Jamben geschrieben sind. Aber ich fürchte, dergleichen Dinge gehen über den Horizont eines Husaren."

Ehe ich Zeit zu einer Entgegnung fand, beugte er sich wieder nieder zu seinem halbvollendeten Verse, warf aber gleich darauf die Feder mit einem Ausruf der Freude hin und deklamierte einige Zeilen, welche den Bösewichtern, die mich hielten, lauten Beifall entlockten. Da errötete sein breites Gesicht wie das eines jungen Mädchens, dem man eben eine Schmeichelei gesagt hat, und er bemerkte:

„Wie es scheint, haben wir die Kritiker auf unserer Seite. Sie müssen wissen, junger Herr, daß wir uns die langen Abende angenehm verkürzen, indem wir unsere eigenen Balladen singen, und, wie Sie sehen, brauche ich mich der Kinder meiner Muse durchaus nicht zu schämen. Ja, ich hoffe sogar stark, sie eines Tages gedruckt zu lesen und noch dazu mit der Bezeichnung ‚Madrid' auf dem Titelblatt. Aber nun zu unserem Geschäft. Ihr Name?"

„Etienne Gérard."

„Stand?"

„Oberst."

„Truppenteil?"

„Dritte Husaren von Conflans."

„Sie sind sehr jung für einen Oberst."

„Das Glück war meiner Karriere hold."

„Um so schlimmer!" bemerkte er, indem er seinen breiten Mund zu einem Lächeln verzog. Darauf entgegnete ich gar nichts, sondern begnügte mich einfach, ihm durch meine ganze Haltung zu beweisen, daß ich mich auch vor dem Schlimmsten nicht fürchtete. Er hatte sich inzwischen über das große braune Buch geneigt und blätterte darin. „Oh!" sagte er plötzlich, „mich dünkt, wir haben schon einen von Ihrem Regiment hier gehabt; ich sehe da wenigstens so etwas unter den Aufzeichnungen, die wir gemacht haben. Gab es nicht bei Ihnen einen Offizier Soubiron, einen schönen jungen Mann mit blondem Haar?"

„Gewiß!"

„Den haben wir, wie ich sehe, am 24.Juni hier begraben."

„Der arme Junge. Woran ist er denn gestorben?"

„Wir haben ihn begraben.“

„Nun ja; aber ehe Sie ihn begruben?“

„Sie verstehen mich nicht, Oberst; er war nicht tot, als wir ihn begruben.“

„Sie haben ihn lebendig begraben?“

Einen Augenblick lang war ich wie betäubt. Dann aber stürzte ich mich auf den Mann, und ich hätte ihn erdrosselt, wenn die drei elenden Kerle mich nicht von ihm weggerissen hätten. Zwar versuchte ich mit aller Macht von ihnen loszukommen; ich schüttelte bald diesen, bald jenen von mir ab, ich wetterte und fluchte – aber ganz frei kam ich nicht. Endlich, nachdem sie mir den Rock vom Leibe gerissen und das Blut mir von den Händen rieselte, warfen sie mir eine Schlinge über den Kopf und fesselten mir Arme und Beine.

„Ihr Teufel!“ knirschte ich, „wenn Ihr je meinem Schwerte zu nahe kommt, will ich Euch lehren, was es heißt, einen von meinen Jungen zu Tode zu quälen. Ihr sollt schon noch gewahr werden, daß meines Kaisers Arm weit reicht; und wenn ihr auch jetzt hier sicher seid wie die Ratte in ihrem Loche, er wird euch doch zu seiner Zeit herausreißen und euch samt eurer Brut vernichten!“

Meiner Treu, meine Zunge kann scharfe Reden führen, und ich wog die Worte nicht ab, die ich ihnen an den Kopf warf; aber der Häuptling saß ganz gelassen da, tippte mit der Feder an die Stirn und schielte nach der Decke, als ob ihm eine neue Idee für sein Gedicht gekommen wäre. Nun wußte ich, wie ihm beizukommen war.

„Esel, der Sie sind!“ sagte ich. „Sie meinen, Sie sind hier sicher, und doch kann Ihr elendes Leben ebenso kurz sein wie das Ihrer einfältigen Verse da, ja vielleicht noch kürzer.“

Jetzt hätten Sie ihn aber von seinem Stuhle aufspringen sehen sollen! Der gemeine Unhold, der über Leben und Tod seiner Mitmenschen genau so ruhig verfügte, wie der Krämer über seine Feigen, hatte doch eine wunde Stelle, wo man ihm nach Herzenslust weh tun konnte. Sein Gesicht wurde ganz grün, und die Haare seines Bartes sträubten sich vor Ärger.

„Ganz recht, Oberst“, sagte er mit vor Wut bebender Stimme, „aber genug davon jetzt. Sie rühmten sich vorhin, eine außergewöhnliche Karriere gemacht zu haben – nun, Ihr Ende soll nicht weniger außergewöhnlich sein. Der Oberst Etienne Gérard soll einen ganz besonderen Tod haben!"

„Dann bitte ich mir nur aus, daß Sie ihn nicht in Versen verewigen."

Ich hatte noch einige solcher Spaße vorrätig; aber ein Blick aus seinen Augen veranlaßte meine drei Schergen, mich aus der Höhle zu schleifen.

Unser Gespräch, das ich so treu wie möglich wiederzugeben versucht habe, mußte ziemlich lange gedauert haben; denn als wir herauskamen, war es schon dunkel, und der Mond stand hell am Himmel. Die Räuber hatten ein tüchtiges Feuer von dürren Reisern angezündet, natürlich nicht um der Wärme willen, denn die Nächte waren schon sehr schwül, sondern um ihre Abendmahlzeit zu kochen. Ein riesiger kupferner Kessel hing über der Glut, die ihr gelbes Licht über die im Kreise umherlagernden Burschen warf. In der Tat ein malerischer Anblick! Ich weiß wohl, daß viele Soldaten nichts von Kunst und dergleichen wissen wollen, aber ich mache eben davon eine Ausnahme und zeige dadurch, daß ich ein Mann von Geschmack und Erziehung bin. Als Beleg dafür brauche ich nur anzuführen, daß ich, als Lefèbre nach der Übergabe von Danzig die Beute verkaufte, ein sehr schönes Gemälde erwarb. Ich trug die „Nymphen, im Walde überrascht" während zwei Feldzügen mit mir herum, bis mein Renner das Mißgeschick hatte, sie mit seinem Hufe zu durchbohren. Das nur als Beweis, daß ich keineswegs lediglich ein rauher Soldat war, wie Rapp oder Ney. Freilich, als ich vor jener Räuberhöhle lag, hatte ich weder Zeit noch Neigung, mich um dergleichen zu kümmern. Die drei Satanskerle hatten mich unter einen Baum geworfen, saßen ganz nahe bei mir, spien um die Wette und rauchten ihre Zigaretten. Was konnte ich unter solchen Umständen tun? Wohl nicht zehnmal in meinem Leben bin ich in so verzweifelter Lage gewesen! Aber ich sagte zu mir selbst: Mut, Mut, mein Junge! Du bist doch nicht mit achtundzwanzig Jahren Oberst geworden, weil Du einen Kotillon zu tanzen verstandest! Du bist doch sonst nicht auf den Kopf gefallen, Etienne, hast doch schon ungezählte

Händel ausgefochten, und dieser wird sicher nicht der letzte sein! Und so schaute ich denn aufmerksam um mich, wie ich wohl entwischen könnte, und gewahrte da etwas, was mich mit großem Staunen erfüllte.

Ich sah nämlich bei dem hellen Schein des Mondes und des Lagerfeuers mir gegenüber auf der andern Seite der Lichtung einen großen Tannenbaum, dessen Stamm und untere Äste ganz verfärbt waren, als ob kürzlich ein großes Feuer darunter gebrannt hätte. Und als ich schärfer hinblickte, bemerkte ich deutlich an dem Baume, nicht sehr weit vom Boden entfernt, ein Paar schöne Reiterstiefel, die augenscheinlich mit den Füßen nach oben dort befestigt waren. Jetzt flackerte das Feuer hell auf, und ich sah nun deutlich, daß durch jeden Fuß ein großer Nagel getrieben war, der ihn festhielt. Und plötzlich faßte mich eisiges Grausen, denn es wurde mir klar, daß es nicht leere Stiefel waren – ich wendete meinen Kopf ein wenig nach rechts, um zu sehen, was dort hing, und warum man ein großes Feuer unter dem Baume angebrannt hatte.

O, mes amis, es wird mir schwer, Ihnen zu schildern, was ich da erblickte, und ich möchte nicht, daß Sie böse Träume guälten – aber wie kann ich Sie unter die spanischen Freibeuter führen, ohne Ihnen zu zeigen, was für Leute sie waren, und auf welche Weise sie ihren Krieg führten? Aber ich will Ihr Gefühl schonen und nur andeuten, daß ich nun wußte, warum Monsieur Vidals Pferd herrenlos im Walde graste, und daß ich von Herzen wünschte, er möchte sein schreckliches Schicksal mit Mut und Fassung ertragen haben, wie es jedem Franzosen gebührt.

Sie können sich wohl denken, daß mich jener Anblick nicht sonderlich erheiterte. Als ich bei dem Häuptling in der Grotte gewesen war, hatte mich meine Wut über den grausamen Tod des jungen Soubiron, dem ich von Herzen zugetan war, so vollständig beschäftigt, daß ich an meine eigene Lage gar nicht gedacht hatte. Gewiß wäre es klüger gewesen, dem Schurken nach dem Munde zu reden ; aber nun war es zu spät – ich hatte den Kork aus der Flasche gezogen und mußte nun den Wein trinken. Außerdem sagte ich mir, daß, wenn schon der harmlose Kommissar eines so fürchterlichen Todes hatte sterben müssen, ich gewiß nicht erwarten durfte, glimpflicher behandelt zu werden, nachdem ich einen von ihnen so übel zugerichtet hatte. Nein, mein Schicksal war bestimmt – nun galt es nur noch, sich in das Unvermeidliche mit Würde zu fügen. Das Ungeheuer sollte Zeuge sein, daß Etienne Gérard gestorben war wie er gelebt hatte, und daß wenigstens ein Gefangener nicht vor ihm gezittert hatte. Und als ich so dalag, da fielen mir alle die Frauen ein, die um mich trauern würden; ich dachte an meine liebe, gute Mutter, an den Kaiser und an mein Regiment – wie mochten sie mich alle vermissen, wie sehr mein frühes Ende beklagen! Ja, Messieurs, ich schäme mich nicht, zu bekennen, daß diese traurigen Gedanken mich zu Tränen rührten.

Trotzdem hielt ich tapfer Umschau nach etwas, was mich retten konnte; denn ich bin doch ein Mann und kein Schlachttier, das auf das Messer des Fleischers wartet!

Und so begann ich denn ganz heimlich, die Fesseln an Händen und Füßen etwas zu lockern und forschte dabei eifrig nach einem Mittel zu meiner Flucht. Eins war mir ganz klar: der Husar ist nur ein halber Mann ohne sein Pferd, und doch weidete meine andere Hälfte ruhig kaum sechzig Schritt von mir entfernt. Aber meine Gedanken wanderten noch zu etwas anderem. Der Pfad, auf dem wir über die Berge gekommen waren, war so schmal, daß ein Pferd nur langsam und schwer entlang geführt werden konnte; aber nach der entgegengesetzten Seite hin schien der Boden ebener zu sein und allmählich in ein Tal hinab zu führen. Nur erst meine Füße in jenen Steigbügel und den Säbel in der Hand, dann ein kühner Satz – und ich war außerhalb des Bereichs von jenem Gewürm der Berge!

So brütete ich und arbeitete noch verstohlen mit Händen und Füßen, als der Häuptling aus der Grotte trat. Er schritt zu dem Verwundeten hin, der ächzend und stöhnend am Feuer lag, und nachdem beide eine Zeitlang zusammen gesprochen, nickten sie mit den Köpfen und blickten nach mir hin. Darauf sagte El Cuchillo mit leiser Stimme etwas zu den übrigen, worauf die ganze Bande in die Hände klatschte und lauten

Beifall brüllte. Das sah bedenklich aus, und ich freute mich deshalb sehr, als ich fand, daß meine Hände nun frei genug waren, um aus den Banden schlüpfen zu können. Leider konnte ich nicht dasselbe von meinen Füßen sagen, denn bei der geringsten Bewegung schmerzte mich mein Knöchel so sehr, daß ich den Schnurrbart zwischen die Zähne nehmen mußte, um nicht laut aufzuschreien. So blieb mir denn nichts übrig, als still zu liegen und den Verlauf der Dinge abzuwarten.

Erst konnte ich gar nicht klug daraus werden, was die Schurken vorhatten. Einer von ihnen kletterte auf einen jungen Tannenbaum, der auf der andern Seite der Lichtung stand, und band ein Seil um die Spitze desselben, worauf er ein zweites an einem ähnlichen Baum auf der gegenüberliegenden Seite befestigte. Nun hingen die beiden Enden lose herab, und ich wartete mit ziemlich viel Neugierde und etwas Unbehagen, was nun geschehen würde. Da zog die ganze Bande an dem einen Tau, bis der starke junge Baum in einem Halbkreis den Boden berührte und befestigte dann das Seil an einem Baumstumpf.

Nachdem sie den andern Baum auf gleiche Weise niedergebogen hatten, befanden sich die beiden Wipfel nur wenige Fuß von einander entfernt, mußten aber natürlich in ihre ursprüngliche Lage zurückspringen, sobald sie losgelassen wurden. Nun war mir der teuflische Plan der Unmenschen klar.

„Sie scheinen ein starker Mann zu sein“, redete mich der Häuptling an, der jetzt, ein höhnisches Lächeln auf den Lippen, zu mir trat.

„Wenn Sie mir diese Fesseln abnehmen wollen, will ich Ihnen wohl zeigen, wie stark ich bin“, entgegnete ich ihm.

„Wir möchten gerne wissen, ob Sie so stark sind wie diese beiden jungen Bäume da“, fuhr er fort, „und deshalb wollen wir die Enden der beiden Taue an Ihre Fußgelenke binden und dann loslassen. Sind Sie der Stärkere von beiden, nun, so soll mir's recht sein; stellt sich aber heraus, daß die Bäume stärker sind als Sie, ei, Oberst, dann haben wir eine Erinnerung an Sie auf jeder Seite unseres kleinen Reiches.“

Dabei lachte er laut auf, und die übrigen vier folgten bereitwilligst seinem Beispiel. Noch heutigen Tages verfolgt mich, wenn ich mich in melancholischer Stimmung befinde oder einen Anfall von meinen alten Gesichtsschmerzen habe, der Anblick ihrer dunklen, wilden Gesichter mit den grausam blickenden Augen und den im Feuerschein blitzenden weißen Zähnen im Traum.

Es ist wunderbar – und ich bin nicht der einzige, der diese Beobachtung gemacht hat – wie scharf in dergleichen Lagen unsere Sinne werden. Ich bin der festen Überzeugung, daß der Mensch in keinem Augenblicke die Dinge der Außenwelt so treu und lebhaft wahrnimmt, als wenn ein plötzlicher, unnatürlicher Tod ihn bedroht. Nase, Augen und Ohren arbeiteten damals bei mir mit solcher Schärfe, wie später nur wieder in Zeiten der größten Gefahr. Und so kam es, daß ich lange vor den anderen, ja, noch ehe mich der Häuptling angeredet hatte, ein leises, eintöniges Geräusch vernahm; es war anfangs sehr fern, kam aber immer näher. Erst klang es bloß wie fernes Murmeln, aber als die Mordbuben die Bande an meinen Füßen lösten, um mich an den Ort meines Todes zu führen, hörte ich so deutlich, wie ich nur irgend etwas in meinem Leben gehört habe, das Aufschlagen von Pferdehufen, das leise Klirren von Ketten, sowie das Rasseln von Säbeln gegen Steigbügel. Das mußten Husaren sein! Wie hätte ich mich irren können, ich, der ich bei der leichten Reiterei gewesen war, seit das erste Haar auf meiner Lippe sproß!

„Zu Hilfe, Kameraden, zu Hilfe!“ rief ich so laut ich konnte, und obgleich sie mich auf den Mund schlugen und an die Bäume hinschleiften, rief ich nochmals: „Helft mir, meine braven Jungen! Helft mir, Kinder! Euer Oberst wird ermordet!“

Meine Bedrängnis und meine Wunden hatten mich für den Augenblick des klaren Bewußtseins beraubt, und ich erwartete nichts Geringeres, als meine fünfhundert Husaren mit Pauken und allem Zubehör auf der Lichtung auftauchen zu sehen.

Aber die Wirklichkeit entsprach sehr wenig meinen Vorstellungen – denn was meine Augen jetzt schauten, war ein schöner junger Mann auf einem prächtigen Falben. Er hatte ein frisches, munteres Gesicht, und seine ganze Haltung war ungemein flott und ritterlich – eigentlich erinnerte mich die Erscheinung sehr an mich selbst.

Sein Rock mochte wohl einst durchaus rot gewesen sein, hatte aber da, wo er mit dem Wetter in Berührung gekommen war, die Farbe von dürrem Eichenlaub angenommen. Doch goldene Tressen zierten seine Achselklappen, und auf dem Kopfe hatte er einen glänzenden Stahlhelm, der auf der Seite mit einer weißen Feder geschmückt war.

So trabte er in die Lichtung herein, und hinter ihm folgten vier Reiter in demselben Anzug. Alle waren glatt rasiert, hatten angenehme Gesichter und sahen weit eher wie Mönche als wie Dragoner aus. Ein kurzes Kommando – und die kleine Schar hielt, während ihr Anführer vorwärts sprengte und das Feuer sein frisches Gesicht und den schönen Kopf seines Renners beleuchtete.

Ich merkte natürlich sofort an der seltsamen Uniform, daß ich Engländer vor mir hatte, und obgleich ich deren nie zuvor gesehen, sah ich doch auf den ersten Blick an ihrer strammen Haltung und dem männlichen Auftreten, daß man mir nicht zu viel von ihnen gesagt hatte, und daß sie ausgezeichnete Kriegsleute waren.

„Heda, heda!“ rief der junge Offizier in herzlich schlechtem Französisch. „Was soll denn hier vor sich gehen ? Wer hat hier um Hilfe gerufen ?“

In diesem Augenblicke segnete ich die Stunde, wo Obriant, der Abkömmling irischer Könige, mich in der englischen Sprache unterwiesen hatte. Man hatte inzwischen meine Füße freigemacht, und so zog ich schnell meine Hände aus den Stricken, lief wie der Blitz an das Feuer, wo mein Säbel lag, raffte ihn auf und schwang mich, trotz meines verwundeten Knöchels, mit einem Satz auf des seligen Vidals Gaul. Nun schnell die Halfter von dem Baum gerissen, und ehe die Kerle Zeit hatten, ihre Pistolen auf mich zu richten, war ich neben dem englischen Offizier und rief:

„Ich ergebe mich Ihnen! Schauen Sie nach jenem Baume dort zu Ihrer Linken und Sie werden sehen, was diese Schurken braven Männern tun, die in ihre Hände fallen.“

In demselben Augenblicke flackerte das Feuer auf, und des armen Vidals Gestalt wurde sichtbar – fürwahr, ein furchtbarer Anblick! Da rief der Offizier: „Godam!“ und jeder seiner Männer wiederholte: „Godam!“ was dasselbe bedeutet, wie bei uns „Mon Dieu!“ Im Nu rasselten die Säbel aus der Scheide und die vier Männer stellten sich dicht nebeneinander auf. Der eine von ihnen, anscheinend ein Sergeant, klopfte mir auf die Schulter und sagte lachend: „Jetzt kämpfen Sie um Ihr Leben, Freundchen!“

Ah, welche Wonne, auf einem Roß zu sitzen und eine Waffe in der Hand zu haben! Ich schwang das Schwert über meinem Haupte und jubelte vor Freude. Da nahte sich der Häuptling und sprach mit dem fatalen Lächeln zu dem jungen Engländer:

„Euer Gnaden, dieser Mann hier ist unser Gefangener.“

Aber der Angeredete drohte ihm mit seinem Schwerte und erwiderte:

„Ihr seid verwünschte Hunde! Was für eine Schmach für uns, solche Bundesgenossen zu haben! Meiner Treu, wenn ich Lord Wellington wäre, ihr müßtet alle an dem nächsten besten Baume hängen!“

„Und mein Gefangener?“ warf jener dazwischen.

„Den nehmen wir mit in unser Lager.“

„So laßt Euch zuvor noch etwas in Euer Ohr sagen!“

Mit diesen Worten schritt der Halunke ganz nahe zu dem Offizier hin, wendete sich aber plötzlich mir zu und feuerte seine Pistole gegen mein Gesicht ab. Aber der teuflische Plan des heimtückischen Burschen mißlang – der Schuß ging fehl und streifte nur mein Haar. Da erhob er seine Waffe und war eben im Begriff, sie nach mir zu schleudern, als der Sergeant mit einem einzigen geschickten Streiche ihm fast das Haupt vom Rumpfe trennte. Noch hatte sein Blut nicht den Boden erreicht, und noch war der letzte Fluch nicht auf seinen Lippen erstorben, so fiel die ganze Bande über uns her, aber ein Dutzend Sätze und ebensoviel Hiebe brachten uns glücklich ans ihrem Bereiche, und wir sprengten den Pfad nach dem Tal hinab.

Aber erst, nachdem wir das Raubnest weit hinter uns zurückgelassen hatten und uns auf freiem Felde befanden, wagten wir es, halt zu machen und unsere Wunden zu prüfen. Mir aber wollte trotz aller Müdigkeit und aller Schmerzen das Herz in der Brust beinahe springen, wenn ich bedachte, was für einen Denkzettel ich, Etienne Gérard, dieser mörderischen Bande gegeben hatte! Die würden es sich künftig gewiß zweimal überlegen, ehe sie wieder wagten, Hand an einen von den dritten Husaren zu legen! Ja, so hingerissen war ich, daß ich es nicht unterlassen konnte, den wackeren Engländern eine kleine Rede zu halten, um sie darüber aufzuklären, wem sie denn nun eigentlich bei seiner Befreiung behilflich gewesen waren. Eben war ich im schönsten Zuge, von Ruhm und Verdienst tapferer Männer zu sprechen, als mir der Offizier das Wort abschnitt:

„Ja, ja, ganz schön. Was für Wunden, Sergeant?"

„Dem Pferd von Kavallerist Jones steckt eine Kugel im Bein."

„Jones kommt mit uns. Sergeant Halliday hält sich mit Harvey und Smith rechts, bis sie an die Vorposten der deutschen Husaren kommen."

Die drei rasselten davon, während der Offizier und ich, sowie der Kavallerist, dessen Pferd verwundet war und der uns in einiger Entfernung folgte, direkt dem Lager der Engländer zuritten.

Es dauerte nicht lange, so hatten wir uns gegenseitig unsere Herzen geöffnet, denn wir hatten von Anfang an Gefallen aneinander gefunden. Der brave junge Mann, der aus hoher Familie stammte, war von Lord Wellington ausgeschickt worden, um zu spähen, ob wir vielleicht über die Berge her anrückten.

Dank dem Wanderleben, das mich in Verbindung mit der großen Welt gebracht hat, habe ich mir mancherlei nützliche Kenntnisse angeeignet, die oft dem sonst gebildeten Manne abgehen. Habe ich doch zum Beispiel kaum einen vornehmen Franzosen gekannt, welcher einen englischen Titel korrekt wiedergeben konnte, und wenn ich nicht so viel herumgekommen wäre, könnte ich Ihnen auch nicht mit Bestimmtheit sagen, daß des jungen Mannes eigentlicher Name Milor the

Hon. Sir Russel, Bart[1] war. Da die letztere Bezeichnung ein Ehrentitel ist, so redete ich ihn auch gewöhnlich mit „Bart" am wie man eben in Spanien „Don" sagt.

Wie gesagt, wir schütteten in jener lieblichen spanischen Nacht uns gegenseitig unsere Herzen aus, als ob wir Brüder wären. Waren wir doch beide gleich alt, standen bei der leichten Reiterei – er bei den sechzehnten Dragonern – und hatten dieselben Hoffnungen und Wünsche. Nie hatte ich einen Mann so schnell kennen gelernt wie den Bart. Er erzählte mir von einem Mädchen in Vauxhall, welches er liebte – Vauxrhall ist nämlich ein Garten – ich sprach von der kleinen Coralie von der Oper, worauf er eine Locke hervorzog, und ich ein Strumpfband. Dann gerieten wir beinahe in Streit über Husaren und Dragoner, denn er war lächerlich stolz auf sein Regiment.

Sie hätten sehen sollen, wie verächtlich er die Lippen aufwarf und mit der Hand nach dem Säbel fuhr, als ich die Hoffnung aussprach, sein Regiment möchte nie den dritten Husaren in den Weg laufen. Endlich begann er von dem „Sport" der Engländer zu erzählen und berichtete von den ungeheuren Summen, die er in den Wetten bei den Hahnenkämpfen und Boxen schon verloren hatte. Ja, Wetten! Das schien überhaupt seine Leidenschaft zu sein, denn als ich zufällig eine Sternschnuppe erblickte, behauptete er, er würde mehr solche Erscheinungen sehen als ich, und wollte mit mir um zwanzig Franken das Stück wetten, und nur die Tatsache, daß meine Börse in den Händen der Räuber geblieben war, konnte ihn von der Idee abbringen.

So unterhielten wir uns sehr nett, bis der Tag graute und wir plötzlich vor uns eine laute Gewehrsalve vernahmen. Nun war der Boden dort gerade sehr felsig und hügelig, so daß ich nicht weit sehen konnte, aber ich meinte, der Lärm müsse von einem Gefechte herrühren. Da lachte der Bart hell auf und klärte mich auf, daß das Geräusch aus dem Lager der Engländer herkam, wo jeder Soldat am Morgen sein Gewehr abfeuerte, um trockenes Pulver aufzuschütten.

1 Abkürzung für „Baronet".

„Noch eine Viertelmeile, und wir werden bei den Vorposten sein“, fügte er hinzu.

Da sah ich mich um und bemerkte, daß wir tüchtig ausgegriffen hatten, denn der Dragoner und sein lahmes Pferd waren nicht mehr zu erblicken. Nun hielt ich nach allen Seiten hin Umschau, aber so weit auch mein Auge reichte, schienen der Bart und ich die einzigen menschlichen Wesen in diesem großen, felsigen Tale zu sein – allerdings beide gut bewaffnet und wohl beritten. Da legte ich mir die Frage vor, ob es denn durchaus notwendig sei, daß ich die Viertelmeile bis zu den englischen Vorposten noch zurücklegte?

Ich bitte Sie, mes amis, mißverstehen Sie meine Absicht in diesem Punkte nicht; nichts lag mir ferner, als ehrlos oder undankbar gegen den Mann zu handeln, dem ich so viel verdankte. Aber immerhin gilt doch die erste Pflicht eines Offiziers seiner Mannschaft, und außerdem ist der Krieg ein Spiel, bei dem gewisse Gesetze gelten, und wer diese Gesetze bricht, muß Strafe zahlen. Hätte ich zum Beispiel mein Ehrenwort gegeben, nun, dann wäre ich eben ein erbärmlicher Schuft gewesen, wenn ich auch nur an ein Entrinnen gedacht hätte. Aber es hatte mir niemand mein Ehrenwort abverlangt. Der Bart war allzu vertrauensselig gewesen, mochte vielleicht auch auf die lahme Mähre hinter uns gerechnet haben, und hatte mir erlaubt, mich ihm gleichzustellen, obschon ich sein Gefangener war. Wäre das Gegenteil der Fall gewesen, nun, dann hätte ich ihn zwar auch mit der größten Höflichkeit behandelt, aber ich hätte doch die Vorsicht gebraucht, ihm seine Waffe abzunehmen und würde mir außerdem noch einen Wächter beigelegt haben. Und so ließ ich denn mein Pferd langsamer gehen und erklärte ihm das alles, um ihn schließlich zu fragen, ob er es für ehrlos halte, wenn ich ihn jetzt verlassen würde. Da versank er in tiefes Sinnen und murmelte wiederholt auf Englisch „Mon Dieu!“ vor sich hin. Endlich wandte er sich mir zu und sagte:

„So wollen Sie sich also aus dem Staube machen?“

„Gewiß, wofern Sie mir kein Hindernis in den Weg legen.“

„Nur das einzige Hindernis, daß ich Ihnen bei dem

geringsten Versuch dazu den Kopf abschlagen werde.“

„Zu solchem Spiel gehören auf jeden Fall zwei, mein lieber Bart!“

„So lassen Sie uns sehen, wer am besten spielen kann“, versetzte er und zog das Schwert.

Ich tat natürlich das gleiche, war aber fest entschlossen, den jungen Mann, der mein Wohltäter geworden war, nicht zu verletzen.

„Überlegen Sie wohl, was Sie vorhaben“, sagte ich zu ihm. „Sie nennen mich Ihren Gefangenen – aber könnte ich nicht mit demselben Rechte Sie den meinigen nennen? Wir sind hier allein, und obgleich ich nicht den geringsten Zweifel an Ihrer Geschicklichkeit hege, können Sie doch kaum hoffen, gegen die beste Klinge von sechs Brigaden Kavallerie standzuhalten.“

Ein Hieb nach meinem Kopfe war seine Antwort. Ich parierte den Schlag und hieb die Hälfte seiner weißen Feder ab. Da stieß er nach meiner Brust, ich wich zur Seite und entfernte die andere Hälfte seines Helmschmuckes.

„Lassen Sie Ihre verwünschten Kniffe!“ rief er ärgerlich, während ich mein Pferd etwas weiter von ihm entfernte.

„Warum schlagen Sie nach mir? Sie sehen doch selbst, daß ich nicht mit Ihnen kämpfen will!“

„Das mögen Sie halten wie Sie wollen; aber jetzt haben Sie mir in unser Lager zu folgen!“

„Das wird mich nicht zu sehen bekommen!“

„Da will ich doch gleich zehn gegen eins wetten“, rief er und stürzte mit dem Säbel in der Hand auf mich zu.

Bei diesen Worten kam mir ein neuer Gedanke. Konnten wir denn diese Angelegenheit nicht auf bessere Weise als durch das Schwert entscheiden? Der Bart hatte mich jetzt in eine Stellung gedrängt, daß ich ihn wohl oder übel verwunden mußte, wollte ich mein eigenes Leben retten. Zwar wich ich seinem nächsten Stoß aus, aber sein Säbel sauste kaum einen Zoll von meinem Halse vorbei. Da rief ich plötzlich mit lauter Stimme:

„Halten Sie ein, ich weiß einen Ausweg! Lassen Sie uns darum würfeln, wer der Gefangene des anderen sein soll!“

Da lächelte er, denn die Liebe zum Sport regte sich mächtig in ihm, und er fragte:

„Wo sind die Würfel?"

„Ich habe keine."

„Ich auch nicht; aber ich habe Karten."

„So mögen es Karten sein!"

„Welches Spiel?"

„Das überlasse ich Ihnen!"

„Nun denn, Ecarté; drei Spiele – wer die meisten gewinnt!"

Ich gab meine Zustimmung und konnte nicht umhin, zu lächeln, denn ich glaube nicht, daß es in Frankreich drei Männer gibt, die mir in diesem Spiele überlegen sind. Aber als ich dem Bart, der nun abstieg, diese Mitteilung machte, lächelte er ebenfalls. „Und ich gelte für den besten Spieler im Klub", sagte er. „Wenn wir gleich gute Karten haben, verdienen Sie frei zu werden, wofern Sie mich schlagen."

Und so banden wir denn unsere Pferde an und setzten uns an einem großen, flachen Felsblock einander gegenüber. Der Bart zog ein Spiel Karten hervor, und als er jetzt mischte, da wußte ich sofort, daß ich keinen Neuling vor mir hatte.

Meiner Treu, der Einsatz war hoch. Mein Partner wollte zwar auf jedes Spiel noch hundert Goldstücke setzen – aber welche Rolle spielte Gold, wenn das Schicksal des Oberst Etienne Gérard an den Karten hing? War es mir doch, als ob alle die, denen mein Leben teuer war – meine gute Mutter, meine Husaren, das sechste Armeekorps, Ren, Masséna, ja, sogar der Kaiser – in jenem öden Tal einen Kreis um uns bildeten. Himmel! was für ein Schlag für jeden von ihnen, wenn mich das Glück im Stich ließ! Doch das war ja nicht anzunehmen, denn außer dem alten Bouvet, der mir von hundertundfünfzig Spielen sechsundsiebenzig abgewonnen, hatte mich bisher noch keiner besiegt.

Und in der Tat, das erste Spiel gewann ich glänzend, obwohl ich nicht in Abrede stellen will, daß meine Karten ganz brillant waren, so daß mein Gegner durchaus keine Chance hatte.

Aber auch das zweite Spiel ließ sich für mich vortrefflich

an, und ich spielte wunderbar. Jedoch auch der Bart hielt sich tapfer, ja, ich muß zugeben, im weiteren Verlaufe standen die Dinge etwas bedenklich für mich, denn er übertrumpfte mich und gewann die Vorhand. Meiner Treu! Jetzt wurde es uns heiß; er legte seinen Helm neben sich, und ich meine Husarenmütze.

„Meinen Falben gegen Ihren Rappen!“ rief er aus.

„Abgemacht!“

„Degen gegen Degen!“

„Abgemacht!“

„Sattel, Zügel und Steigbügel!“

„Abgemacht!“

Seine Spielwut hatte mich dermaßen angesteckt, daß ich meine Husaren gegen seine Dragoner gesetzt hätte, wenn das überhaupt angegangen wäre.

Und jetzt begann das Spiel erst recht. Ah, wie brav hielt sich der Engländer! Ja, fürwahr, sein Spiel zeigte sich des Einsatzes würdig! Aber ich, meine Freunde! Im Handumdrehen hatte ich von fünf Stichen drei gewonnen! Mein Gegner kaute an seinem Bart und trommelte mit den Fingern, während ich mich im Geiste schon wieder an der Spitze meiner lieben Jungen sah. Nun hob ich zwar den König ab, verlor aber dafür zwei Stiche, so daß wir nun so ziemlich gleich standen. Als ich meine nächsten Karten überblickte, entfuhr mir ein leiser Freudenschrei.

Erlauben Sie mir, Messieurs daß ich meine Karten auf dem Tisch vor Ihnen ausbreite. Sehen Sie, was ich hatte: da lag Eichelaß und Eichelbube, Schelldame und Schellbube. Eichel war Trumpf, verstehen Sie nun? Nun konnte es mir nicht fehlen, die Freiheit war mir sicher. Er sah die Gefahr und hakte seine Tunika auf –ich warf meinen Dolman zur Erde. Er spielte die Piquezehn aus – ich nahm sie mit meinem Trumpfaß. Einen Stich gewonnen! Jetzt galt es, mit den Trümpfen aufzuräumen, und so legte ich den Buben hin. Seine Dame darauf, und unsere Chancen waren gleich. Er führte Piqueaß ins Feld, und ich konnte nur meine Schelldame abwerfen. Drauf seine Piquesieben! Mir standen die Haare zu Berge! Zum Schluß warf jeder von uns einen König hin – ich war verloren. Was hatte mir meine gute Hand geholfen? Er hatte mich besiegt. Ich hätte mich vor Wut auf dem Boden wälzen können! Und das, obwohl man im Jahre 10 ein sehr feines Ecarté im Regiment spielte, wie ich, der Brigadier Gérard, Ihnen versichern kann!

Nun die letzte Partie! Sie mußte die Entscheidung bringen. Er lockerte mit kaltblütiger Miene seine Schärpe – ich legte das Wehrgehänge ab und versuchte, ebenso ruhig zu erscheinen wie er; aber der Schweiß rann mir von der Stirn herab. Er hatte auszugeben, und ich will nur bekennen, liebe Freunde, meine Hände zitterten so, daß ich die Karten kaum vom Felsen aufzunehmen vermochte. Aber als es mir endlich gelungen war und ich sie prüfend betrachtete, da - o welche Freude! – da fielen meine Augen auf den Trumpfkönig, den herrlichen Trumpfkönig! Eben öffnete ich die Lippen, um es jubelnd zu verkünden, da erstarb mir bei einem Blick auf meinen Kameraden das Wort im Munde: er hielt die Karten in der Hand, aber sein Unterkiefer war herabgefallen und seine Augen stierten in furchtbarer Bestürzung über meine Schulter hinweg. Ich fuhr blitzschnell herum, und nun bot sich mir selbst ein sehr seltsamer Anblick dar.

Ganz nahe bei uns – höchstens dreißig Schritt entfernt – standen drei Männer. Der mittlere von ihnen war groß, jedoch nicht übermäßig, ich möchte sagen, so ungefähr wie ich selbst. Er trug eine dunkle Uniform und einen Dreispitz mit einer weißen Feder an der Seite. Aber das Gesicht! Beim Anblick dieser hageren Wangen, der Habichtnase, der herrischen blauen Augen und des festgeschlossenen, geraden Mundes mußte jeder sich unwillkürlich sagen, daß ein wunderbarer Mann – einer aus einer Million – da vor ihm stand. Seine Brauen waren finster zusammengezogen, und meinen armen Bart traf ein so entsetzlicher Blick, daß eine der Karten nach der andern seiner Hand entglitt. Das Antlitz des einen der beiden anderen Männer war tief gebräunt und zeigte so scharfe Züge, als wären sie ans alter Eiche geschnitzt; er trug einen leuchtend roten Rock, während der andere, ein stattlicher, schöner Mann mit vollem Backenbart, in eine blaue Uniform mit goldenen Tressen gekleidet war. Etwas weiter zurück standen drei Ordonnanzen mit ebensoviel Pferden, und im Hintergrund hielt eine Bedeckung von Dragonern.

„Eh, Crauford, was in aller Welt ist denn da los?“ fragte der Hagere.

„Haben Sie gehört, Sir?“ rief der Mann im roten Rock. „Lord Wellington will wissen, was das heißen soll!“

Nun schoß mein armer Bart mit einem vollständigen Bericht über die Vorgänge los, aber jene eisernen Züge hatten nichts von ihrer Härte eingebüßt, als Wellington endlich einfiel: „Das sind ja schöne Geschichten, General Crauford!“ und sich an meinen Gefährten wendend, fuhr er fort: „Die Disziplin des Heeres muß aufrecht erhalten werden, Sir, Sie haben sich im Hauptquartier als Gefangener zu melden!“

Es schnitt mir ins Herz, als ich jetzt den Bart sein Pferd besteigen und gesenkten Hauptes davonreiten sah; ja, der Anblick ging über meine Kräfte. Und so warf ich mich denn vor dem englischen General nieder, ich begann für meinen Freund zu bitten und all seine trefflichen Eigenschaften ins rechte Licht zu stellen. Ach, meine Beredsamkeit hätte wohl das härteste Herz erweichen müssen, traten mir doch selbst die Tränen in die Augen – aber er blieb ungerührt. Da versagte mir die Stimme und ich schwieg. Statt etwas auf meine rührenden Bitten zu erwidern, bemerkte er ganz unvermittelt:

„Wie schwer belastet Ihr wohl Eure Maultiere bei der Armee?“

Ja, das war die ganze Antwort, die der phlegmatische Engländer auf meine bewegliche Rede hatte, das war seine Erwiderung bei einer Gelegenheit, wo ein Franzose mir weinend um den Hals gefallen wäre!

„Welche Last auf ein Maultier?“ wiederholte der Mann im roten Rock.

„Zweihundertundzehn Pfund!“ entgegnete ich.

„Dann versteht ihr die Sache herzlich schlecht“, sagte Lord Wellington. „Bringt den Gefangenen zu dem Nachtrab!“

Die Dragoner umringten mich, und ich – nun, ich war eben beinahe von Sinnen, wenn ich bedachte, daß ich das Glück in meiner Hand gehalten hatte und eigentlich jetzt ein freier Mann sein konnte. Und so hielt ich denn dem General die

Karten hin und sagte: „Sehen Sie, General, ich habe für meine Freiheit gespielt und habe gewonnen, denn wie Sie sehen, habe ich den König!“

Da milderte zum erstenmal ein leichtes Lächeln den Ernst seiner Züge.

„Im Gegenteil“, sagte er, sein Pferd besteigend, „ich habe gewonnen, denn wie Sie sehen, hat mein König Sie!“

Wie der König den Brigadier hatte

Ich will durchaus nicht in Abrede stellen, daß Murat ein ganz vortrefflicher Reiteroffizier war; aber er war zu sehr von sich eingenommen, und das hat schon manchen guten Soldaten verdorben. Auch Lasalle war ein tüchtiger Anführer, richtete sich jedoch durch Wein und andere Torheiten zugrunde. Ich dagegen, Etienne Gérard, habe nie mit meinen Vorzügen geprahlt und bin auch stets sehr enthaltsam gewesen – ausgenommen vielleicht am Ende eines Feldzuges, oder wenn ich mit einem alten Kameraden zusammentraf. Und deshalb hätte ich vielleicht das Verdienst für mich in Anspruch nehmen können, der vorzüglichste aller Husarenoffiziere zu sein, wenn ein gewisses Zartgefühl mich nicht davon abgehalten hätte. Allerdings habe ich es nie weiter als bis zum Brigadekommandeur gebracht; aber es ist ja eine bekannte Sache, daß nur solche Männer das Glück hatten, zu den höchsten Ämtern zu avancieren, die den Kaiser auf seinen ersten Feldzügen begleitet hatten. Ich kenne in der Tat außer Lasalle, Labau und Drouet kaum einen General, der nicht bereits vor der Affäre in Ägypten berühmt gewesen wäre. Daraus erklärt sich, daß sogar ich, trotz meiner brillanten Eigenschaften, nur bis zur Spitze meiner Brigade aufrücken konnte und die große Ehrenmedaille – und zwar vom Kaiser selbst –erhielt, die ich zu Hause in einem kleinen Lederetui aufbewahre.

Trotzdem war mein Name wohlbekannt, und nicht nur bei allen denen, die mit mir gedient, sondern auch bei den Engländern. Nachdem die letzteren mich in der eben beschriebenen Weise zu ihrem Gefangenen gemacht, hatten sie ein scharfes Auge auf mich und waren gewaltig auf ihrer Hut, daß ihnen ein so gefährlicher Gegner nicht entwischte. Am 10. August schon wurde ich auf das Schiff gebracht, um nach England befördert zu werden, und ehe der Monat zu Ende war, sah ich mich bereits in dem großen Gefängnis, das man für uns in Dartmoor gebaut hatte. Bei uns Franzosen ging dasselbe unter dem Namen „Hôtel français et Pension“, denn alle von uns waren tapfere Männer, die den Kopf deshalb noch nicht hängen ließen, weil sie zur Zeit im Mißgeschick waren.

Es wurden nur diejenigen Offiziere, die sich geweigert hatten, ihr Ehrenwort zu geben, in Dartmoor eingekerkert, und die Mehrzahl der Gefangenen bestand aus Matrosen und Gemeinen. Nun wundern Sie sich gewiß, daß ich nicht mein Ehrenwort gab, um dadurch derselben Vergünstigungen teilhaftig zu werden, wie meine Kameraden. Nun, es hatten mich eben zwei Gründe davon abgehalten, die – meiner Meinung nach – triftig genug waren.

Erstens war mein Selbstgefühl so stark, daß ich keinen Zweifel an der Möglichkeit einer Flucht hegte. Ferner stammte ich aus einer zwar vornehmen, aber durchaus nicht reichen Familie, und hätte es nicht über mich gebracht, das schmale Einkommen meiner Mutter in Anspruch zu nehmen. Wiederum hatte ich nicht die mindeste Lust, mich von den Spießbürgern dieses englischen Landstädtchens übertrumpfen zu lassen, oder zu arm zu sein, um den Damen, denen ich gefallen würde, kleine Aufmerksamkeiten zu erweisen. Aus diesen Gründen zog ich es vor, mich in das elende Gefängnis von Dartmoor einsperren zu lassen.

Und nun sollen Sie von meinen Abenteuern in England etwas hören und auch, inwieweit Wellington ein Recht hatte, zu behaupten, daß sein König *mich* hatte.

Hätte ich Ihnen nicht soeben versprochen, von *mir* zu reden, bis tief in die Nacht könnte ich Ihnen interessante Geschichten von Dartmoor selbst und von den wunderbaren Dingen, die sich dort ereigneten, erzählen. Meiner Treu, der seltsamste Ort, den ich je gesehen! Inmitten eines großen, wüsten Landstriches erbaut, diente er sieben- bis achttausend Menschen zum Aufenthaltsort – lauter Soldaten, müssen Sie wissen, von denen die meisten zahlreiche große Schlachten gesehen hatten. Doppelte und dreifache Mauern, ein Graben, Wärter und Soldaten bewachten sie – aber man versuche es nur, Menschen wie Kaninchen in einen Stall zusammenzupferchen! Einzeln, zu zweien, in Scharen entflohen sie; und dann donnerten die Kanonen und ganze Abteilungen Soldaten rückten ans, sie zu suchen. Und die Zurückgebliebenen lachten und sangen und schrien: „Es lebe der Kaiser!“ bis die Wachen, bleich vor Wut, ihre Waffen gegen uns richteten. Und dann hatten wir unsere hübschen kleinen Meutereien, und herangerasselt kamen Soldaten und Geschütze von Plymouth, denen wir wiederum unser „Es lebe der Kaiser!“ entgegenbrüllten, als ob sie uns in Paris hören sollten! Ja, ja, wir waren ein bewegliches Völkchen in Dartmoor und hatten unsere Freude daran, diejenigen, die uns umgaben, auch in Bewegung zu halten.

Lassen Sie sich sagen, mes amis, daß wir Gefangenen dort unseren eigenen Gerichtshof hatten, in dem wir übereinander Urteil sprachen und den Übeltätern ihre Strafen zudiktierten. Diebstahl und Rauferei wurden geahndet, aber am allermeisten der Verrat. Kurze Zeit nach meiner Ankunft hatte ein Mann aus Rheims, Meunier, verraten, daß ein Fluchtversuch geplant wurde. Nun konnte man ihn aus irgend einem Grunde an demselben Abend noch nicht aus der Reihe der anderen Gefangenen entfernen, sondern ließ ihn, obgleich er jammerte und flehte und sich am Boden wälzte, unter den Kameraden, die er verraten hatte. In derselben Nacht fand durch einen unsichtbaren Richter ein Verhör gegen einen geknebelten Gefangenen statt, es gab eine geflüsterte Anklage und eine geflüsterte Verteidigung. Als man endlich am Morgen mit der Vollmacht zu seiner Freilassung erschien – ja, da war von dem Manne nicht so viel übrig geblieben, wie man auf einen Fingernagel legen konnte. Oh, die Gefangenen waren sehr erfinderische Leute, die sich zu helfen wußten.

Wir Offiziere bewohnten einen besonderen Flügel und bildeten ein gar seltsames Völkchen. Man hatte uns unsere Uniform gelassen, und es gab kaum eine Waffengattung, die nicht unter uns vertreten war. Da sah man grüne Jäger, Husaren wie ich, blaue Dragoner, Lanciers, Grenadiere, Artilleristen und Genieoffiziere. Die meisten von uns waren jedoch Marineoffiziere, denn die Engländer waren uns zur See weit überlegen, welche Tatsache mir erst vollständig klar wurde, als ich von

Oporto nach Plymouth segelte, wo ich sieben Tage so krank war, daß ich mich nicht hätte rühren können, selbst wenn der Regimentsadler vor meinen Augen genommen worden wäre. War es doch in demselben mörderischen Wetter, daß wir den kürzeren vor Nelson ziehen mußten!

Kaum war ich in Dartmoor angekommen, so begann ich auch schon, Pläne zur Flucht zu schmieden, und es dauerte gar nicht lange, so sah ich meinen Weg klar vor mir liegen – denn die letzten zwölf Kriegsjahre waren meiner geistigen Entwicklung sehr zu statten gekommen.

Vor allem kam mir jetzt eine gewisse Bekanntschaft mit der englischen Sprache sehr gelegen. Wie Sie wissen, verdankte ich sie dem Adjutanten Obriant vom Regiment der Irländer, einem Abkömmling der alten Könige jenes Landes. Während der Monate, wo wir vor Danzig lagen, hatte er mich seine Sprache gelehrt, und da ich überhaupt sehr schnell von Begriffen bin, war ich in kurzer Zeit imstande, mich nicht nur ziemlich geläufig auszudrücken, sondern ich hatte auch schon die eigentümlichen Wendungen und viele der besonderen Redensarten erfaßt. Hatte mir doch Obriant beigebracht, „be jabbers“ ebenso geläufig zu sagen, wie wir Franzosen „ma foi“, und „the curse of Crummle“, was ganz gleichbedeutend ist mit unserem „ventre bleu“. Was Wunder, daß die Engländer vor Vergnügen strahlten, wenn sie mich so korrekt sprechen hörten!

Wir Offiziere bewohnten je zwei eine Zelle, und ich kann nicht gerade behaupten, daß mir diese Einrichtung sehr behagte, denn ich hatte als Zimmergenossen den Artilleristen Beaumont, der von der englischen Reiterei vor Astorga gefangengenommen worden war.

Nun habe ich zwar in meinem Leben nicht viele gesehen, mit denen ich mich nicht hätte befreunden können, denn mein ganzer Charakter und die ganze Art, mich zu geben – doch wozu längst Bekanntes nochmals erörtern? Aber Beaumont hatte nie ein Lächeln für meine lustigen Späße, nie ein Verständnis für meinen Kummer. Stundenlang saß er da und stierte mich mit seinen verdrossenen Augen an, so daß ich manchmal meinte, seine zwei Jahre Gefangenschaft hätten ihm den Verstand geraubt. Oh, wie sehnsüchtig wünschte ich oft, daß der alte Bouvet oder irgend ein anderer meiner früheren Kameraden da an seiner Stelle gesessen hätten! Nun, das war aber einmal nicht der Fall, und ich mußte mit ihm auszukommen suchen. Da es auf der Hand lag, daß ich an keinen Fluchtversuch decken konnte, ohne ihn ins Geheimnis einzuweihen, begann ich, hie und da ein Wörtchen hinzuwerfen; ich redete allmählich eine deutlichere Sprache, bis es mir schien, als ob er gewillt sei, mein Wagnis zu teilen.

Nun unterzog ich Wände, Fußboden und Decke einer gründlichen Untersuchung, fand aber zu meiner großen Enttäuschung, daß alles sehr stark und solid war. Die Türe war von Eisen, sie war mit einem sehr starken Schloß versehen und besaß ein Gitter, durch welches der Wärter zweimal nachts in die Zelle blickte. In dieser selbst aber befanden sich außer den beiden Betten, zwei Stühlen und den Waschtischen gar keine anderen Geräte. Und das genügte mir auch vollkommen – wo hatte ich einen solchen Luxus in den vergangenen zwölf Jahren gehabt? Aber wie entkommen? Und doch verging keine Nacht, in der mir nicht meine fünfhundert Husaren im Kopfe herumgegangen wären und ängstliche Träume mich verfolgt hätten. Da brauchte mein ganzes Regiment neue Fußbekleidung; meine Pferde waren von Grünfutter dick aufgebläht; sechs Schwadronen Husaren blieben vor den Augen des Kaisers im Schlamme stecken. Dann wachte ich, in Schweiß gebadet, auf und machte mich von neuem daran, meine Zelle zu untersuchen, denn wann hätte jemals ein offener Kopf mit einem Paar geschickter Hände nicht vermocht, die größten Schwierigkeiten zu überwinden?

Unser Gefängnis besaß ein einziges kleines Fenster, welches in einen großen, von einer doppelten Mauer umgebenen Hof ging. Dasselbe war so schmal, daß nicht einmal ein Kind durchschlüpfen konnte, und wurde außerdem noch durch einen starken Eisenstab verwahrt. Das sah nun allerdings nicht verheißungsvoll aus, und doch kam ich immer mehr zu der Überzeugung, daß nur von dort aus meine Rettung möglich war. Deshalb faßte ich Mut und begann, meine Vorbereitungen zu treffen.

Zunächst verschaffte ich mir ein Werkzeug in Gestalt eines Stückchen Eisens, das ich von meiner Bettstelle brach, und lockerte damit den Mörtel an der Eisenstange. So arbeitete ich jede Nacht drei Stunden lang, schlüpfte dann, sobald der Wärter seinen Rundgang machte, ins Bett, um darnach wieder, und oft noch ein drittes Mal, in meinen Bemühungen fortzufahren, denn Beaumont zeigte sich so langsam und ungeschickt, daß ich fast gänzlich auf mich selbst angewiesen war.

Aber was spornte mich immer von neuem an, an mein mühseliges Werk zu gehen? Nun, ich redete mir eben ein, meine Husaren hielten mit ihren Pauken, Fahnen und Schabracken aus Leopardenfellen vor dem Fenster draußen. Dann schaffte ich wie toll darauf los, bis mein Eisen mit Blut überzogen war wie mit Rost. Und so fuhr ich fort, jede Nacht den harten Mörtel abzulösen und ihn in meinem Kopfkissen zu verbergen, bis der Eisenstab endlich locker saß; dann ein scharfer Ruck – ich hielt ihn in der Hand, und der erste Schritt zu meiner Befreiung war getan. Sie werden nun fragen, inwiefern ich nun besser daran war als zuvor, da das Fenster doch sogar für ein Kind zu klein war. Das will ich Ihnen erklären. Ich hatte nun zweierlei erlangt – ein Werkzeug und eine Waffe. Mit dem ersteren gedachte ich, die Öffnung zu erweitern, und mit der anderen konnte ich mich verteidigen, nachdem ich durchgeschlüpft war. Und so begann ich ohne Zeitverlust, mit dem spitzen Ende der Eisenstange den Mörtel rund um den unteren Stein zu entfernen, trug aber natürlich Sorge, daß während des Tages die Füllung wieder vollständig an ihrem Platze war und daß nicht das kleinste Fleckchen am Boden dem Wärter meine Arbeit verriet. Nach Verlauf von drei Stunden hatte ich auf diese Weise den Stein locker gemacht. Ich zog ihn heraus, und siehe da – das Loch, durch welches bisher nur vier Sterne geschaut hatten, gewährte zu meinem Entzücken mir jetzt den Anblick von zehn. Nun war alles für uns bereit; ich brachte den Stein wieder an seine Stelle zurück und ebnete mit etwas Ruß und Fett die Lücken, die erst der Mörtel ausgefüllt hatte. In drei Tagen hatten wir Neumond, und das schien die beste Zeit für unsern Fluchtversuch zu sein.

Soweit war alles ganz gut, und ich hegte nicht den mindesten Zweifel, in den Hof zu gelangen. Wie aber aus diesem herauskommen? Und doch schauderte ich vor dem Gedanken, nach aller Mühe und Arbeit vielleicht in das elende Loch zurückkriechen zu müssen oder von der Wache draußen entdeckt und zur Strafe in eine der dumpfen, unterirdischen Zellen geworfen zu werden. Nein, eine solche Möglichkeit durfte nicht riskiert werden, und ich begann deshalb, mir meinen Plan zurechtzulegen.

Wie Sie wissen, Messieurs, ist es mir leider nicht möglich gewesen, der Welt meine Geschicklichkeit als General zu zeigen, obgleich ich nach einem oder zwei Glas Wein oft die erstaunlichsten Einfälle gehabt habe und der festen Überzeugung bin, daß Frankreich jetzt anders bestehen würde, wenn Napoleon mir ein Armeekorps anvertraut hätte. Jedenfalls konnte ich es in bezug auf Erfindungsgabe und Scharfsinn mit irgend einem Kameraden von der leichten Reiterei aufnehmen, und dieses Bewußtsein erfüllte mich jetzt mit neuem Mut.

Die innere Mauer, die ich zu erklimmen hatte, bestand aus Ziegeln; sie war zwölf Fuß hoch und oben mit einer Reihe engstehender, eiserner Spitzen verwahrt. Die äußere hatte ich nur ein- oder zweimal gesehen, wenn zufällig die Türe des Hofes offen stand – meiner Schätzung nach mußte sie ungefähr von derselben Beschaffenheit sein wie die erste. Der Zwischenraum mochte wohl gegen zwanzig Fuß betragen, und wie es mir schien, wurden bloß die beiden Pforten bewacht. Dagegen hatte ich in Erfahrung gebracht, daß vor dem Gefängnis draußen eine ganze Reihe Wachtposten stand, und dieser Umstand war eben die harte Nuß, die ich mit meinen beiden Händen zu knacken hatte.

Nun war glücklicherweise mein Kamerad Beaumont ein sehr großer Mann. Er mußte wenigstens seine sechs Fuß messen, und wenn ich auf seine Schultern stieg und mit meinen Händen die Spitze der Mauer erreichen konnte, war es mir ein leichtes, mich hinaufzuschwingen. Nun fragte es sich nur noch, ob es mir möglich sein würde, ihn hinter mir heraufzuziehen; denn, so wenig Vorliebe ich auch für diesen Menschen hatte, fiel es mir doch nicht ein, ihn im Stich lassen zu wollen. Er selbst schien sich indes über diese Schwierigkeit durchaus keine Gedanken zu machen, wahrscheinlich hatte er Ursache, seiner eigenen Geschicklichkeit zu trauen.

Nun hieß es, die Schildwache auszuwählen, die zur Zeit unseres Fluchtversuches auf Posten sein sollte. Die Soldaten wurden alle zwei Stunden abgelöst, aber da ich sie nachts genau beobachtet hatte, wußte ich ganz gut, daß sie im Punkte der Wachsamkeit sehr verschieden voneinander waren. Während manche sich so eifrig zeigten, daß ihnen auch keine Ratte entgehen konnte, machten sich's andere möglichst bequem und schliefen, auf ihre Flinten gestützt, so fest, als ob sie zu Hause in ihren Federbetten gelegen hätten. Da war mir besonders einer aufgefallen, ein dicker, schwerfälliger Mann, der sich regelmäßig in den Schatten der Mauer zurückzog und dort so gemütlich seine Zeit verschlummerte, daß ich schon Kalkstückchen von meinem Fenster aus vor seine Füße geworfen hatte, ohne daß er erwacht war. Unglücklicherweise hatte der Bursche gerade in der Nacht, wo wir zu entwischen gedachten, von zwölf bis zwei Uhr die Wache.

Je weiter der Tag vorrückte, von desto größerer Unruhe wurde ich erfaßt, bis ich schließlich alle Herrschaft über mich verlor und wie eine Maus in ihrer Falle unaufhörlich in meiner Zelle auf und ab rannte. Jeden Augenblick fürchtete ich, der Wärter würde den Eisenstab untersuchen, oder die Schildwache den losen Stein entdecken, den ich von außen nicht so wohl hatte verwahren können, wie von innen. Mein Gefährte hingegen saß, stumpf vor sich hinbrütend, auf seinem Bette, schielte mich von Zeit zu Zeit von der Seite an und kaute an seinen Nägeln wie jemand, der tief in Gedanken versunken ist.

„Mut, mein Freund", tröstete ich, ihm auf die Schulter klopfend. „Sie werden Ihre Kanonen wieder haben, ehe der Monat sein Ende erreicht hat."

„Das ist alles wohl recht schön", war seine Antwort, „aber wohin wollen Sie fliehen, wenn Sie draußen sind?"

„Nach der Küste; ich kehre stracks in mein Regiment zurück, einem tapferen Manne glückt alles."

Doch er lachte höhnisch auf und versetzte: „Werden

höchst wahrscheinlich eher mit den Löchern ein Stockwerk tiefer Bekanntschaft machen, oder gar mit einem von den alten Schiffen in Portsmouth."

„Ein rechter Soldat fürchtet sich nicht, nur der Feigling wittert überall Gefahr."

Meine Worte trieben eine jähe Blutwelle in seine fahlen Wangen, und ich freute mich darüber, denn nun sah ich, daß noch nicht alles Gefühl in ihm erstorben war. Seine Hand fuhr nach dem Wasserkruge, wie um ihn mir an den Kopf zu schleudern – aber nein; er zuckte nur mit den Schultern, zog die Brauen finster zusammen und setzte sich schweigend wieder zurecht, wie zuvor. Und als ich ihn so da kauern sah, legte ich mir unwillkürlich die Frage vor, ob ich der Artillerie nicht einen schlechten Dienst erwies, wenn ich ihr wieder zu einem solchen Individuum verhalf.

Nie in meinem ganzen Leben ist mir eine Nacht so langsam dahingeschlichen wie jene. Bei anbrechender Dämmerung hatte sich ein leichter Wind erhoben, der mit jeder Stunde stärker wurde, bis endlich ein wütender Orkan über das ganze Meer dahinbrauste. Ich vermochte von meinem Fenster aus auch nicht das kleinste Sternchen zu erspähen, denn es hingen dicke, schwarze Wetterwolken am Himmel, und der Regen goß in Strömen. Ich beugte mich weit hinaus, um auf den Schritt der Schildwache zu lauschen, aber umsonst – das böse Unwetter verschlang jedes Geräusch. Diese letzte Entdeckung kam mir durchaus nicht ungelegen, denn wenn ich den Mann weder sehen noch hören konnte, war es nicht sehr wahrscheinlich, daß er mich gewahr wurde, und so harrte ich denn mit der größten Ungeduld, bis der Inspektor seinen gewohnten Rundgang gemacht hatte. Nun noch ein Blick in die Nacht hinaus – nichts regte sich: die Wache mochte sich wohl vor dem Regen unter irgend einen Vorsprung geflüchtet haben – ich fühlte, daß der Augenblick gekommen war. Und so entfernte ich denn schnell die Eisenstange, zog den Stein heraus und bedeutete meinem Gefährten, durchzukriechen.

„Nach Ihnen, Oberst!" sagte dieser.

„Wollen Sie nicht zuerst hinaus?"

„Zeigen Sie mir lieber den Weg."

„Nun, so folgen Sie mir nach, aber Vorsicht, wofern Ihnen Ihr Leben lieb ist!“

Ich hörte, wie des Burschen Zähne klapperten, und fragte mich bei mir selbst, ob wohl je zuvor ein Mann in einer ähnlichen Lage einen solchen Genossen gehabt hatte. Dabei ergriff ich die Stange, stieg auf den Stnhl und fuhr mit Kopf und Schultern durch die Öffnung. Schon hatte ich mich ein gut Stück durchgezwängt, als mich jener plötzlich an den Knien packte und aus vollem Halse rief: „Hilfe! Hilfe! Ein Gefangener will entfliehen!“

Ah, mes amis, wie soll ich Ihnen beschreiben, wie mir da zumute war! Natürlich durchschaute ich sofort den Plan dieses gemeinen Geschöpfes. Was brauchte er seine Haut zu Markte zu tragen und Mauern zu ersteigen, wo er doch gewiß war, von den Engländern freiwillig freigelassen zu werden, wenn er einen so gewichtigen Mitgefangenen an der Flucht verhinderte? Als Feigling und Duckmäuser hatte ich ihn ja längst kennen gelernt, in diesem Augenblicke erst wurde mir die ganze Tragweite seiner niedrigen Gesinnung klar. Nun ja, wie hätte sich jemand, der sein ganzes Leben hindurch mit Gentlemen und Ehrenmännern verkehrt hatte, auch so etwas träumen lassen können!

Der Dummkopf schien nicht einmal einzusehen, daß er selbst in größerer Gefahr war als ich. Ich kroch in der Finsternis wieder herein, erwischte ihn am Halse und versetzte ihm zwei Schläge mit meiner Stange. Da heulte er erst laut auf, wie ein Hund, den man auf die Pfote getreten hat, und sank dann stöhnend zu Boden. Ich aber setzte mich auf das Bett, um ruhig abzuwarten, was man über mich verhängen würde. Jedoch die Minuten verstrichen, und es ließ sich nichts hören als das schwere Röcheln des erbärmlichen Menschen zu meinen Füßen. Sollte man die Hilferufe in dem furchtbaren Sturm überhört haben? Die schwache Hoffnung in mir wurde allmählich zur Gewißheit, denn weder auf dem Korridor noch im Hofe entstand der geringste Alarm; so wischte ich denn den kalten Schweiß von meiner Stirne und begann von neuem, Pläne zu schmieden.

Eins stand fest: der Mann da mußte sterben, damit er mich

nicht etwa doch noch verraten konnte. Nun wagte ich aber nicht, Licht zu machen, sondern tappte im Dunkeln umher, bis meine Hand etwas Feuchtes berührte. Das mußte sein Kopf sein! Schon erhob ich das Eisen – da, Messieurs, sprach etwas laut in mir und hielt meine Hand zurück. In der Hitze des Gefechtes hatte ich schon manchen erschlagen – ja, auch manchen braven Mann, der mir nichts zuleide getan. Aber das hier war ein Elender, eine Kreatur, zu faul, um zu leben; und obwohl er vorgehabt hatte, mich schwer zu schädigen, brachte ich es doch nicht über mich, ihm den Garaus zu machen. Ein Mann von Ehre, wie ich, überläßt dergleichen Taten anderen Leuten, meinetwegen dem spanischen „partida“ – oder auch den Sanskulotten von St. Antoine.

Das mühsame Atmen des Burschen ließ mich hoffen, daß noch eine geraume Zeit verstreichen würde, ehe er das Bewußtsein wieder erlangen konnte; also knebelte ich ihn und band ihn mit Streifen aus meiner Bettdecke dergestalt an das Bett fest, daß er auf jeden Fall nicht vor dem nächsten Besuche des Wärters freikommen konnte. Aber nun stellten sich mir plötzlich neue Schwierigkeiten in den Weg; hatte ich nicht auf seine Länge gerechnet, die mir auf die Mauer hinauf helfen sollte? Oh weh – jetzt drohte mir der Mut zu sinken! Ich hätte mich niedersetzen und Tränen der Verzweiflung vergießen können, aber der Gedanke an meine Mutter und den Kaiser hielt mich aufrecht. „Mut!“ sprach ich zu mir, „Mut! Wäre Dein Name nicht Etienne Gérard, so wärst Du jetzt allerdings übel dran, aber das ist ein Mann, der sich nicht so leicht werfen läßt!“

Ohne Zaudern machte ich mich da ans Werk. Ich zerschnitt Beaumonts und mein Bettzeug in lange Streifen und flocht sie zu einem vortrefflichen Seil zusammen, welches ich nun recht fest in der Mitte meines ungefähr einen Fuß langen Eisenstabes befestigte. Darauf stieg ich in den Hof hinab, wo der Regen strömte und der Wind noch lauter heulte als zuvor. Ich hätte mich nicht im Schatten der Gefängnismauer dahinschleichen brauchen, denn es war so dunkel, daß ich die Hand nicht vor den Augen zu sehen vermochte, und wenn ich nicht geradezu in die Schildwache hineinlief, hatte ich nichts von ihr zu befürchten. Jetzt war ich an der Mauer angelangt, ich schleuderte meinen Stab hinauf, und zu meiner Freude blieb er sogleich zwischen den Eisenspitzen hängen. Nun kletterte ich an dem Seile hinan, zog es nach und ließ mich auf der anderen Seite wieder nieder. Die zweite Mauer nahm ich auf dieselbe Weise; schon saß ich oben darauf mitten zwischen den Spitzen, als ich in der Dunkelheit unter mir etwas Glänzendes schimmern sah. Es war das Bajonett der Wache unten, und da diese Mauer etwas kleiner war als die erste, war mir die Waffe so nahe, daß ich die Spitze leicht ergreifen konnte, wenn ich mich etwas vorwärts beugte. Da stand der Mann, dicht an die Mauer gekauert und summte ein Liedchen vor sich hin – hätte er nur geahnt, daß, wenige Schritte von ihm entfernt, ein Mann in seiner Verzweiflung daran dachte, ihm mit seiner eigenen Waffe das Herz zu durchbohren! Schon setzte ich zum Sprunge an, da schulterte der Mann das Gewehr, stieß eine Verwünschung aus und stampfte durch den Morast davon, um seinen Rundgang wieder aufzunehmen. Ich aber schwang mich an meinem Seile herab, ließ es hängen und lief in größter Eile über das Moor.

Potz tausend, wie ich in Wind und Wetter dahinjagte! Der Regen durchnäßte mich bis auf die Haut und der Sturm benahm mir fast den Atem, bald fiel ich in ein Erdloch, dann wieder zwischen Buschwerk und Dornen. Das Blut rann mir von Gesicht und Händen herab, die Zunge klebte mir am Gaumen, meine Füße waren bleischwer, das Herz klopfte mir zum Zerspringen. Aber ich gönnte mir keinen Augenblick der Rast, immer wieder raffte ich mich auf und rannte weiter.

Jedoch nicht planlos, dürfen Sie denken! Alles war wohl überlegt. Unsere Flüchtlinge wendeten sich immer der Küste zu; ich aber war entschlossen, landeinwärts zu gehen, und das um so mehr, als ich Beaumont das Gegenteil gesagt hatte. Während ich nach Norden zueilte, sollte man mich im Süden suchen. Sie fragen, wie ich mich in einer solchen Nacht in der Himmelsrichtung zurechtfinden konnte? Nun, ganz einfach nach dem Winde! Ich hatte im Gefängnis beobachtet, daß er aus Norden kam, und so lange ich ihm mein Gesicht zuwendete, mußte ich eben in der richtigen Richtung sein.

Als ich noch so dahinjagte, tauchten plötzlich zwei glänzende Lichter vor mir in der Dunkelheit auf. Da stutzte ich und blieb einen Moment unschlüssig stehen. Sie müssen wissen, daß ich noch in meiner Husarenuniform war, und es war äußerst wichtig, daß ich mir andere Kleidung verschaffte, um mich nicht zu verraten. Wahrscheinlich kamen die Lichter aus einer Hütte, wo ich sicher war, das zu finden, was ich brauchte. So näherte ich mich denn vorsichtig und bedauerte nur lebhaft meine Eisenstange nicht bei mir zu haben, denn ich war fest entschlossen, lieber bis aufs Blut zu kämpfen, als mich wieder gefangennehmen zu lassen.

Bald wurde ich gewahr, daß ich mich in meiner Annahme geirrt hatte, denn die Lichter kamen nicht aus einem Häuschen, sondern erwiesen sich bei näherer Besichtigung als ein Paar Laternen an einem Wagen, der auf einer breiten Landstraße hielt. Zwei Pferde waren davor gespannt, ein kleiner Postillon stand daneben und eins der Räder lag auf der Straße. Während ich mir aus dem Gebüsch hervor die Sache noch so betrachtete, die rauchenden Tiere, den winzigen Kutscher, sowie die schwarze, vom Regen triefende Kutsche auf ihren drei Rädern – da wurde das Fenster niedergelassen und ein hübsches kleines Gesicht schaute unter einem Hute hervor.

„Was soll ich nur anfangen?“ rief die Dame dem Kleinen zu, „Sir Charles läßt sich nicht blicken, und ich werde wohl die ganze Nacht auf dem Moor zubringen müssen.“

„Vielleicht kann ich Ihnen irgendwie behilflich sein, Madame“, sagte ich, indem ich aus dem Gebüsch hervor in das helle Licht trat – ein Weib in Bedrängnis ist mir immer ein heilig Ding gewesen – und dieses hier war noch zum Entzücken schön. Vergessen Sie auch nicht, meine Herren, daß ich damals zwar bereits Oberst war, aber immerhin erst achtundzwanzig Jahre zählte.

Himmel, wie sie aufschrie und wie der Junge mich mit offenem Munde anstarrte! Und kein Wunder, denn meine Erscheinung war nach den jüngsten Ereignissen durchaus nicht geeignet, einer Dame in der Nacht auf einsamem Moor Vertrauen einzuflößen. Nachdem sie sich von dem ersten Schreck etwas erholt hatte, bot ich ihr nochmals meine ergebenen Dienste an und konnte nun in ihren hübschen Augen lesen, daß meine Haltung und mein ganzes Benehmen einen günstigen Eindruck hervorgebracht hatten.

„Es tut mir leid, Sie erschreckt zu haben", sagte ich zu ihr, „aber ich war zufällig Zeuge Ihrer Worte und konnte nicht umhin, Ihnen meinen Beistand anzubieten." Dabei verbeugte ich mich. Nun, Sie kennen ja meine Verbeugungen und können sich also denken, daß mein Wert in den Augen der Dame um ein beträchtliches stieg.

„Ich bin Ihnen sehr verbunden, mein Herr", war die Antwort. „Unsere Reise von Tavistock her ist entsetzlich gewesen; schließlich haben wir nun gar noch ein Rad vom Wagen verloren und sitzen auf offenem Moore fest. Sir Charles, mein Gatte, ist zwar fortgegangen, um Hilfe herbeizuschaffen; allein ich fürchte, er hat sich verirrt."

Eben war ich im Begriffe, der Dame Trost zuzusprechen, als mein Auge auf einen schwarzen Reisemantel fiel, der wahrscheinlich ihrem Reisegefährten gehörte. Das war ja genau, was ich brauchte! Allerdings war mir der Gedanke, hier den Straßenräuber zu spielen, anfangs etwas fatal; aber ‚Not kennt kein Gebot" und – befand ich mich nicht in Feindeslande? Und so machte ich denn kurzen Prozeß.

„Das ist wohl der Mantel Ihres Gatten? Verzeihen Sie, Madame, daß ich mich genötigt sehe!" – Damit zog ich das fragliche Kleidungsstück ans dem Fenster heraus.

Ich las auf ihrem hübschen Gesicht das Erstaunen, die Furcht und den Abscheu, die sie über meine verwegene Tat empfand, und dieser Anblick verursachte mir großes Mißbehagen.

„O", begann sie, „wie habe ich mich in Ihnen getäuscht! So sind Sie also gekommen, um mich zu berauben und nicht, um mir beizustehen! Ich habe Sie Ihrem Wesen nach für einen Gentleman gehalten, und Sie stehlen meines Gatten Mantel!"

„Madame", erwiderte ich, „ich bitte, verdammen Sie mich nicht, ehe Sie alles gehört haben. Die Not zwingt mich jetzt zu diesem Schritt; aber sagen Sie mir, wer das Glück hat, Ihr Gemahl zu sein, und ich verspreche Ihnen, ihm den Mantel zurückzusenden."

Ihre Züge verloren etwas von ihrer früheren Strenge, als sie antwortete: „Mein Gatte ist Sir Charles Meredith. Er ist auf einer Reise nach dem Gefängnisse Dartmoor begriffen, wo er wichtige Regierungsgeschäfte zu erledigen hat. Wenn ich Ihnen raten soll, so gehen Sie Ihrer Wege und vergreifen Sie sich nicht an seinem Eigentum."

„Ich neide ihm bloß einen Teil seines Besitztums, Madame!"

„Und den haben Sie aus dem Wagen genommen!"

„O nein", erwiderte ich galant, „der ist noch darin!"

Sie lachte fröhlich auf, ehe sie versetzte: „Wenn Sie lieber den Mantel zurückgeben wollten, statt mir hier Komplimente zu machen –".

Ich unterbrach sie. „Madame, das ist ganz unmöglich. Erlauben Sie mir, zu Ihnen in den Wagen zu steigen, damit ich Ihnen auseinandersetze, wie unentbehrlich mir dieses Kleidungsstück ist."

Der Himmel mag wissen, zu welchen Torheiten ich mich noch hätte verleiten lassen, hätten wir nicht in diesem Augenblick ein schwaches „Hallo" aus der Ferne vernommen, das von dem Knirps kräftig beantwortet wurde. Zu gleicher Zeit sah ich, wie eine Laterne sich uns rasch näherte.

„Madame, ich muß Sie zu meinem großen Bedauern jetzt verlassen!" Mit diesen Worten verabschiedete ich mich von der Dame, aber nicht, ohne trotz meiner Eile einen feurigen Kuß auf ihre kleine Hand gedrückt zu haben, die sie mit einer allerliebsten Bewegung des Unwillens über meine Kühnheit zurückzog. Darüber war die Laterne ganz nahe herangekommen, und der Kleine schien den Mut gefunden zu haben, sich meiner Flucht widersetzen zu wollen. Ich aber nahm meine kostbare Beute unter den Arm und stürmte in die Dunkelheit hinaus. Nun war ich darauf bedacht, mich während der übrigen zwei Nachtstunden noch so weit wie möglich von dem Gefängnis zu entfernen; ich bot also mein Gesicht wieder dem Winde dar und rannte, bis ich vor Erschöpfung niederfiel. Aber nur wenige Minuten der Rast, dann wieder auf und davon! War ich doch jung und kräftig und hatte Muskeln wie von Stahl! So hielt ich es noch drei Stunden lang aus. Meiner

Schätzung nach mußte das Gefängnis nun gegen zwanzig englische Meilen hinter mir liegen. Als der Morgen dämmerte, bemerkte ich, daß ich mich in einer hügeligen, reichlich mit Heidekraut bewachsenen Gegend befand. Hier konnte ich mich gut bis zum Abend verbergen – ich kroch also zwischen die Büsche hinein, wickelte mich in meinen schönen warmen Mantel und legte mich, wie ich so oft schon getan, in Wind und Regen zum Schlafen nieder.

Aber es war kein erquickender Schlummer; eine Reihe böser Träume verfolgten mich, in denen mir alles schief ging. Zuletzt griff ich mit einer einzigen Schwadron Husaren auf ermüdeten Pferden eine ganze Phalanx ungarischer Grenadiere an – gerade wie ich es damals zu Elchingen getan. Ich stand in den Steigbügeln und rief „Vive l'Empereur!", worauf meine Soldaten als Antwort „Vive l'Empereur!" zurückgaben. Darüber wachte ich auf und sprang von meinem harten Bett empor, während jener Ruf immer noch in meinen Ohren klang. Ich rieb mir die Augen und fragte mich, ob ich denn wirklich wach sei, denn derselbe langgezogene Ruf wurde jetzt aus wohl fünftausend Kehlen wiederholt. Nun lugte ich aus dem schützenden Gebüsch hervor, und was ich da im hellen Morgenlicht erblickte, war wohl das letzte, was ich erwünscht oder erwartet hätte!

Das Gefängnis von Dartmoor! Da lag das finstere, langgestreckte Gebäude ganz nahe vor mir; ja, wäre ich noch einige Minuten in der Dunkelheit weiter gelaufen, ich wäre mit dem Kopf an die Mauer gerannt. Der Anblick verblüffte mich anfangs so, daß ich ganz erstarrt war; aber mit einem Male sah ich den Zusammenhang klar vor mir und schlug nun vor Verzweiflung die Hände gegen meine Stirn. Der Wind war während der Nacht von Norden nach Süden umgesprungen, und da ich ihm immer entgegengegangen war, war ich zehn Meilen nach Norden und ebenso viele zurückgelaufen, um schließlich hier wieder anzulangen. Also darum meine Jagd, das Stolpern und Wiederaufraffen, das Stürzen und Weiterhinken! Und wie ich noch so über mein Abenteuer nachdachte, da erschien mir die ganze Geschichte auf einmal so lächerlich, daß mein Kummer sich in die ausgelassenste Heiterkeit verwandelte, und ich lachte und lachte, bis ich mir die Seiten halten mußte. Endlich wickelte ich mich wieder in meinen Mantel und überlegte.

Mein bewegtes Leben hatte mich gelehrt, kein Ereignis als ein Unglück zu betrachten, ehe es sich vollständig abgespielt hat, denn bietet nicht jede Stunde neue Gesichtspunkte dar? Auch jetzt kam ich bald zu der Einsicht, daß der Zufall mir einen vortrefflichen Dienst geleistet hatte. Natürlich begannen meine Verfolger ihre Nachforschungen nach mir von dem Orte aus, wo ich mich in den Besitz von Sir Charles Merediths Mantel gesetzt hatte, und wirklich konnte ich sie von meinem Versteck aus die Landstraße jenem Platz zueilen sehen. Keinem einzigen von ihnen fiel es ein, daß ich möglicherweise zurückgelaufen sein konnte; so machte ich mir's in dem Gesträuch auf dem Kamm des Hügels ganz bequem und richtete mich ein, den Tag über dazubleiben. Den Gefangenen war natürlich meine Flucht nicht unbekannt geblieben, und sie gaben nun ihrer Freude darüber durch lauten Jubel Ausdruck – mir ein willkommenes Zeichen von Teilnahme und kameradschaftlicher Gesinnung. Ich sah ganz deutlich, wie dieses Völkchen unfreiwilliger Müßiggänger sich im engen Hof des Gefängnisses erging, oder in Gruppen beisammenstand, um sich über meinen glücklichen Erfolg zu unterhalten. Einmal schlugen laute Verwünschungen an mein Ohr, und aufschauend gewahrte ich Beaumont, der, von zwei Wärtern geführt, mit verbundenem Kopfe über den Hof schritt. Dieser Anblick erfüllte mich mit Freude – wußte ich doch nun, daß ich ihn wirklich nicht getötet hatte, und sahen doch meine Mitgefangenen, daß ich nicht hatte ohne ihn entfliehen wollen! Und so lag ich den ganzen Tag und lauschte auf den Ton der Glocke unten, die die Stunden verkündete.

Zum Glück war ich reichlich mit Brot versehen, welches ich mir von meiner täglichen Ration aufgespart hatte, und als ich die Taschen des geliehenen Mantels einer Prüfung unterzog, fand ich eine silberne Flasche mit vortrefflichem Kognak, so daß ich es den Tag über wohl aushalten konnte. Außerdem zog ich noch ein seidenes Taschentuch, eine Schildpattdose, sowie einen blauen, rotgesiegelten Brief hervor, der die Adresse des Gefängnisdirektors von Dartmoor trug. Ich nahm mir vor, die ersteren beiden Gegenstände bei der ersten Gelegenheit ihrem Eigentümer zurückzuschicken, aber der Brief verursachte mir mehr Kopfzerbrechen, denn der Direktor hatte sich stets sehr anständig gegen mich benommen, und es widerstrebte meinem Gefühl, einen an ihn gerichteten Brief zu unterschlagen. Aber konnte ich ihn denn nicht unter einen Stein am Eingangstor schieben? Doch nein, das würde ihnen ja verraten haben, wo ich zu suchen war! Als mir nun gar nichts einfallen wollte, barg ich ihn einstweilen in meiner Tasche und hoffte, ihn bald an seine Adresse befördern zu können.

Die Sonne schickte warme Strahlen vom Himmel herab und trocknete in kurzer Zeit meine ganz durchnäßten Kleider. Die einbrechende Nacht fand mich zu meiner Reise gerüstet, und diesmal konnte ich nicht wieder fehlgehen, denn ich nahm die Sterne zu meinen Führern und legte bald ein tüchtiges Stück Wegs zurück. Meine erste Sorge war nun die, mir von der ersten besten Person, auf die ich stoßen würde, einen vollständigen Anzug zu verschaffen und dann nach der nördlichen Küste vorzudringen, wo es Schmuggler und Fischer in Menge gab, welche sich sehr gern die Belohnung verdienten, die der Kaiser denjenigen auszahlte, die entflohenen Kriegsgefangenen halfen, über den Kanal zu kommen. Um die Aufmerksamkeit nicht auf mich zu lenken, hatte ich den Federbusch von meinem Tschako entfernt, aber ich fürchtete immer noch, daß trotz des schönen Mantels meine Uniform mich verraten würde, und war deshalb ernstlich darauf bedacht, mich als Zivilist zu kleiden.

Jetzt dämmerte der Morgen und ich erblickte zu meiner Rechten einen Fluß, links aber eine kleine Stadt. Nun hätte ich der letzteren für mein Leben gern einen Besuch abgestattet, um die Sitten und Gebräuche der Engländer etwas näher kennenzulernen, denn man hatte mir wunderbare Dinge davon erzählt. Aber so viel Vergnügen es mir auch gemacht haben würde, sie ihr rohes Fleisch essen zu sehen, wagte ich es doch wegen meiner Uniform sowohl als auch wegen meines Schnurrbartes und meiner Sprache nicht. Ich blieb meiner

Absicht, so schnell wie möglich nach dem Norden zu gelangen, treu, und hielt dabei fleißig Umschau, ohne indes die geringste Spur von meinen Verfolgern zu entdecken.

Gegen Mittag kam ich in ein entlegenes Tal und erblickte vor mir ein einsames Hüttchen, das überhanpt das einzige Gebäude in der ganzen Umgegend zu sein schien. Das hübsche kleine Häuschen hatte einen grün überwachsenen Eingang mit einem Gärtchen davor, in dem sich eine ganze Schar Geflügel umhertummelte. Dieser Anblick reizte mich – ich duckte mich in das hohe Farnkraut, um mich genau zu orientieren. Hier fand ich gewiß alles, was ich brauchte! War doch mein Brot aufgezehrt, und ich verspürte einen scharfen Appetit nach meiner langen Reise. Also schnell den Feldzugsplan entworfen. Zunächst das Terrain kurzerhand erforschen, dann drauf los marschieren, zur Übergabe zwingen und sich schließlich aneignen, was da nottat. Auf jeden Fall mußte ich hier ein Huhn und ein Omelett erwischen.

Während ich noch so aus meinem Hinterhalt hervor rekognoszierte, trat ein munteres Bürschchen ans der Tür heraus, dem ein älterer Mann mit zwei großen Keulen in den Händen folgte. Jetzt überreichte er sie seinem jüngeren Begleiter, und dieser schwang sie, schnell wie der Blitz, auf und nieder und rund herum. Der andere stand mit wichtiger Miene daneben und schien von Zeit zu Zeit dem Burschen eine Weisung zu geben. Endlich ergriff der letztere ein Springseil und machte sich, nach Art der Kinder, daran, damit zu hüpfen, während der ältere ihn immer noch beobachtete. Sie können sich denken, daß ich mich über diesen Vorgang nicht wenig wunderte – war der eine vielleicht ein Doktor, der seinen Patienten einer sonderbaren, mir noch unbekannten Heilweise unterworfen hatte?

Indem ich noch so grübelte, holte der eine einen Überrock heraus, der jüngere zog ihn an und knöpfte ihn bis an das Kinn hinauf zu. Ich schüttelte erstaunt den Kopf – war doch der Tag ziemlich warm! Wenn ich jedoch geglaubt hatte, die Übungen seien nun zu Ende, so hatte ich mich geirrt, denn der Kleine begann nun, trotz seines schweren Rockes, zu laufen, und zwar gerade auf mich zu. Inzwischen war der ältere wieder in das Haus getreten, und dieser Umstand paßte mir ganz vortrefflich, denn ich gedachte, mich schleunigst in Besitz der Kleider des kleinen Mannes zu setzeu, dann nach irgend einem Dorfe zu eilen und dort Nahrungsmittel zu kaufen. Die Hühnchen waren zwar sehr verlockend, aber da ich unbewaffnet war, und es sich überdies herausgestellt hatte, daß wenigstens zwei Männer in dem Häuschen waren, hielt ich es doch für klüger, davon zu bleiben.

Ich verhielt mich unter meinen Farnkräutern ganz ruhig. Jetzt kam der ungeheure Rock mit dem Läufer näher, ich sah, wie ihm der Schweiß von der Stirn tropfte. Er schien ein ganz kräftiger Mann zu sein – aber klein, ja, so klein, daß ich fürchtete, sein Anzug würde mir nicht viel helfen. Als ich mich auf ihn zustürzte, blieb er stehen und blickte mich höchst verwundert an.

„Potz tausend! Wen haben wir denn da erwischt? Zirkus, oder so was Ähnliches, eh?“

Das waren seine Worte, aber was er damit sagen wollte, verstand ich nicht.

„Entschuldigen Sie gefälligst, Monsieur“, erwiderte ich höflich, „ich muß Sie bitten, mir Ihren Anzug zu geben!“

„Was zu geben?“

„Ihren Anzug!“

„Meiner Six, das lobe ich mir! Warum soll ich Ihnen meinen Anzug geben?“

„Weil ich ihn brauche.“

„Wenn ich aber nun nicht will?“

„Be jabbers! Dann muß ich ihn mir eben nehmen!“

Er steckte die Hände in die Taschen, stellte sich vor mir hin und sah mich mit seinem viereckigen, glattrasierten Gesicht belustigt an.

„So, so, also nehmen wollen Sie sich! Hm! Scheint mir gar kein übler Kumpan zu sein, aber diesmal sind Sie doch vor die falsche Schmiede gekommen! Denken wohl, ich weiß nicht, wer Sie sind? So’n durchgebranntes Franzoschen aus dem Gefängnis unten erkennt unsereiner schon mit ’nem halben Auge. Aber Sie kennen wohl mich nicht, lieber Mann! Möchte Ihnen wohl sonst schwerlich einfallen, sich an mir vergreifen zu wollen! Da, sehen Sie hier: bin der Herkules von Bristol – neun Stein in jeder Hand!“

Der Kleine schien zu erwarten, daß diese Mitteilung mich zu Boden schmettern würde, aber ich lächelte, zwirbelte meinen Schnurrbart und musterte ihn vom Kopf bis zu den Füßen. Endlich entgegnete ich:

„Das alles will ich durchaus nicht bestreiten, aber wenn ich Ihnen sage, daß Sie vor dem Oberst der Husaren von Conflans, Etienne Gérard, stehen, dann werden Sie doch wohl die Notwendigkeit einsehen, mir Ihre Sachen ohne weitere Umschweife abzutreten.“

„Na, hören Sie ’mal, Mosje, jetzt lassen’s aber genug sein, sonst setzt es ’was Gepfeffertes!“

„Ihren Anzug her, Monsieur!“ schrie ich und ging wütend auf ihn zu.

Statt aller Antwort warf er seinen schweren Überrock ab, streckte den einen Arm weit von sich, legte den anderen gegen die Brust und schaute mich in dieser seltsamen Stellung eigentümlich lächelnd an.

Nun verstehe ich zwar von der Methode, nach welcher dergleichen Leute kämpfen, nicht das geringste; aber ob bewaffnet oder nicht, ob zu Pferde oder zu Fuß – ich bin immer bereit, es mit jedermann aufzunehmen. Es wäre doch auch unbillig, wollte der Soldat von jedem Gegner verlangen, mit ihm nach seiner Weise zu kämpfen. Wenn man unter Wölfen ist, muß man eben mit ihnen heulen.

Und so stürzte ich denn mit einer Art Kampfgeschrei auf ihn zu, um ihm mit beiden Füßen ein Paar gewaltige Stöße zu versetzen. In dem nämlichen Moment flogen meine Fersen in die Luft; ich sah so viel Funken sprühen wie damals bei Austerlitz, und fiel, mit meinem Kopfe gegen einen Stein schlagend, zu Boden.

Als ich wieder zu mir kam, lag ich in einem äußerst dürftig ausgestatteten Zimmer auf einem Feldbett. Der Kopf dröhnte mir zum Zerspringen, und als ich an meine Stirn faßte, fühlte ich eine Beule wie eine Walnuß groß über meinem Auge. Ein scharfer Geruch durchdrang das ganze Zimmer – ich fand bald, daß er von einem mit Essig getränkten Streifen Papier herrührte, welchen man mir aufgelegt hatte. In einer Ecke des Gemachs saß jener schreckliche kleine Mann mit verdrießlicher Miene; er hatte sein Knie entblößt, und der ältere rieb es mit einer Salbe ein, wobei er fortwährend schalt.

„So 'ne Eselei ist mir doch im ganzen Leben nicht vorgekommen!“ hörte ich ihn sagen. „Hab' mich 'nen vollen Monat mit Dir 'rumgeplagt und nun, wo Du endlich geschmeidig bist, wie 'ne Schmerl' im Bach, läßt Du Dich zwei Tage vor dem Rennen mit so 'nem hergelaufenen Ausländer in Händel ein!“

„Nu' hören Sie aber endlich mal auf!“ unterbrach ihn der andere ärgerlich. „Sind 'n ganz guter Trainer, Jim, aber Ihr Geschwätz können Sie sich sparen.“

Aber jener ließ sich nicht irre machen.

„Ja, ja“, fuhr er fort, „da soll einer noch nicht mal böse sein! Wenn das Knie da bis nächsten Mittwoch nicht geheilt ist, geht's schief mit Dir, so wahr ich Jim heiße, und nachher hat's gute Weile, bis einer wieder auf Dich setzt.“

„Was, schief gehen?“ knurrte der andere, „so was gibt's bei mir nicht! Haben wohl vergessen, daß ich schon neunzehnmal gewonnen habe! Was hätten denn Sie getan, wenn Ihnen so 'n Strolch die Kleider vom Leibe reißen wollte?“

„St! St! Hätte sie dem Kerl ruhig gelassen und hernach die Soldaten hinter ihm hergehetzt, wie wir's jetzt auch getan haben. Hätte meine Sachen bald wieder haben wollen!“

„Zum Kuckuck auch! Laß mich gewiß nicht so leicht stören, wenn ich beim Üben bin! Wenn einem aber so 'n windiges Franzoschen in den Weg läuft, der noch nicht 'mal 'n rechtschaffen Loch in 'nen Butterwecken drücken kann, da läuft unsereinem die Galle auch mal über! Hatte doch auch nicht gedacht, daß er gleich mit Füßen stoßen würde!“

„Dachtest wohl, er hätte Broughtons Regeln studiert? So 'ne Idee! Die drüben verstehen vom Fechten gerade so viel wie der Blinde von der Farbe!“

Das war mir zu stark! „Messieurs“, begann ich, „ich bin zwar aus Ihrer Unterhaltung nicht ganz klug geworden; aber Ihre letzten Worte waren sehr töricht! Wir Franzosen verstehen uns aufs Fechten so gut, daß wir beinahe jeder Hauptstadt in Europa einen Besuch abgestattet haben und uns binnen kurzem auch London ansehen werden. Aber wir kämpfen, wie es Soldaten zukommt, und nicht wie Straßenjungen! Verstanden? Sie schlagen mich auf den Kopf, ich stoße Sie mit den Füßen – das ist Kinderspiel. Geben Sie mir einen Degen und nehmen Sie selbst einen in die Hände, damit ich Ihnen zeige, wie's drüben über dem Kanal bei uns Sitte ist!"

Die beiden hatten mich während meiner Rede in ihrer offenen, englischen Art verwundert angeschaut, und der Ältere bemerkte jetzt: „Na, das freut mich ja, Mosje, daß Sie nicht ganz tot sind! Sah nicht so aus, wie wir Sie hereingetragen haben! Na, sehen Sie, Ihr Kopf ist immer noch nicht zu dick für die beste Faust in Bristol!"

„Waren aber anch 'n komischer Kauz", fiel der andere ein, „kamen auf mich gestiegen gerade wie ein junger Hahn. Ich nicht faul, rechts ausgeholt – plautz, lagen Sie dort! 's war nicht meine Schuld, Mosje. ich hatte Sie gewarnt!"

„Na, lassen 's gut sein", tröstete mich Jim, und seine Worte klangen gleich einem Glückwunsch, „'s ist und bleibt 'ne schöne Erinnerung für Sie. Können doch sagen, Sie haben die beste Faust in Bristol kennen gelernt, die bei Jim Hunter in Schule gewesen ist!"

„Ich bin an harte Püffe gewöhnt", sagte ich stolz, indem ich die Uniform aufknöpfte und das Fußgelenk eutblößte, um ihnen meine Narben zu zeigen; auch die Stelle am Auge mußten sie besichtigen, wo der Spitzbohrer des Priesters eingedrungen war.

„Meiner Seel', der kann mehr als Brei essen!" sagte der Kleine anerkennend.

„Mit dem könnte unsereiner auch Ehre einlegen!" warf der andere dazwischen, „sechs Monate Training und Du solltest sehen! Schade, daß er ins Gefängnis zurück muß!"

Diese letzte Bemerkung gefiel mir gar nicht; ich knöpfte meinen Rock zu und stand vom Bett auf, indem ich sagte : „Nun möchte ich Sie bitten, mich weiterziehen zu lassen."

Doch der Trainer versetzte : „Kann nicht helfen, Mosje! Kommt mich hart an, so einen, wie Sie sind, wieder hinzuschicken; aber Geschäft bleibt Geschäft, und hier gilt's zwanzig Pfund Belohnung. Sie waren schon heute früh nach Ihnen da, und es wird nicht lange dauern, so kommen sie wieder.“

Da stand mir das Herz beinahe still. „Das soll doch nicht heißen, daß Sie mich verraten wollen?“ rief ich aus. „Zweimal zwanzig Pfund sollen Sie haben, sobald ich in Frankreich lande, ich gebe Ihnen mein Ehrenwort darauf!“

Doch sie schüttelten nur die Köpfe. Ich bat, ich flehte, ich sprach von der englischen Gastfreundschaft, von der Kameradschaft tapferer Männer – alles umsonst! Ja, ich hätte mich ebenso gut an die beiden hölzernen Keulen wenden können, die da vor mir standen; denn auf ihren Gesichtern war auch nicht die geringste Spur von Mitleid zu lesen.

„Geschäft bleibt Geschäft“, wiederholte der Alte, „und wie könnte übrigens der da nächsten Mittwoch zu den Rennen gehen, wenn’s ’rauskäme, daß er einen Kriegsgefangenen hat entwischen lassen? Nein, nein, so ’was wird nicht riskiert.“

Das war also alles, was ich mit aller Arbeit und Mühe gewonnen hatte! Ich sollte wie ein armes, dummes Schaf, das durch die Hürden gebrochen ist, wieder zurückbefördert werden! Nein, so etwas durfte nicht geschehen, so lange ich es hindern konnte! Ich hatte genug gehört, um zu wissen, was die schwache Seite dieser Leute war, und wollte ihnen nun beweisen, daß Etienne Gérard am furchtbarsten war, wenn ihn alle Hoffnung zu verlassen schien. Mit einem einzigen Satze war ich bei den Keulen, riß eine an mich und schwang sie drohend über dem Haupte des kleinen Herkules.

„So tun Sie, was Sie nicht lassen können“, rief ich, „aber ich will Ihnen wenigstens für Mittwoch das Spiel verderben.“

Der Bursche stieß einen Fluch ans und machte Miene, sich auf mich zu stürzen; aber sein Lehrer umschlang ihn mit den Armen und drückte ihn auf einen Stuhl nieder, indem er mit lauter Stimme schrie:

„Nichts da! Ich will Dich wohl lehren, Junge!“ Und zu mir gewendet: „Laufen Sie, laufen Sie, Franzoschen! Zeigen Sie den Rücken! Schnell, schnell, sonst kommt er los!“

Das ließ ich mir nicht zweimal sagen und rannte zur Türe hinaus. Aber kaum fühlte ich die frische Luft an meiner Stirne, so überfiel mich ein Schwindel, ich mußte mich anlehnen, um nicht zu fallen. Was hatte ich aber alles auch durchgemacht! War es denn ein Wunder, daß sogar ich, nach den Entbehrungen und Anstrengungen der letzten Tage an den Grenzen meiner Kraft angelangt war?

Da stand ich nun mit meinem schweren Rock und dem zerstoßenen Tschako, der Kopf war mir vornüber gesunken, die Augen fielen mir zu. Ich hatte getan, was ich konnte. Nun ging es nicht mehr. – Endlich ließ mich das Geräusch von Pferdehufen aufschauen, und da gewahrte ich den graubärtigen Gouverneur von Dartmoor, der mit sechs berittenen Soldaten keine zehn Schritte von mir hielt!

„So, so, Oberst“, sagte er bitter lächelnd, „da hätten wir Sie ja wieder.“

Wenn der tapfere Soldat sein möglichstes getan hat und ist dennoch unterlegen, dann ist die Art und Weise, wie er sich ergibt, der Gradmesser seiner Bildung, und ich, ich zog den Brief, den ich in der Tasche hatte, hervor, tat einige Schritte vorwärts und überreichte ihn dem Gouverneur mit vollendetem Anstand.

„Ich bedauere, mein Herr, daß ich genötigt war, einen Ihrer Briefe aufzuhalten.“

Er sah verwundert auf mich nieder und winkte den Soldaten, mich festzunehmen. Dann erbrach er das Siegel, und sein Gesicht nahm einen seltsamen Ausdruck an.

„Das muß der Brief sein, den Sir Charles Meredith verloren hat“, bemerkte er.

„Er befand sich in der Tasche seines Rockes.“

„Sie haben ihn zwei Tage mit sich herumgetragen?“

„Seit vorgestern abend.“

„Und nicht gelesen?“

Ich erwiderte nichts, ließ ihn aber deutlich fühlen, daß er eine Frage getan hatte, die ein Gentleman dem andern nicht vorlegt.

Zu meiner Überraschung brach er in ein schallendes Gelächter aus, und es bedurfte geraumer Zeit, ehe er sich wieder fassen konnte. Endlich wischte er sich die Tränen aus den Augen und sagte : „Nun, Oberst, Sie haben uns und sich selbst viel unnötige Mühe gemacht. Erlauben Sie mir, Ihnen den

Brief vorzulesen, den Sie auf Ihrer Flucht herumgetragen haben.“

Es wird Ihnen hierdurch bekannt gegeben, daß der Oberst Etienne Gérard von den dritten Husaren gegen den Oberst Mason von der Artillerie ausgewechselt worden und somit freizulassen ist.

Und jetzt fing er von neuem an zu lachen, und die Soldaten lachten, die beiden Männer aus der Hütte lachten – und ich? Nun, als ich diese allgemeine Heiterkeit vernahm, und alle meine Hoffnungen und Befürchtungen, meine Beschwerden und Gefahren nochmals vor mein Auge traten, was konnte ich da anders tun, als mich an die Mauer lehnen und herzlicher als alle lachen?

Und hatte ich etwa nicht den besten Grund dazu? Sah ich nicht vor mir mein liebes Frankreich, meine Mutter, den Kaiser, meine Husaren? Hinter mir aber das düstere Gefängnis und die schwere Hand des englischen Königs?

Wie der Brigadier gegen Millefleurs zog

Masséna war ein hagerer Mann mit mürrischem Gesicht, der das Unglück gehabt hatte, auf der Jagd ein Auge zu verlieren; aber dem anderen entging auf dem Schlachtfelde auch nicht das geringste, wenn es unter dem Dreispitz hervorlugte. Er mochte vor einem ganzen Bataillon Soldaten stehen und sah doch auf den ersten Blick, ob irgendwo eine Schnalle oder ein Knopf nicht in Ordnung war. Zwar war er weder bei den Offizieren noch bei der Mannschaft sonderlich beliebt, weil er ein gar so arger Geizhals war; galt es jedoch scharfe Arbeit, dann stellte er seinen Mann ganz vortrefflich, und deshalb hatten die Soldaten gewaltigen Respekt vor ihm und fochten am liebsten unter ihm, außer unter dem Kaiser selbst oder ehemals unter Lannes. Seine Hand legte sich damals um Zürich und um Genua mit demselben zähen Griff, mit welchem sie seine Geldsäcke umklammerte, und es bedurfte in der Tat eines sehr klugen Mannes, um sie dort oder hier zu öffnen.

Als ich den Befehl erhielt, mich in Massénas Hauptquartier zu melden, folgte ich sehr gern, denn ich war immer ein großer Liebling von ihm gewesen und wußte, daß er mich höher schätzte, als irgend einen meiner Kameraden. Ja, ja, jene alten Generäle kannten ihre Leute! Ich traf den Feldherrn allein in seinem Zelte; er hatte das Kinn in die Hand gestützt und sah so sorgenschwer aus, als hätte man ihn eben um eine milde Gabe angesprochen. Als er mich gewahrte, lächelte er jedoch.

„Guten Tag, Oberst Gérard!“

„Guten Tag, Marschall!“

„Wie steht's mit den dritten Husaren?“

„Siebenhundert Mann, die ihresgleichen suchen, auf ebensoviel vortrefflichen Pferden!“

„Und Sie selbst? Sind Ihre Wunden geheilt?"

„Die heilen nie, Marschall."

„Aber warum denn nicht?"

„Weil ich immer neue davontrage."

„Ja, ja, General Rapp muß nun auch auf seinen Lorbeeren ausruhen", bemerkte er lachend, während sein Gesicht sich in zahllose kleine Fältchen legte. „Hat einundzwanzig Wunden von den Kugeln des Feindes und ebenso viele von Larreys Messern und Sonden. Hatte erfahren, daß Sie auch verwundet waren, und habe Sie deshalb letzthin verschont."

„Das hat mir weher getan, als alle Wunden!"

„Nun, trösten Sie sich. Seit die Engländer Torres-Vedras zu Hilfe gekommen sind, hat's für uns wenig zu tun gegeben, und Sie haben während Ihrer Gefangenschaft in Dartmoor durchaus nichts versäumt. Aber nun geht's los."

„Vorrücken?"

„Nein, zurückrücken."

Mein Gesicht mußte ihm verraten, wie sehr mich diese Mitteilung wurmte. Was, wir sollten uns vor diesem Satanskerl, diesem Wellington, zurückziehen – vor ihm, der ein taubes Ohr gegen meine flehentlichen Bitten gehabt und mich in sein Nebelland geschickt hatte? Ich hätte vor Wut weinen können!

„Was wollen Sie?" meinte Masséna ungeduldig, „wer im Hintertreffen ist, muß –"

„Vorwärts gehen!" vollendete ich.

Er schüttelte den Graukopf. „'s geht nicht. Habe schon den General St. Croix eingebüßt und außerdem mehr Mannschaft, als ich ersetzen kann. Wiederum haben wir hier in Santarem sechs Monate gelegen, es gibt im Umkreise weder ein Pfund Mehl noch einen Krug Wein mehr. Wir müssen zurück."

„Aber in Lissabon gibt's Mehl und Wein!" beharrte ich.

„Ei, Oberst, meinen Sie denn, eine Armee sei so leicht versorgt, wie ein Regiment Ihrer Husaren? Nein, nein, wir können uns nicht halten. Ja, wenn Soult mit dreißigtausend Mann hier wäre! Aber der kommt nicht. Doch jetzt zu unserm Geschäft, Oberst. Ich habe Sie zu mir kommen lassen, um Ihnen kund zu geben, daß ich Sie an die Spitze eines seltsamen, höchst wichtigen Unternehmens zu stellen gedenke."

Ich spitzte die Ohren, wie Sie sich denken können. Der Marschall rollte eine Landkarte auf, breitete sie auf dem Tisch aus und strich sie mit seinen haarigen Händen glatt.

„Hier ist Santarem", sagte er, auf den Ort deutend.

Ich nickte.

„Und hier, fünfundzwanzig Meilen östlich, liegt Almeixal, berühmt durch seine Weinberge und sein großes Kloster."

Ich nickte wieder, konnte mir aber gar nicht denken, was nun eigentlich kommen würde.

„Haben Sie schon von Marschall Millefleurs gehört?"

„Ich habe unter allen Marschällen gedient, aber einen jenen Namens gibt es nicht", sagte ich.

„'s ist auch bloß ein Spitzname, den ihm die Soldaten gegeben haben", erklärte Masséna, „und wenn Sie nicht monatelang von uns weg gewesen wären, brauchte ich Ihnen nicht erst von ihm zu erzählen. Er ist ein Engländer von sehr guter Erziehung, dem sie wegen seiner Manieren jenen Titel beigelegt haben. Sie sollen zu diesem höflichen Manne hingehen."

„Zu Befehl, Marschall."

„Sollen ihn an den nächsten Baum aufhängen."

„Gewiß, Marschall."

Ich machte hurtig kehrt, aber der Marschall rief mich zurück, ehe ich das Zelt verlassen konnte.

„Einen Moment, Oberst. Ist wohl besser, Sie erfahren den Zusammenhang, bevor Sie sich auf den Weg machen. Millefleurs, oder eigentlich Alexis Morgan, ist ein Mann von großer Klugheit und Tapferkeit. Er war ehemals Offizier, hat aber den Abschied erhalten, weil sie ihn über falschem Spiel erwischt haben. Drauf ist er mit einer Schar englischer Deserteure ins Gebirg gezogen, es haben sich noch allerhand französische und portugiesische Strolche um ihn geschart, so daß er endlich an der Spitze von fünfhundert Mann stand. Mit dieser Bande hat er das Kloster Almeixal eingenommen, hat die Mönche ihres Wegs gehen heißen, die Gebäude befestigt und die ganze Gegend rundherum ausgeplündert."

„Dann ist es höchste Zeit, daß er gehängt wird", sagte ich

und eilte wieder dem Ausgang zu.

„Noch einen Augenblick!“ rief der Marschall, über meinen Eifer lächelnd. „Das Schlimmste kommt erst noch. Erst vergangene Woche ist die verwitwete Gräfin La Ronda, die reichste Frau in Spanien, auf einer Reise zu ihrem Enkel von diesen Räubern überfallen worden; man hält sie in der Abtei gefangen, und ihr einziger Schutz ist ihre –“

„Großmütterliche Würde“, warf ich ein.

„Ihre Fähigkeit, ein reiches Lösegeld zu zahlen“, sagte Masséna.

„Ihr Auftrag ist nun ein dreifacher: Sie sollen die unglückliche Dame befreien, den Schurken bestrafen und, wenn Sie können, das Räubergesindel auseinandersprengen. Ich kann Ihnen zu alledem allerdings nicht mehr als eine halbe Schwadron zur Verfügung stellen; daraus sehen Sie, welches Vertrauen ich in Sie setze.“

Meiner Treu! Ich traute kaum meinen Ohren. Hatte ich doch erwartet, wenigstens mein Regiment mitzubekommen!

„Würde Ihnen ja gern mehr geben“, fuhr er fort, „aber ich muß heute den Rückzug antreten, und bei einem Feind wie Wellington ist mir jeder Reitersmann von der größten Wichtigkeit. Nicht einen einzigen Mann mehr kann ich entbehren! Sehen Sie, was Sie tun können, und erstatten Sie mir spätestens morgen abend in Abrantes Bericht.“

Seine Worte enthielten zwar sehr viel Schmeichelhaftes für mich, aber das Ding war doch nicht so ganz einfach. Ich sollte eine Dame befreien, einen Engländer aufhängen und eine fünfhundert Kopf starte Räuberbande auseinandersprengen – und alles das mit fünfzig Mann! Nun, ja; aber diese fünfzig Mann waren doch Husaren von Conflans und hatten einen Etienne Gérard zum Anführer! Dieser Gedanke hatte mein Selbstvertrauen wieder hergestellt, als ich kaum in den warmen portugiesischen Sonnenschein hinausgetreten war, und ich begann mir schon die Frage vorzulegen, ob die Medaille, die ich eigentlich schon längst verdient hatte, wohl in Almeixal meiner wartete.

Mes amis! Sie können sich wohl denken, daß ich bei der Auswahl meiner fünfzig Husaren äußerst vorsichtig zu Werke ging. Lauter ältere Soldaten, die sich in den Kriegen schon bewährt hatten. Oudin und Papilette, zwei der tüchtigsten Unteroffiziere des Regimentes, führten sie an. Wie schlug mir das Herz vor Freude, als ich diese frischen Jungen in ihren silbergrauen Uniformen auf ihren Pferden mit den Schabracken aus Leopardenfellen so vor mir halten sah! Der Anblick der wetterharten Gesichter mit den großen Schnurrbärten entflammte meinen Mut aufs höchste, und ich bin fest überzeugt, die Leute waren von ähnlichen Gefühlen beseelt, als sie ihren Oberst auf seinem großen schwarzen Schlachtrosse an der Spitze des Zuges dahinreiten sahen.

Nachdem das Lager hinter uns lag und wir den Tajo überschritten hatten, sandte ich Vorposten und Plänkler aus, während ich selbst bei der Hauptmacht blieb. Nun noch einen Blick zurück auf Massénas Heer! Das Hin- und Herwogen der dunklen Reihen mit den blitzenden Säbeln und Bajonetten deutete an, daß er die Regimenter bereits zum Rückzug ordnete. Nach Süden zu hier und da die roten Röcke englischer Vorposten und dahinter die graue Rauchwolke aus Wellingtons Lager – dicker, fetter Rauch, der bei unsern hungrigen Soldaten Erinnerungen an wohlgefüllte dampfende Feldkessel wachrief. Im Westen endlich schimmerte ein Streifen des Ozeans mit den weißen Segeln englischer Fahrzeuge. Nun ließen wir zwar die beiden Heere immer weiter hinter uns zurück, die Gegend wurde jedoch von unsern eigenen Marodeuren und englischen Patrouillen so unsicher gemacht, daß unsre kleine Schar nicht vorsichtig genug sein konnte. Den ganzen Tag ritten wir an einer öden Gebirgskette dahin, an deren Fuß Weinstöcke grünten; weiter hinauf verwandelte sich jedoch das Grün in Grau, und der Kamm hob sich am Horizont scharf, wie der Rücken eines halbverhungerten Gaules ab.

Kleine Gebirgsbäche, die dem Tajo zueilten, kreuzten unsern Pfad; einmal kamen wir an einen großen reißenden Fluß, der unsern Weg gehemmt haben würde, hätte ich nicht erforscht, wo an den Ufern Häuser einander gegenüber gebaut worden waren – denn dazwischen befindet sich stets eine Furt, wie jeder Soldat wissen sollte. Wen hätten wir auch hier um

Auskunft befragen können, wo außer Scharen von Krähen kein lebendes Wesen zu sehen war?

Als die Sonne zur Rüste ging, gelangten wir in ein Tal, das zu beiden Seiten von riesigen Eichen eingesäumt war. Nun konnten wir von Almeixal nicht mehr weit sein, und ich hielt es deshalb für das beste, unter den Bäumen hinzureiten, denn das Laubwerk war bereits dicht genug, um uns Deckung zu geben. Plötzlich sprengte einer der Plänkler heran und meldete salutierend : „Engländer auf der anderen Seite des Tales drüben, Oberst!"

„Kavallerie oder Infanterie?"

„Dragoner, Oberst; ich habe ihre Helme gesehen und ein Pferd wiehern hören."

Ich ließ halt machen und eilte an den Rand des Gehölzes. Der Mann hatte recht – eine Abteilung englischer Reiterei ritt in derselben Richtung mit uns dahin. Sah ich doch ihre roten Röcke und blitzenden Waffen hier und da durch das Gebüsch leuchten, und jetzt, als sie über einen kleinen Aushau ritten, konnte ich die ganze Schar überblicken. Es mochten ihrer wohl ungefähr so viel wie wir selbst sein – höchstens eine halbe Schwadron.

Sie haben nun schon so mancherlei von meinen Abenteuern gehört und werden zugeben, daß ich sowohl in meinen Entschließungen als auch in der Ausführung derselben sehr rasch bin. Aber jetzt war ich doch nicht gleich ganz schlüssig. Bot sich mir hier nicht die beste Gelegenheit zu einem hübschen kleinen Gefecht mit den Engländern? Aber ich hatte ja jenen Befehl in bezug auf das Kloster Almeixal, der eigentlich meine Kraft schon weit überstieg, und es lag klar auf der Hand, daß es mir gänzlich unmöglich sein würde, ihn auszuführen, wenn ich noch Leute einbüßte. Während ich, das Kinn in die Hand gestützt, noch so grübelte, sah ich, wie plötzlich einer der Rotröcke ans der Deckung herausritt und auf mich deutete.

Dazu stieß er ein schallendes „Hurra, Hallo" aus, wie es der Jäger tut, der den Fuchs vor sich sieht. Jetzt sprengten drei andere zu ihm heran, und der eine von ihnen, ein Hornist, gab ein Signal, worauf die ganze Schar erschien. Die halbe

Schwadron – meine Schätzung erwies sich als richtig – stellte sich nun in zwei Reihen von je fünfundzwanzig Mann auf, und der Offizier, derselbe, welcher mich vorhin mit seinem Jagdruf begrüßt hatte, übernahm die Führung.

Aber ich hatte auch keine Zeit verloren, sondern meine Leute schleunigst in derselben Weise aufgestellt, so daß wir uns nun, Husaren und Dragoner, nur durch eine etwa zweihundert Meter breite Grasfläche getrennt, einander gegenüber standen. Man muß gestehen, sie sahen nicht übel aus, jene Engländer mit ihren roten Röcken, weißen Federbüschen und blitzenden Säbeln! Ob aber sie wiederum jemals prächtigere leichte Reiterei gesehen hatten, als diese fünfzig Husaren ihnen gegenüber? Allerdings waren sie von kräftigerem Wuchs als wir und sahen vielleicht nach etwas mehr aus, denn Wellington hielt darauf, daß alles, was an ihrer Uniform von Metall war, glänzend poliert wurde, was bei uns nicht Sitte war. Dagegen ist ja bekannt, daß ihre Röcke zu eng waren, um ihnen bei der Handhabung des Säbels freie Bewegung zu lassen, und dieser Umstand sprach sehr zu unsern Gunsten. Wer die Tapfersten von beiden waren? Nun, jede Nation weist törichte und unerfahrene Leute in Menge auf, die da behaupten, ihren Soldaten gerade gebühre dieser Ruhm. Wer aber so viel herumgekommen ist wie ich, der weiß recht wohl, daß jedes Heer seine Pflicht nach Kräften tut – allerdings zeigen die Franzosen etwas mehr Mut als andere.

Nun, wie gesagt, der Kork war gezogen und die Gläser standen bereit. Da erhob der Offizier drüben plötzlich seinen Säbel gegen mich wie zur Herausforderung und kam über die Grasfläche leicht auf mich zu galoppiert. Auf mein Wort, ich kenne keinen schöneren Anblick als einen ritterlichen Reitersmann auf edlem Roß! Und dieser da entzückte mich so, daß ich mein Auge kaum von ihm abwenden konnte. Aber mit welch ungekünstelter Anmut kam er auch jetzt mit zurückgeworfenem Haupte herangetänzelt! Der Säbel lag an der Schulter seines Pferdes, die weiße Feder nickte auf und nieder. Fürwahr, eine Verkörperung von Jugend, Kraft und Mut! Aber ich durfte nicht nur schauen und müßig bleiben; Etienne Gérard mag seine Fehler haben, aber zu seiner Pflicht läßt er sich nicht antreiben! Mein kluges Pferd Rataplan wußte das so genau, daß es losgesprengt war, ehe ich ihm nur das Zeichen dazu gegeben hatte.

Zwei Dinge gibt es auf der Welt, die sich meinem Gedächtnis so treu einprägen, daß ich sie nicht so leicht wieder vergesse – ein liebliches Frauenantlitz und ein Paar schöner Pferdefüße. Und so geschah es denn, daß ich jetzt, als wir aufeinander zuritten, mir die Frage vorlegte: Wo in aller Welt hast Du nur diese prächtigen Schultern, diese schlanken Beine schon gesehen? Und plötzlich kam mir die Erinnerung zurück, ich betrachtete mir nochmals das kühne Auge, dieses herausfordernde Lächeln des Reiters, und wem meinen Sie wohl, daß sie angehörten? Nun, wem wohl sonst, als dem Mann, der mich aus den Händen der Räuber gerettet hatte, der mit mir um meine Freiheit gespielt – ihm, dessen genauer Titel „Milord, the Hon. Sir Russel Bart“ war ?

„Bart!“ schrie ich laut auf.

Er hatte schon den Arm zum Streich erhoben und dabei mehr als die Hälfte seines Körpers bloßgestellt, denn er verstand nicht allzuviel vom Gebrauch des Säbels – nun aber stutzte er und schaute mich an.

„Heda“, sagte er endlich, „das ist ja der Gérard!“ Seine Worte klangen so ruhig, als hätten wir verabredet gehabt, uns hier zu treffen; aber ich, ich hätte ihn umarmt, wäre er mir nur einen einzigen Schritt entgegengekommen.

„Wer hätte gedacht, daß Sie es wären; hatte mich schon auf ein Abenteuer gefaßt gemacht!“

Ich kann nicht gerade sagen, daß seine Enttäuschung mich angenehm berührt hätte; ich hatte gehofft, er würde sich freuen, einen Freund wiederzusehen, und statt dessen bedauerte er, keinen Feind vor sich zu haben.

„Wäre mit Vergnügen der zweite bei Ihrem Sport gewesen, mein lieber Bart“, sagte ich, „aber Sie sehen doch selbst ein, daß ich unmöglich die Spitze meines Säbels gegen einen Mann richten kann, der mir das Leben gerettet hat.“

„Pah, lassen Sie das doch gut sein!“

„Nein, es ist unmöglich, ich würde nie wieder ruhig werden.“

„Sie schätzen den kleinen Dienst zu hoch.“

„Es ist der heißeste Wunsch meiner Mutter, Ihnen dafür zu danken, wenn Sie je in die Gascogne kommen sollten."

„Lord Wellington geht mit sechzigtausend Mann dahin."

„Nun, dann hat doch einer von ihnen wenigstens die Chance, am Leben zu bleiben", sagte ich lachend, „aber stecken Sie nur inzwischen Ihren Säbel in die Scheide!"

Unsere Pferde standen jetzt ganz nahe beisammen; der Bart streckte seine Hand aus und klopfte mir auf das Knie.

„Ihr seid ein guter Kerl, Gérard; wenn Sie doch auf der richtigen Seite des Kanals geboren wären!"

„Das bin ich ja!"

„Armer Teufel!" antwortete er in einem Tone so aufrichtigen Mitleids, daß ich nicht umhin konnte, von neuem zu lachen.

„Nun ja", fuhr er fort, „darüber läßt sich viel sagen; aber sehen Sie, Gérard, so ganz richtig ist's jetzt doch nicht mit uns beiden. Ich weiß zwar nicht, wie Masséna diese Geschichte auffassen würde; aber unser General würde aus seinen Reiterstiefeln fahren, wenn er uns hier sehen könnte. Sind doch nicht zu einem Picknick ausgeschickt worden!"

„Nun ja, so schlagen Sie etwas vor!"

„Sie erinnern sich doch noch an unsern kleinen Streit über Husaren und Dragoner! Nun sehen Sie, jeder von uns hat fünfzig wackere Jungen, die sich vor Ungeduld nicht zu fassen wissen. Wie wäre es mit einem hübschen Gefecht gegeneinander – natürlich ohne daß wir beide uns zu nahe kämen? Mich dünkt, ein kleiner Aderlaß wäre nicht vom Übel in diesem Klima!"

Das schien mir eine so gute Idee zu sein, daß für den Augenblick Alexis Morgan, die Gräfin La Ronda, sowie das Kloster Almeixal vollständig aus meinem Kopfe hinausspazierten, und nur die schöne, ebene Grasfläche mit dem netten Gefecht darauf drin Platz hatte.

„Gewiß, Bart!" stimmte ich bei. „Die Vorderseite Ihrer Dragoner hätten wir zur Genüge gesehen, bleibt noch die Kehrseite übrig!"

„Wetten?" forschte er.

„Als Einsatz nichts weniger als die Ehre der Husaren von Conflans!"

„Abgemacht!“ sagte er. „ Siegen wir, nun gut – ist das Glück Ihnen aber hold, dann um so besser für den Marschall Millefleurs!“

Ich sah ihn erstaunt an. „Warum denn für den Marschall Millefleurs?“

„Das ist der Name eines Schurken, der irgendwo hier herum haust. Meine Dragoner sind von Lord Wellington abgeschickt worden, um ihn aufzuhängen.“

„Meiner Treu!“ rief ich, „ich habe mit meinen Husaren von Masséna denselben Befehl erhalten!“

Jetzt lachten wir beide herzlich und steckten die Säbel in die Scheiden. Lautes Gerassel hinter uns bekundete, daß unsere Leute diesem Beispiel folgten.

„So sind wir ja Verbündete“, rief Russel aus, „Verbündete für einen ganzen Tag! Wir müssen uns zusammentun!“

Und so wurde aus unserem Gefecht nichts; wir ließen die beiden Trupps abschwenken und zogen zusammen das Tal entlang, wobei die Leute einander wie die Kampfhähne vom Kopf bis zu den Füßen musterten. Die meisten faßten die Sachlage mit Humor auf, aber man sah auch auf beiden Seiten finstere, drohende Gesichter, besonders bei dem englischen Sergeanten und bei meinem Unteroffizier Papilette. Beide waren Gewohnheitsmenschen, die ihre Denkungsweise nicht sofort ändern konnten, und dazu kam, daß Papilette seinen einzigen Bruder bei Busaco verloren hatte. Wir beide aber ritten einträchtig voran und plauderten von allerhand, was wir seit jener Partie Ecarté erlebt hatten.

Ich erzählte natürlich von meinem Abenteuer in England. Aber wie sonderbar doch die Engländer sind! Er wußte ganz gut, daß ich zwölf Feldzüge mitgemacht hatte, und doch schien es mir, als ob ihm meine Begegnung mit jenem englischen Wettläufer am wichtigsten dünkte. Er hingegen teilte mir mit, daß er vor dem Kriegsgericht angeklagt worden war, mit einem Gefangenen Karten gespielt zu haben. Man hatte ihn nun zwar einer Verletzung seiner Pflicht nicht für schuldig befunden; er hätte aber beinahe seinen Abschied bekommen, weil man der Ansicht war, daß er mit den Trümpfen nicht nach den Regeln des Spiels verfahren sei. Ja, ja, die Engländer sind doch ein wunderliches Volk!

Am Ausgang des Tales zog sich der Weg über eine Anhöhe hinweg, um sich dann in ein zweites, größeres Tal hinabzusenken. Hier ließen wir unsere Leute halt machen, denn gerade vor uns, kaum drei Meilen weit entfernt, erblickten wir die zerstreut liegenden Häuser eines alten Städtchens und auf der Berglehne darüber ein ungeheueres Gebäude. Das mußte die Abtei sein, in welcher jene Räuberbande hauste. Aber welche Aufgabe lag da vor uns! Dieser Ort war ja die reine Festung! Was in aller Welt sollte Kavallerie mit einem solchen Auftrage anfangen!

Der Bart teilte jedoch meine Bedenken nicht. „Was schert uns das?“ meinte er, „das mögen Wellington und Masséna unter sich ausmachen!“

„Mut!“ pflichtete ich ihm bei. „Hat doch Piré Leipzig mit fünfzig Husaren genommen!“

„Wären es Dragoner gewesen, so hätte es ebensogut Berlin sein können!“ versicherte der Bart lachend. Nun Gérard, Sie als der Älteste übernehmen die Führung, und dann wollen wir sehen, wer am ersten die Wimper zuckt.“

„Ist mir recht; aber nun hurtig, das Ding hat Eile. Der morgende Abend muß mich wieder in Abrantes sehen. Möchten uns wohl erst ein wenig über den Ort orientieren ? Halt, hier ist jemand, der uns vielleicht Auskunft geben kann!“

Am Wege stand ein weißgetünchtes Haus, dem grünen Kranz über der Tür nach eine Herberge für Maultiertreiber. Am Eingang hing eine Laterne, die ihren Schein auf zwei Männer warf, von denen der eine das braune Gewand des Kapuzinermönches trug, während der andere, seiner Schürze nach, der Wirt sein mußte. Die beiden waren so tief in ihre Unterhaltung versunken, daß sie uns erst gewahr wurden, als wir vor ihnen standen. Nun wollte der Wirt zwar schleunigst die Flucht ergreifen, aber einer der Engländer erwischte ihn am Schopf und hielt ihn fest.

„Gnade! Gnade!“ kreischte der Mann laut auf. „Franzosen und Engländer haben mir das ganze Haus ausgeplündert! Der Brigant hat mir alle Knochen im Leibe zerschlagen! Die heilige Jungfrau ist mein Zeuge, daß ich weder einen Bissen Brot noch einen Heller mehr habe, und der ehrwürdige Pater da, der auf meiner Schwelle verhungern muß, wird Ihnen dasselbe sagen."

Jetzt fiel der Kapuziner im vortrefflichsten Französisch ein : „Dieser biedere Mann redet die volle Wahrheit. Auch er ist diesem grausamen Krieg zum Opfer gefallen, wenn auch sein Verlust im Vergleich zu dem meinigen sehr gering ist. Lassen Sie ihn los!" fügte er auf Englisch zu dem Dragoner gewendet hinzu, „er vermag nicht zu entfliehen, selbst wenn er wollte; er ist allzu schwach."

Der Tausend, was für ein schöner Mann dieser Mönch doch war! Groß, daß seine Kapuze bis an Rataplans Ohren reichte, von brauner Gesichtsfarbe, dunklem Haar und prächtigem Bart. Wohl sah man seiner Miene an, daß er durch schweres Leid gegangen war, aber seine Haltung war die eines Königs geblieben, und wie es um seine Bildung bestellt war, nun, das zeigte ja am allerbesten die Art und Weise, wie er unsere Sprachen beherrschte.

„Sie haben nichts zu befürchten, lieber Mann!" beruhigte ich den zitternden Wirt. „Sie aber, ehrwürdiger Pater, sind, wenn mich nicht alles täuscht, gerade der rechte Mann, um uns Auskunft zu geben!"

„Ich stehe Ihnen ganz zu Diensten, mein Sohn! Aber", fuhr er mit schwachem Lächeln fort, „wir haben jetzt Fastenzeit, und dieses Jahr ist meine Fastenspeise so beschaffen, daß ich Sie bitten muß, mir ein Rindchen Brot zu reichen, damit ich auf Ihre Fragen zu antworten vermag."

Nun waren wir auf zwei Tage mit Proviant versehen, so daß ich den bescheidenen Bitten des Mannes willfahren konnte. Mit wahrem Heißhunger machte er sich über das Stückchen Ziegenfleisch her, das ich ihm anbieten konnte.

„Die Zeit drängt, lassen Sie uns zur Sache kommen", begann ich. „Wir möchten Ihre Ansicht hören, wie der Abtei dort drüben am besten beizukommen ist, und vielleicht können Sie uns auch einiges über die Gewohnheiten der Schurken mitteilen, die jetzt drin hausen."

Er stieß einige Worte in einer Sprache aus, die ich für Latein hielt, faltete die Hände und blickte nach oben. „Das

Gebet des Gerechten vermag viel", begann er, „und dennoch habe ich nicht zu hoffen gewagt, daß mein heißes Flehen so schnell erhört werden würde. Sie sehen in mir den unglücklichen Abt von Almeixal vor sich, den der Abschaum von drei Armeen samt ihrem ketzerischen Anführer weggejagt hat. O, bedenken Sie, was ich verloren habe!" Jetzt versagte ihm die Stimme und Tränen hingen an seinen Augenwimpern.

„Fassen Sie Mut!" tröstete der Bart. „Ich wette neun gegen vier, daß wir Sie vor morgen abend wieder hineingebracht haben."

„Es ist mir nicht um mich selbst zu tun", fuhr der Abt fort, „ja, nicht einmal um meine arme, zerstreute Herde, aber die heiligen Reliquien sind in Gefahr, in die ruchlosen Hände dieser Räuber zu fallen."

„Wette, daß die drin sich an derlei nicht vergreifen werden", warf der Bart dazwischen, „aber zeigen Sie uns nur den Weg, und wir wollen den Ort bald für Sie gesäubert haben!"

Der gute Abt gab uns bereitwilligst alle Auskunft, die wir nur wünschen konnten, aber seine Worte klangen wenig tröstlich. Waren doch die Klostermauern vierzig Fuß hoch, die unteren Fenster mit Eisengittern und das ganze Gebäude mit zahlreichen Schießscharten versehen. Die ganze Bande war vortrefflich einexerziert, und der Wachen gab es so viele, daß wir sie unmöglich überrumpeln konnten. Wie gesagt, ein Bataillon Grenadiere und ein paar Sprenggeschosse wären hier besser am Platze gewesen als wir. Ich zog die Augenbrauen in die Höhe, der Bart fing zu pfeifen an.

Die Mannschaft war inzwischen abgestiegen, hatte die Pferde getränkt und aß nun ihr Abendbrot, während ich mit dem Bart und dem Abt in die Gaststube ging, um die Sache noch weiter zu besprechen. Ich hatte noch etwas Kognak in meiner Feldflasche, den ich unter uns drei verteilte – freilich war es eben nur genug, um unsere Bärte naß zu machen. Darauf begann ich, ihnen meinen Plan klarzulegen.

„Ich glaube nicht", sagte ich, „daß dieses Lumpengesindel eine Ahnung von unserer Anwesenheit hier hat, denn ich habe keine Spur von einer Patrouille unterwegs gesehen. Mein Vorschlag ist: wir verbergen uns in einem Gehölz in der Nähe, und sobald sie früh die Tore öffnen, stürmen wir vor und überfallen sie.“

Der Bart stimmte mir bei, aber der Abt machte uns doch auf einige Schwierigkeiten aufmerksam.

„Ich fürchte, mein Sohn, Ihr vortrefflicher Plan wird an der Wachsamkeit ihrer Kundschafter scheitern. Ausgenommen in der Stadt selbst würde wohl schwerlich ein passender Ort für Sie und Ihre Leute zu finden sein, und den Städtern ist nicht zu trauen!“

„Und doch bleibt mir nichts anderes übrig“, versetzte ich, „Husaren von Conflans sind nicht so dick gesät, daß ich es verantworten könnte, mit fünfzig derselben eine vierzig Fuß hohe Mauer erstürmen zu wollen, welche durch fünfhundert Mann Infanterie verteidigt wird.“

„Ich bin zwar ein Mann des Friedens“, begann jetzt der Abt, „aber ich wüßte einen Rat für Sie. Habe ich doch genügend Gelegenheit gehabt, diese Bösewichter und ihre Gewohnheiten kennen zu lernen. Einen vollen Monat schon weile ich hier an diesem einsamen Orte und schaue wehmütigen Herzens nach der Abtei hinüber, die einst mein eigen war. Lassen Sie sich sagen, was ich an Ihrer Stelle tun würde.“

„O, sprechen Sie, Pater!“ riefen wir einmütig.

„Nun, ich habe bemerkt, daß bisweilen ganze Trupps von Deserteuren mit ihren Waffen hineinkommen. Warum sollten Sie sich nicht ebenfalls für eine solche Schar ausgeben und auf gleiche Weise hineinzugelangen suchen?“

Das war ja ein vortrefflicher, einfacher Plan! Voller Freude umarmte ich den guten Mann; aber der Bart machte allerhand Einwendungen.

„Das klingt wohl recht schön“, meinte er, „aber Sie glauben doch nicht im Ernst, daß die darin so dumm sind, hundert bewaffnete Fremdlinge in ihre Falle zu lassen? Nach allem, was ich von diesem Marschall Millefleurs oder Alexander Morgan oder wie der Kerl sonst heißen mag, gehört habe, hat er mehr Verstand.“

Ich sah ein, daß er nicht unrecht hatte, aber ich fand bald einen Ausweg.

„So wollen wir nur fünfzig hineinschicken, und die mögen

dann, sobald der Tag graut, die Tore für die übrigen öffnen."

Nun entspann sich noch eine längere Debatte; denn wir gingen mit Scharfsinn und Vorsicht zu Werke. Ja, Masséna und Wellington selbst hätten die Sache nicht reiflicher erwägen können als wir zwei Offiziere der leichten Reiterei. Endlich waren wir zu einem Entschluß gekommen: einer von uns beiden sollte mit fünfzig Mann unter dem Vorwand, Deserteure zu sein, hineingehen und mit dem frühesten die Tore für die anderen öffnen. Nun war zwar der Abt der Ansicht, daß es nicht ratsam sei, unsere Macht zu teilen; als er aber sah, daß wir beide derselben Meinung waren, zuckte er mit den Schultern und erklärte sich einverstanden.

„Sagen Sie mir nur noch das eine", bat er, „was werden Sie denn mit diesem Teufelskerl, dem Marschall Miilefleurs, anfangen, wenn Sie ihn gefangen haben?"

„Aufhängen!"

„Das ist noch ein zu leichter Tod für ihn", rief der Kapuziner aus, während seine Augen vor Rachsucht funkelten. „Ginge es nach mir – aber o! Darf ein Diener Gottes solche Gedanken hegen?" Damit schlug er sich vor die Stirn, wie jemand, den der Kummer beinahe seines Verstandes beraubt hat, und eilte hinaus.

Jetzt gab es für uns noch einen wichtigen Punkt zu entscheiden: sollten die Engländer oder die Franzosen die Ehre haben, zuerst in die Abtei einzuziehen? Meiner Treu, es kam einem Etienne Gérard schwer an, jetzt vor irgend einem Manne zurückstehen zu sollen! Als aber der arme Bart so flehentlich bat und an die vierundsiebenzig Gefechte erinnerte, die ich im Gegensatze zu seinen wenigen Scharmützeln schon gesehen hatte, da willigte ich endlich ein, daß er gehen sollte. Eben waren wir darüber, diese Abmachung durch einen Handschlag zu besiegeln, als wir draußen vor dem Wirtshause so lautes Fluchen und Kreischen vernahmen, daß wir mit dem blanken Säbel in der Hand hinausstürzten, denn wir meinten nichts anders, als die Räuber hätten uns überfallen.

Oh, was für ein Bild bot sich uns im Scheine der Laterne dar! Wohl zwanzig unserer Husaren und Dragoner waren handgemein geworden, und das bunte Gewimmel von blauen und roten Röcken, Tschakos und Helmen pufften und knufften einander nach Herzenslust. Wir stürzten uns auf sie und zerrten hier an einem Kragen, dort an einem Stiefelsporn, bis wir sie endlich getrennt hatten. Nun standen sie erhitzt und blutend da und keuchten wie die Rennpferde. Aber trotzdem maßen sie sich mit feindseligen Blicken und würden sicher den Kampf von neuem begonnen haben, wenn unsere blanken Säbel nicht gewesen wären. Während der ganzen Zeit stand der arme Kapuziner in der Türe, rang die Hände und rief alle Heiligen um Hilfe an.

Wie ich auf meine Nachforschungen erfuhr, war er allein die allerdings unschuldige Ursache des bösen Auftrittes gewesen, indem er an den Sergeanten herangetreten war und bemerkt hatte, es sei doch recht schade, daß seine Schwadron in bezug auf Tüchtigkeit nicht an die Franzosen heranreiche. Wie hätte der gute Mann auch wissen können, wie der Soldat über dergleichen Punkte denkt! Nun, kaum waren jene Worte seinem Munde entschlüpft, so hatte einer der Dragoner den zunächst stehenden Husaren niedergeworfen, und bald war die allgemeine Rauferei fertig gewesen. Nach dieser Erfahrung mochten wir unsere Leute nicht mehr beisammen lassen, sondern der Bart stellte seine Soldaten vor dem Wirtshause auf, und ich ließ die meinigen nach hinten zu marschieren. Und hier trat wieder die Eigentümlichkeit der beiden Nationen klar zutage; denn während die Engländer dem Befehl stumm und mit finsterer Miene nachkamen, ballten meine Jungen die Faust und räsonnierten.

Nun hielten wir es für das beste, den einmal gefaßten Plan so schnell wie möglich auszuführen, ehe uns ein neuer Zwischenfall hindernd in den Weg trat. Der Bart trennte die Tressen von seinen Ärmeln, entfernte Schärpe und Kragen, bis er von einem einfachen Soldaten nicht mehr zu unterscheiden war, und ritt mit seinen Leuten davon. Er hatte ihnen zuvor auseinandergesetzt, was sie zu tun hatten; wenn sie auch nicht jubelten und die Waffen schwangen, wie die meinigen, so flößte mir doch der Ausdruck ihrer ruhigen, glattrasierten Gesichter Vertrauen ein. Natürlich hatten sie auch dafür gesorgt, daß sie wie entlaufene Soldaten ohne Zucht und Ordnung aus sahen. Ihre Röcke standen offen, Säbelscheiden und Helme waren mit Schmutz bedeckt und die Pferde schlecht aufgezäumt. Nach der Verabredung sollten sie morgen früh um sechs Uhr den Haupteingang zum Kloster öffnen und meine Husaren einlassen. Mein Sergeant Papilette folgte den Dahinreitenden in einiger Entfernung nach und kehrte nach Verlauf einer halben Stunde mit der Meldung zurück, daß man den Engländern nach einigem Hin- und Herreden, und nachdem man sie von innen heraus mit Laternen beleuchtet, den Eintritt gestattet hatte.

Soweit war alles geglückt. Der bewölkte Himmel und der feine Sprühregen waren mir sehr willkommen, denn sie gewährten uns einen gewissen Schutz vor der Gefahr, entdeckt zu werden. Ich schickte nun Patrouillen nach jeder Richtung hin aus, die uns bei einem etwaigen Überfalle warnten, andererseits aber verhindern sollten, daß auf irgend eine Weise, vielleicht durch einen Bauer, Kunde von uns ins Kloster gelangen konnte. Oudin und Papilette sollten sich im Dienst ablösen, während die übrigen bequemes Quartier auf einem großen Boden angewiesen bekamen. Nachdem ich selbst noch einmal die Runde gemacht und alles in Ordnung gefunden hatte, legte ich mich auf das Bett, das der Wirt für mich aufgestellt hatte, und fiel in einen tiefen Schlaf.

Mes amis, Sie haben gewiß schon meinen Namen als das Ideal eines Soldaten nennen hören, und zwar nicht nur von Freunden und Gönnern aus dieser kleinen Stadt, sondern auch von alten Offizieren, die Freud und Leid des Kriegslebens mit mir geteilt haben. Wahrhaftigkeit und Bescheidenheit zwingen mich jedoch zu dem Bekenntnis, daß ich jenen Titel nicht verdiene. Denn zwischen mir und Vollkommenheit stehen immerhin noch einige – wenn auch nicht viele – kleine Schwächen, von welchen andere in dem großen kaiserlichen Heere frei sein mochten. Von Tapferkeit will ich nicht reden, das überlasse ich meinen Kriegskameraden. Wenn wir in nächtlicher Stunde am Lagerfeuer saßen, da geschah es gar häufig, daß die Frage aufgeworfen wurde, wer wohl der Tapferste der „grande armeé“ sei; einige erklärten sich für Murat, andere für Lasalle, die dritten für Ney. Wurde ich um meine

Ansicht befragt, so zuckte ich die Schultern und lächelte. Was hätte ich auch anderes tun können? Meine Antwort wäre ja doch nur als Selbstüberhebung ausgelegt worden, obgleich jedermann am besten wissen muß, was in ihm steckt, und Tatsachen für sich selbst reden. Ja, für den guten Soldaten ist's mit Tapferkeit aber noch nicht genug – der muß vor allem auch einen leichten Schlaf haben. Und der geht mir ab; schon als Knabe war ich immer schwer zu wecken, und in dieser Nacht sollte ich für meine Schwäche schwer zu büßen haben.

Es mochte wohl so gegen zwei Uhr nachts sein, da wachte ich mit dem Gefühl auf, daß ich ersticken müßte. Ich wollte rufen, konnte aber nicht, wollte aufspringen, vermochte aber nur um mich zu schlagen wie ein gelähmter Gaul. Füße, Knie und Hände waren mir mit Riemen zusammengebunden, meinen Mund verschloß eine feste Binde! Nur die Augen waren mir noch zu freier Bewegung geblieben, und die zeigten mir im Schein einer portugiesischen Lampe den Abt und den Wirt, die am Fußende meines Bettes standen!

Hatte ich in dem schwerfälligen, weißen Gesicht des letzteren am gestrigen Abend nur Beschränktheit und Entsetzen gelesen, so sprachen seine Züge jetzt deutlich von Grausamkeit und bestialischer Wildheit, ja, ich kann sagen, ich habe in meinem ganzen Leben nicht wieder ein so entsetzliches Antlitz gesehen. Auch entging mir nicht, daß seine kralligen Hände sich um ein langes, dunkles Messer schlossen. Der Abt dagegen war glatt und würdevoll wie vorher. Aber er hatte sein Mönchsgewand vorn geöffnet, und ich erblickte darunter einen schwarzen Rock, wie ich sie bei den englischen Offizieren gesehen hatte. Eben beugte er sich über mein Bett, da begegneten sich unsere Blicke, und nun lachte er belustigt in sich hinein, bis mein Lager knarrte.

„Entschuldigen Sie meine Heiterkeit, Oberst Gérard", sagte er endlich, „aber der Ausdruck Ihres Gesichtes war in dem Momente, da Sie die Situation erkannten, so komisch, daß ich mir nicht helfen konnte. Ich bezweifle durchaus nicht, daß Sie ein vortrefflicher Soldat sind, aber sehen Sie, im Scharfsinn können Sie es mit dem Marschall Millefleurs, wie mich Ihre Soldaten zu nennen belieben, doch noch nicht aufnehmen. Scheinen mir herzlich wenig Witz zugetraut zu haben, welcher Umstand nicht eben sehr zugunsten Ihrer eigenen geistigen Fähigkeiten spricht. Ja, ich möchte sagen, daß ich in der Tat niemand kenne, der für eine derartige Mission noch schlechter geeignet wäre als Sie – ausgenommen vielleicht meinen allzu hitzigen Landsmann, den Dragoner."

Sie können sich denken, was in mir vorging, und welche Sprache meine Blicke redeten, als ich diese unverschämten Beleidigungen anhören mußte, die er in seiner aalglatten, herablassenden Weise ausstieß. Erwidern konnte ich nichts, aber meine Mienen möchten ihnen wohl meine Wut verraten haben, denn der Bursche, der den Wirt gespielt hatte, flüsterte seinem Gefährten etwas zu.

„Nein nein, mein lieber Chenier, es wäre schade um sein Leben", entgegnete dieser. Und zu mir gewendet fuhr er fort : „'s war recht gut, Oberst, daß Sie sich eines so gesunden Schlafes erfreuen, denn mein Freund hier ist zuweilen etwas rauh, der hätte Ihnen gewiß die Kehle abgeschnitten, wenn Sie sich geregt hätten. Mit diesem Manne dürfen Sie's überhaupt nicht verderben, denn der Sergeant Chenier, ehemals von der kaiserlichen Infanterie, ist bei weitem mehr zu fürchten, als der Hauptmann Alexis Morgan."

Chenier drohte mir hohnlachend mit dem Messer, während ich mich begnügen mußte, in meinen Blicken die Verachtung auszudrücken, die ich vor einem Manne empfand, der so tief gesunken.

„Es wird Ihnen interessant sein, zu erfahren", fuhr jetzt der Marschall mit seiner verbindlichen, wohllautenden Weise fort, „daß Ihre beiden Expeditionen von Anfang an überwacht worden sind ; aber Sie müssen doch selbst eingestehen, daß wir dabei mit aller Diskretion verfahren sind. Sogar für Ihren Besuch in der Abtei waren bereits Vorbereitungen getroffen worden – allerdings hatten wir gehofft, die ganze Schwadron beherbergen zu dürfen. Haben sich die Pforten hinter unseren lieben Gästen einmal zugetan, so erblicken sich dieselben in einem reizenden, kleinen, mittelalterlichen Hof ohne alle weiteren Ausgänge, unter dem sicheren Schutze von fünfhundert ausgezeichneten Flinten. Wir lassen ihnen freie Wahl, ob sie niedergeschossen werden oder sich ergeben wollen. Ich glaube sicher, Ihre Verbündeten drin sind klug genug gewesen, sich für das letztere zu entscheiden. Aber vielleicht möchten Sie sich gerne mit Ihren eigenen Augen davon überzeugen? Wir werden Sie mit Vergnügen dahin geleiten, seien Sie versichert, Ihr Freund wird Sie mit einem ebenso langen Gesicht begrüßen, wie jetzt das Ihre ist!"

Aus der nun leise geführten Unterhaltung der beiden Patrone verstand ich, daß sie beratschlagten, auf welche Weise meine Patrouillen am besten zu umgehen sein würden.

„Ich denke, hinter der Scheune herum sind wir am sichersten", meinte der Marschall endlich. „Bleibt einstweilen hier, mein guter Chenier; wenn der Gefangene Umstände machen sollte, wißt Ihr ja, was Ihr zu tun habt!"

Nun befand ich mich mit dem gefährlichen Ausreißer allein. Der saß ganz gemächlich auf meinem Bettrande und schärfte im Schein der qualmenden Öllampe das Messer an seinem Stiefel. Daß ich in jener Stunde vor Verdruß und Selbstvorwürfen nicht wahnsinnig geworden bin, wundert mich heute noch. Da lag ich nun hilflos, ich konnte weder sprechen, noch einen Finger rühren. Ach, hätten doch meine fünfzig wackeren Jungen, die mir so nahe waren, gewußt, in welcher Bedrängnis sich ihr Oberst befand! Ein Gefangener war ich ja öfters schon gewesen, aber daß ich es jetzt durch so abtrünnige, elende Schurken geworden war, die mich überlistet hatten und mich nun im Triumph in ihren Schlupfwinkel schleppen wollten, das war mehr als ich ertragen konnte!

Ich versuchte, meine Hände und Füße ein wenig zu bewegen, aber umsonst; wer von den beiden mich auch gefesselt haben mochte, ein Stümper war er nicht gewesen. Und ebensowenig gelang es mir, das Tuch von meinem Munde zu entfernen, denn der Kerl schwang sein Messer mit einer so entsetzlichen Grimasse, daß ich es lassen mußte. Es half nichts, ich mußte mich vorläufig in mein Schicksal ergeben und stille halten. Ob ich wohl je Gelegenheit haben würde, dem mächtigen Stiernacken da vor mir eine hübsche Schlinge umzulegen? Diese Frage beschäftigte mich noch angelegentlich, als ich Schritte hörte, die draußen den Gang entlang auf die Türe zukamen. Nun, da kehrte er ja schon zurück, und mein Los war entschieden. Denn so viel mußte ich mir sagen: konnten mich diese beiden Kanaillen nicht in ihren sicheren Gewahrsam schleifen, so ermordeten sie mich auf der Stelle. Mir eins so lieb wie das andere! Von Trotz und Verachtung erfüllt, blickte ich nach der Türe. Aber was schauten da meine Augen, mes chairs amis? Nicht die hohe Gestalt und das höhnische Gesicht des Kapuziners, nein, die graue Uniform und den flotten Schnurrbart meines guten, kleinen Unteroffiziers Papilette! Der französische Soldat jener Zeit hatte zu viel erlebt, um je überrascht sein zu können. Kaum waren seine Augen auf meine gefesselte Gestalt und auf das finstere Gesicht neben mir gefallen, so war er Herr der Situation.

„Verwünschte Kanaille!" rief er und schwang den gewaltigen Säbel. Chenier machte Miene, sich mit dem Messer auf ihn zu stürzen, besann sich aber, schritt zurück und stieß nun wie besessen nach meiner Brust. Das Bubenstück gelang jedoch nicht, denn ich hatte mich auf der anderen Seite vom Lager heruntergewälzt, und die Klinge streifte meine Seite, ehe sie Zeit gehabt hatte, die Decke zu durchschneiden. Einen Moment später vernahm ich einen schweren Fall, und fast gleichzeitig schlug ein zweiter Gegenstand auf den Boden auf – ein leichterer, aber härterer Gegenstand, welcher unter das Bett rollte. Aber genug, liebe Freunde, ich darf Sie nicht erschrecken. Papilette war der beste Degen im ganzen Regiment, und sein Säbel war gewichtig und scharf. Es hinterließ einen roten Fleck auf meinen Händen und Füßen, als er mir die Bande löste, die mich fesselten.

Der erste Gebrauch, den ich von meiner Freiheit machte, war, daß ich die narbenbedeckten Wangen meines Retters küßte. Dann jedoch erkundigte ich mich, wie es mit meinen Leuten stand. Nun, da war alles in Ordnung. Er war eben von Qudin abgelöst worden und war gekommen, um mir Bericht abzustatten. Vom Abt hatte er nichts gesehen. Wir beschlossen, sogleich einen Kordon zu ziehen, damit er uns nicht entwischen konnte, und ich ging hinaus, um Befehl dazu zu erteilen. Da hörte ich, wie jemand bedächtigen Schrittes zur Türe hereintrat und die knarrende Treppe emporstieg.

Und wiederum war Papilette sogleich orientiert. Aber ich flüsterte ihm zu: „Töte ihn nicht!“ schob ihn in den Schatten der Türe und verbarg mich selbst. Kaum aber hatte des Marschalls Fuß die Schwelle übertreten, so fielen wir über ihn her, wie der Wolf über ein Reh. Dabei kamen wir alle drei zu Falle und kämpften auf dem Boden weiter. Ich muß sagen, wir hatten gewaltige Arbeit, denn der Mann focht wie ein Tiger. Dreimal gelang es ihm, aufzukommen, und dreimal warfen wir ihn wieder nieder, bis Papilette ihn endlich mit der Spitze seines Säbels bekannt machte. Nun sah er, daß das Spiel zu Ende war, und lag ganz still, während ich ihn mit denselben Riemen band, die meine eigenen Glieder gefesselt hatten.

„Ja, mein lieber Freund“, sprach ich dabei zu ihm, „jetzt beginnt ein neues Spiel; aber diesmal werden Sie finden, daß ich die meisten Trümpfe in der Hand habe.“

„Den Narren ist das Glück immer hold“, entgegnete er, „und ’s ist vielleicht auch ganz gut so, sonst würde die Welt bald gänzlich in den Händen der Gewitzigten sein. Ich sehe, Sie haben den Chenier getötet? Nun ja, war ein rebellischer Bursche und roch immer scheußlich nach Knoblauch. Aber haben Sie doch die Güte, mich auf das Bett zu legen! Der Boden in diesen portugiesischen Herbergen ist kein Lager für jemand, der an Sauberkeit gewöhnt ist.“

Das ganze Benehmen des Mannes nötigte mir Bewunderung ab. Obgleich das Glück ihm nun den Rücken gewendet hatte, verlor er doch seinen Gleichmut nicht für einen Augenblick, trug er noch immer jene unverschämte, herablassende Miene zur Schau. Während Papilette sich entfernte, um eine Wache zu holen, stand ich mit dem Säbel in der Hand neben unserem Gefangenen und konnte die Augen nicht von ihm abwenden; denn ich muß gestehen, seine Kühnheit und sein Scharfsinn flößten mir Respekt ein.

„Ich setze voraus, Ihre Leute werden mir eine geziemende Behandlung zuteil werden lassen“, bemerkte er.

„Ganz nach Ihrem Verdienst, verlassen Sie sich darauf!“

„Das ist recht. Vielleicht ist Ihnen neu, daß ich von hoher Geburt bin – ich kann den Namen meiner Eltern nicht nennen, ohne beide bloßzustellen. Zwar kann ich nicht fordern, daß man mir königliche Ehren erweise; aber ich habe das Vertrauen in Sie als Gentleman, daß es auch ohne dies geschieht. Die Fesseln drücken mich; dürfte ich Sie bitten, sie etwas zu lockern?"

„Scheinen mir nicht viel Verstand zuzutrauen", erwiderte ich darauf in seinen eigenen Worten.

„Beleidigt?" sagte er lächelnd. „Nun, hier sind Ihre Leute wieder, die Sache hat sich dadurch erledigt."

Ich ließ ihm die Mönchskutte abstreifen und befahl, ihn streng zu bewachen. Draußen graute schon der Morgen; es war hohe Zeit, zu überlegen, auf welche Weise ich dem armen Bart zu Hilfe kommen konnte, der ein Opfer dieses listigen Beraters geworden war. Auch jene alte Dame, die Gräfin La Ronda, fiel mir ein. Freilich, die Hoffnung, die Abtei einzunehmen, mußte ich nach allem, was ich über ihre Besatzung gehört hatte, vorläufig aufgeben – wenigstens wollte ich abwarten, wie sich die Männer drin zu der Kunde von dem Schicksal ihres Anführers stellen würden; hier mußte mit viel Vorsicht und Klugheit vorgegangen werden, so viel war sicher. – Sie sollen hören, Messieurs. wie kühn und gewandt ich verfuhr.

Noch war der Tag nicht völlig angebrochen, da wurde zum Abmarsch geblasen und wir trabten ins Tal hinab. Unsern Gefangenen hatten wir auf ein Pferd gesetzt und ließen ihn in unserer Mitte reiten. Bald gelangten wir an einen großen Baum, der sich etwas über Schußweite vom Haupteingang des Klosters befand, und hier machten wir halt. Nun wartete ich ab, ob sie wohl die Tore öffnen und auf uns schießen würden, um ihnen mit gleicher Münze heimzuzahlen – aber nein; sie standen auf der Mauer, spotteten unser und überschütteten uns mit einer Flut von Schimpfreden. Einige feuerten allerdings ihre Gewehre auf uns ab; als sie aber merkten, daß wir außerhalb ihres Bereiches waren, ließen sie ab, ihr Pulver zu verschwenden. Welch seltsames Gemisch von Uniformen aller Art! Da gab es Franzosen, Engländer, Portugiesen, Kavallerie, Infanterie, Artillerie, und alle ballten die Fäuste und nickten drohend mit den Köpfen nach uns hin. Aber der Tausend, wie schnell verstummte der Tumult, als unsere Schar sich jetzt öffnete, um ihnen zu zeigen, wen wir in unserer Mitte hatten! Einen Moment lang stand die ganze Rotte starr vor Schrecken, um dann in ein fürchterliches Wutgeheul auszubrechen – ja, wir gewahrten, wie manche gleich Tollhäuslern auf der Mauer umhertanzten. Welch wunderbare Persönlichkeit unser Gefangener doch sein mußte, um die Liebe einer solchen Bande in so hohem Maße zu gewinnen.

Ich hatte einen Strick aus der Herberge mitgebracht, und den schlangen wir jetzt um einen unteren Ast des Baumes. Dann trat Papilette an den Marschall heran und fragte mit spöttischer Höflichkeit: „Würden Sie mir wohl gestatten, Monsieur, Ihnen den Kragen abzunehmen?"

„Vorausgesetzt, Ihre Hände sind tadellos rein", lautete die Antwort, welche bei der ganzen Schwadron stürmische Heiterkeit hervorrief.

Nun hieß es, die Schlinge um den Hals des dem Tode Geweihten zu legen – erneutes Wehgeschrei von der Mauer her und darauffolgende Totenstille begleiteten diese Handlung. Dann plötzlich ein lautes Hornsignal, und drei Männer mit weißen, wehenden Tüchern in den Händen stürzten aus dem Tore. Ach, wie laut klopfte mir bei diesem Anblick das Herz vor Freude! Aber ich erheuchelte die größte Kaltblütigkeit, keinen einzigen Schritt tat ich ihnen entgegen, sondern wies nur meinen Trompeter an, gleichfalls ein weißes Tuch zu schwenken, worauf die drei Abgesandten auf uns zuliefen.

Indessen saß der Marschall immer noch gebunden mit der Schlinge um den Hals auf seinem Pferd und lächelte wie jemand, der sich recht herzlich langweilt, aber zu höflich ist, um es sich merken zu lassen. Fürwahr, ein seltsamer, beneidenswerter Mann!

Die kleine Gesandtschaft bestand aus einem wunderlichen Trio. Der erste war ein portugiesischer Infanterist in dunkler Uniform, der zweite ein französischer Jäger in Hellgrün, und der letzte ein riesiger englischer Artillerist in Blau mit Gold. Alle drei salutierten, aber der Franzose ergriff das Wort. „Siebenunddreißig englische Dragoner sind in unserer Gewalt", begann er, „und wir schwören Ihnen mit unserem heiligsten Eide, daß sie innerhalb fünf Minuten nach dem Tode unseres

Marschalls von den Mauern des Klosters herabhängen werden."

„Siebenunddreißig?" rief ich, „einundfünfzig habt ihr!"

„Vierzehn wurden niedergemacht, ehe wir ihnen zu Hilfe kommen konnten."

„Und der Offizier?"

„Der wollte seinen Degen nur mit seinem Leben zugleich hergeben. 's war nicht unsere Schuld!"

Ach, mein armer Bart! Nur zweimal hatten sich unsere Wege gekreuzt, und doch, wie lieb hatte ich ihn gewonnen! Um dieses einen Freundes willen sind mir die Engländer immer wert gewesen. Ja fürwahr, ein tapfererer Mann und eine schlechtere Hand am Schwert sind mir nie begegnet!

Natürlich hatte ich den Worten jener Schufte nicht gleich geglaubt. Papilette wurde mit einem von ihnen abgeschickt, kehrte jedoch mit der Meldung zurück, daß es nur zu wahr sei. Aber ich durfte mich meinem Kummer nicht überlassen, galt doch meine Pflicht jetzt den Lebenden.

„Wollt Ihr die siebenunddreißig Dragoner gegen euren Anführer freigeben?"

„Wir geben Euch zehn heraus!"

„Zieht ihn hoch!"

„Zwanzig!" brüllte der Jäger.

„Spart Eure Worte", sagte ich, „allons!"

„Alle!" schrie der Sprecher, als die Schlinge um des Marschalls Hals sich zuzuziehen begann.

„Mit Pferden und Waffen?"

Sie sahen, daß mit mir nicht zu spaßen war.

„Mit der ganzen Rüstung", bestätigte der Jäger mürrisch.

„Auch die Gräfin La Ronda?"

Damit stieß ich jedoch auf Widerstand. Kein Drohen meinerseits konnte sie zu einem solchen Schritte bewegen. Wir zogen den Strick an, wir führten das Pferd mit dem Marschall unter den Ast – wir hatten nichts mehr zu tun, als ihn schweben zu lassen – dann aber waren die Dragoner verloren, ja, wir waren beide gleich übel daran!

„Erlauben Sie mir eine Bemerkung", ließ sich jetzt der Marschall hören, „Sie setzen mich da der Gefahr aus, einen

Anfall von Bräune davonzutragen. Da Sie sich beide über diesen Punkt nicht einigen können, wäre es vielleicht ein glücklicher Gedanke, jene Dame selbst um ihre Meinung zu befragen; ich bin der festen Überzeugung, keiner von uns wird sie in ihren Neigungen beeinflussen wollen."

Das war ja eine ausgezeichnete Lösung, die ich mit Freuden begrüßte. Keine zehn Minuten waren vergangen, da stand die äußerst stattliche Dame auch schon vor uns. Graue Locken quollen unter der Mantilla hervor, und ihr Gesicht war so gelb, als strahle es den Schimmer der ungezählten Goldstücke ihres Reichtums wieder.

Die Freude des Wiedersehens verklärte die Züge des Marschalls, als er jetzt zu ihr sagte: „Diesem Herrn hier liegt sehr am Herzen, Dich an einen Ort zu geleiten, wo Du mein Antlitz nie mehr erblicken wirst. Er stellt Dir jedoch anheim, zu entscheiden, ob Du mit ihm gehen willst oder es vorziehst, auch ferner bei mir zu bleiben."

Sie trat ganz nahe an sein Pferd heran und rief mit bebender Stimme: „Alexis, mein Alexis, uns soll nichts scheiden!"

Er wendete mir sein hübsches Gesicht zu, und Spottlust blitzte aus seinen Augen.

„Ihnen ist ein kleiner Irrtum passiert, mein lieber Oberst. Eine Gräfin La Ronda ist nur noch im Bereich der Vergangenheit vorhanden. Ich habe die Ehre, Ihnen hier mein innigst geliebtes Weib, Frau Alexis Morgan, vorzustellen, oder, falls es Ihnen so besser gefällt, Frau Marschall Millefleurs!"

In diesem Augenblick wurde mir klar, daß ich den klügsten, aber auch gewissenlosesten Mann vor mir hatte, den je mein Auge geschaut, und als ich mir jene unglückliche alte Frau betrachtete, da packten mich Staunen und Ekel zugleich. Sie aber, sie blickte zu ihm empor mit einem Ausdruck in den Augen, wie ihn der junge Rekrut seinem Kaiser weiht.

„So sei es denn", sagte ich endlich, „gebt die Dragoner heraus und laßt mich ziehen."

Nachdem ich mich überzeugt hatte, daß meine Bedingungen erfüllt worden waren, gab ich Befehl, die Schlinge von des Marschalls Hals zu entfernen.

„Gehaben Sie sich wohl, mein lieber Oberst!" sagte er zum

Abschied. „Ich fürchte, Ihr Bericht an Masséna wird ein wenig hinken; aber lassen Sie sich nicht bange sein, wie ich höre, hat er jetzt andere Dinge zu tun. Ich muß gestehen, Sie haben sich in Ihren Schwierigkeiten besser zu helfen gewußt, als ich Ihnen zugetraut hätte. Haben Sie vielleicht noch irgend einen Wunsch?“

„Ich möchte Sie in der Tat um etwas bitten.“

„Und das wäre?“

„Gewährt dem jungen Offizier samt seinen Männern ein anständiges Begräbnis!“

„Verlassen Sie sich darauf!“

„Und dann noch eins!“

„Sprechen Sie!“

„Fünfzehn Minuten mit Ihnen auf freiem Felde, beide zu Pferde und einen Säbel in der Hand!“

„Ach was! Würde mir nichts weiter übrig bleiben, als Sie aus Ihrer vielversprechenden Karriere zu reißen, oder selbst meinem jungen Lieb Lebewohl zu sagen – und das letztere wäre doch allzu schwer für einen jungen Ehemann!“

Ich ließ zum Sammeln blasen und stellte mich an die Spitze meiner Männer.

„Auf Wiedersehen!“ rief ich, mit dem Säbel drohend, ihm noch zu. „Das nächstemal dürften Sie nicht so leichten Kaufs davonkommen!“

„Auf Wiedersehen!“ scholl die Antwort zurück. „Wenn Sie Ihres Kaisers müde sind, wird sich genug Arbeit für Ihren Säbel im Dienste des Marschalls Millefleurs finden!“

Die Hochzeit des Brigadiers

Meine Freunde, ich erzähle Euch heute von lang vergangenen Tagen, von damals, als ich gerade begonnen hatte, den Ruhm zu erwerben, der meinen Namen so bekannt machte. Im Vergleich mit den dreißig Offizieren der Husaren von Conflans deutete nichts darauf hin, daß ich in irgendeiner Weise den anderen überlegen war. Ich kann mir gut vorstellen, wie überrascht sie alle gewesen wären, hätten sie damals geahnt, daß der junge Leutnant Etienne Gérard für eine solch glorreiche Karriere bestimmt war, es zum Kommando über eine eigene Brigade bringen würde und aus des Kaisers eigener Hand das Kreuz empfangen sollte, das ich Euch immer zeige, wenn ihr mir die Ehre eines Besuches in meinem kleinen Landhaus gebt. Ihr wißt doch, das kleine weiß verputzte Landhaus mit dem Wein an der Vorderseite, in den Feldern an der Garonne?

Mir wird nachgesagt, dass ich keine Angst kenne. Zweifelsohne habt ihr dies auch schon gehört. Über Jahre hinweg, aus dummer Eitelkeit heraus, habe ich dieses Gerede zugelassen. Aber nun, in meinem gesegneten Alter, kann ich es mir leisten, ehrlich zu sein. Denn ein tapferer Mann wagt die Offenheit. Nur Feiglinge fürchten solche Zugeständnisse. Deshalb laßt Euch gesagt sein, daß auch ich nur ein Mensch bin, daß ich fühlte, wie die Angst an mir emporkroch, daß mir die Haare zu Berge standen und daß auch ich weiß, wie es ist davonzulaufen, so weit einen die Füße nur tragen. Erschreckt es Euch, dies zu hören? Nun denn, wenn eines Tages Euer Mut Euch verläßt, dann mag es Euch trösten, daß selbst Etienne Gérard die Angst kennt. Und nun will ich Euch erzählen, wie ich diese Erfahrung machte und auch, wie ich dadurch eine Ehefrau gewann.

Es war eine kurze Zeit des Friedens in Frankreich und wir,

die Husaren von Conflans, lagerten den ganzen Sommer über in einem Lager, einige Meilen außerhalb der Stadt Les Andelys in der Normandie. An sich kein besonders fröhlicher Ort, aber wir von der leichten Kavallerie bringen Leben in alle Orte, die wir besuchen, und so verging unsere Zeit recht angenehm. Die vergangenen Jahre und Erlebnisse haben meine Erinnerung verwischt, aber der Name Les Andelys birgt immer noch die Erinnerung an die Ruinen einer gewaltigen Burg, weitläufige Gärten voller Apfelbäume und vor allem die Erinnerung an die bezaubernden Mädchen der Normandie. Sie waren die schönsten ihres Geschlechts – ebenso, wir es von uns selbst behaupten konnten – und so trafen wir uns oft in diesem süßen, sonnendurchfluteten Sommer. Oh, diese Jugend, diese Schönheit, dieser Heldenmut, und dann die dumpfen, toten Jahre, die all dies verblassen lassen. An manchen Tagen liegt die Erinnerung an diese glorreichen Tage wie Blei auf meiner Brust. Nein mein Herr, kein Wein kann diese Erinnerungen hinfortwaschen, den dies sind Erinnerungen des Herzens und der Seele. Nur der ungeschlachte Körper spricht dem Weine zu, aber wenn Sie es anbieten, dann will ich Ihr Angebot annehmen.

Nun war unter all den Mädchen, die in diesen Landen lebten, eine, deren Schönheit und Anmut derartig überragend war, daß sie geradezu für mich bestimmt schien. Ihr Name war Marie Ravon, und ihre Familie, die Ravons, waren alteingesessene Freibauern, die schon ihre eigenen Ländereien bewirtschafteten, als William der Eroberer nach England zog. Wenn ich heute meine Augen schließe, dann sehe ich sie wie damals vor mir. Ihre Wangen, dunkel wie Moos-Rosen, ihre braunen Augen, so sanft und doch so voller Elan. Ihr Haar, von dunkelstem Schwarz, was meist auf Poesie und Leidenschaft deutet. Ihre Finger, zart wie Birkenzweige im Wind. Oh, wie sie sich von mir abwandte, als ich das erste Mal meinen Arm um sie legte. Sie war voller Stolz und Feuer, immer ausweichend, immer widerstrebend, immer kämpfend, auf das letztendlich ihre Hingabe umso süßer wäre. Von einhundertundvierzig Frauen … – aber wer kann vergleichen, da sie alle doch annähernd perfekt waren.

Natürlich fragt ihr Euch, warum ich bei einer solch schönen Jungfer keine Rivalen hatte? Der Grund ist ganz einfach, meine Freunde: Ich trug Sorge dafür, daß alle meine Rivalen im Hospital lagen. Da war Hippollyte Lesour, er besuchte Marie zweimal des Sonntags. Aber wenn er jetzt noch leben sollte, so schwöre ich, daß meine Kugel in seinem Knie ihn immer noch humpeln läßt. Ebenso der arme Victor: Bis zu seinem Tod bei Austerlitz trug er meine Narben. Es war mir früh klar, auch wenn ich Marie nicht für mich gewänne, so wäre ich doch zumindest gegen eine würdige Konkurrenz ins Feld gezogen. Im Lager wurde gesagt, es sei gesünder, eine Attacke gegen ein ungebrochenes Karree Infanterie zu reiten, als zu oft das Gehöft der Ravons zu besuchen.

Aber laßt mich für einen Moment innehalten. Wollte ich Marie heiraten? Ach, meine Freunde, eine Heirat ist nichts für einen Husaren. Heute ist er in der Normandie, morgen in den Hügeln Spaniens oder den Sümpfen Polens. Was soll er mit einer Ehefrau anfangen? Wäre es ihnen zuzumuten, ihnen beiden? Ist es richtig, daß der Mut geschwächt wird durch den Gedanken an die Trauer, die der Tod mit sich bringt? Ist es vernünftig, sie zurückzulassen, ängstlich jeden Brief erwartend, der ihr die Nachricht von unwiderruflichem Unglück bringt? Ein Husar findet Wärme nur am Lagerfeuer und muß dann weitereilen. Er kann sich glücklich schätzen, wenn er ein weiteres Mal ein Feuer findet, das ihm Geborgenheit schenken kann. Und Marie, wollte sie mich heiraten? Sie wußte genau, wenn unsere Hörner zum Abmarsch bliesen, würde unsere Ehe zu Grabe getragen werden. Es wäre besser für sie, hielte sie sich an die Menschen ihres eigenen Schlages und ihrer eigenen Erde, so daß sie und ihr Ehemann ein langes Leben in den Gärten unterhalb des Schlosses von Le Galliard führen könnten. Laß sie sich an den Husaren in ihren Träumen erinnern, aber laß sie ihre wachen Tage in der einfachen Welt verbringen, die die ihre ist. Zwischenzeitlich aber verbannten wir diese Überlegungen aus unseren Gedanken und gaben uns unserer süßen Gesellschaft hin, jeder Tag nur für sich und ohne Gedanken an das Morgen. Sicher gab es Zeiten, in denen ihr Vater, ein alter Herr mit einem Gesicht wie einer seiner

Äpfel, und ihre Mutter, eine eifrige Frau vom Lande, mir gegenüber andeuteten, daß sie sich wünschten, ich würde meine Absichten deutlicher machen, aber tief in ihren Herzen wußten sie, daß Etienne Gérard ein Ehrenmann war und ihre Tochter sich in seiner Gesellschaft sowohl sicher als auch glücklich fühlen konnte.

So lagen also die Dinge in der Nacht, von der ich nun sprechen will. Es war ein Sonntagabend, und ich kam aus dem Lager herübergeritten. Auch einige meiner Kameraden hatten die Stadt aufgesucht, und wir ließen unsere Pferde an einer Wirtschaft zurück. Daher mußte ich zu Fuß zu den Ravons gehen, deren Gehöft gleich hinter einer einzelnen großen Weide lag, die sich bis an ihre Tür erstreckte. Ich machte mich gerade auf den Weg, als der Wirt mir hinterherlief.

„Verzeiht mir, Leutnant", sagte er. „Es ist zwar ein weiterer Weg über die Straße, aber ihr wärt besser beraten, diesen Weg zu nehmen."

„Es ist aber ein Umweg von einer Meile oder mehr."

„Ich weiß, aber es wäre wirklich schlauer", sagte er mit einem Grinsen.

„Und warum?" fragte ich.

„Nun", sagte er, „weil ein englischer Bulle frei auf diesem Feld herumläuft."

Wäre da nicht dieses widerliche Lächeln auf seinem Gesicht gewesen, so hätte ich es mir vielleicht anders überlegt. Aber mich vor einer Gefahr zu warnen und dann in dieser Art zu grinsen, dass war mehr, als mein Stolz vertragen konnte! Ich machte ihm mit einer einzigen Geste klar, was ich von diesem englischen Bullen hielt.

„Ich werde den kürzesten Weg nehmen", sagte ich.

Ich mußte nur meinen Fuß auf das Feld setzen, um festzustellen, daß mein Übermut mich voreilig hatte werden lassen. Es war eine sehr große, quadratische Weide, und als ich weiterging, fühlte ich mich wie in einer Nußschale, die sich zu weit ins offene Meer hinausgewagt hat und nun keinen rettenden Hafen mehr sehen kann. Auf jeder Seite der Weide war eine Mauer, außer auf derjenigen, von der ich kam. Mir gegenüber war das Gehöft der Ravons, mit Mauern zur Rechten und zur Linken. Eine Tür ging zur Weide hinaus und alle Fenster waren vergittert, wie in den Höfen der Normandie üblich. Ich strebte auf diese Tür zu wie auf einen sicheren Hafen und versuchte gleichzeitig, sowohl mit der Würde voranzuschreiten, die einem Soldaten ansteht, als auch so schnell wie möglich dort anzukommen. Von der Hüfte aufwärts war ich ungerührt, sogar lässig. Meine Beine allerdings waren flink und eilig. Ich hatte fast die Mitte der Weide erreicht, als ich das Tier bemerkte. Er scharrte mit seinen Vorderhufen unter einer Buche zu meiner Rechten. Ich wandte nicht den Kopf, und ein Beobachter hätte nicht sagen können, ob ich ihn überhaupt bemerkt hätte, aber mein Auge behielt ihn im wachsamen Blick. Vielleicht war er gerade friedlich gestimmt, vielleicht irritierte ihn meine gleichgültige Haltung, jedenfalls machte er keine Anstalten, sich in meine Richtung zu bewegen. Beruhigt heftete ich meinen Blick auf das Fenster von Maries Schlafzimmer, das sich direkt über der Hintertür befand, in der Hoffnung, daß hinter dem Vorhang diese geliebten, zärtlichen, dunklen Augen mich beobachteten. Ich schwang meinen Stock, bückte mich nach einer Primel und sang eines unserer verwegenen Husarenlieder, um dieses englische Vieh zu beleidigen und meiner Geliebten zu zeigen, wie wenig mich eine Gefahr scherte, wenn sie zwischen uns steht. Das Tier war verdutzt durch meine Furchtlosigkeit, und so, die Tür öffnend, betrat ich das Gehöft sicher und ehrenvoll.

Und war es diese Gefahr wert? Hätten all die Bullen von Castile diesen Eingang bewacht, wäre es das immer noch wert gewesen? Oh diese Stunden, diese sonnigen Stunden, die niemals zurückkehren! Als unsere jungen Füße den Boden zu verlassen schienen und wir in dem von uns selbst geschaffenen Reich der Träume lebten. Sie ehrte meinen Mut, und sie liebte mich dafür.

Als sie ihre geröteten Wangen auf die Seide meines Ärmels legte und zu mir aufsah, mit bewundernden Augen, die vor Liebe und Hingabe leuchteten, ließen sie die Geschichten, mit der ich ihr das wahre Wesen ihres Geliebten darstellte, erstaunen.

„Hat Dein Mut Dich nie verlassen? Hast Du niemals das

Gefühl der Furcht gespürt?“ fragte sie. Ich lachte über diesen Gedanken. Welchen Platz könnte die Furcht im Herzen eines Husaren finden? Trotz meiner Jugend hatte ich dies bewiesen. Ich erzählte ihr, wie ich meine Schwadron gegen eine Stellung ungarischer Grenadiere geführt hatte. Sie erschauerte und umarmte mich. Ich erzählte ihr, wie ich mit meinem Pferd bei Nacht die Donau mit einer Nachricht für Davoust durchschwommen hatte. Um ehrlich zu sein, es war weder die Donau, noch war es so tief, daß ich hätte schwimmen müssen. Aber wenn man zwanzig Jahre alt und verliebt ist, dann erzählt man eine Geschichte so gut man kann. Viele solcher Geschichten erzählte ich ihr, während ihre liebevollen Augen immer größer und erstaunter wurden. „Nicht mal in meinen Träumen, Etienne“, sagte sie, „hätte ich gedacht, daß es einen solch tapferen Mann gibt. Glückliches Frankreich, das solch einen Soldaten, glückliche Marie, die solch einen Geliebten hat.“ Ihr versteht sicher, daß ich mich ihr zu Füßen warf und murmelte, daß ich doch der glücklichste von allen sei – ich, der ich jemanden gefunden hatte, der mich sowohl verstand als auch bewunderte.

Es war eine zauberhafte Affäre, um ein Unendliches zu süß und zart für die Vorstellungswelt eines derben Verstandes. Aber ihr versteht auch, daß Maries Eltern ihre eigenen Vorstellungen von ihren Pflichten hatten. Ich hatte Domino mit ihrem alten Herren gespielt, ich hatte Wolle mit seiner Frau gesponnen, und dennoch konnte ich sie nicht davon überzeugen, daß es meine Zuneigung zu ihnen war, die mich dreimal pro Woche in ihr Haus führte. Es würde eine Zeit kommen, in der eine Erklärung unsausweichlich wäre, und in dieser Nacht war diese Zeit gekommen. Marie wurde in glücklichem Aufruhr in ihr Zimmer gesandt, und ich saß den alten Leuten in ihrer Stube gegenüber, wo sie mich mit Fragen nach meinen Absichten und Plänen traktierten.

„Ihr habt die Wahl“, sagten sie in ihrer unverblümten Bauernsprache, “laßt uns wissen, daß Ihr mit Marie verlobt seid, oder laßt Euch hier niemals wieder sehen.“ Ich sprach zu ihnen von meiner Ehre, meinen Hoffnungen, meiner Zukunft, aber sie betrachteten unbeirrbar nur die Gegenwart. Ich bat um Berücksichtigung meiner Karriere, aber sie zeigten sich selbstsüchtig an nichts weiter interessiert, als an ihrer Tochter. Ich fand mich in der Tat in einer verzwickten Lage. Einerseits wollte ich meine Marie nicht aufgeben, andererseits: was soll ein junger Husar mit einer Ehefrau? Letztendlich bat ich unter all dem Druck darum, die Sache zu vertagen, und sei es auch nur für einen Tag.

„Ich werde mit Marie sprechen“, sagte ich, „ich werde ohne Verzögerung mit ihr sprechen. Es ist ihr Glück und ihr Herz, um das es hier geht.“ Diese grummeligen alten Leute waren immer noch nicht zufrieden, aber dagegen konnten sie nichts sagen. Sie wünschten mir kurz eine gute Nacht und ich machte mich – immer noch in Gedanken – auf den Weg zurück zum Gasthaus. Ich hatte die Tür, durch die ich hereingekommen war, gerade verlassen, als ich hörte, wie sie von innen verriegelt und verschlossen wurde.

Gedankenverloren ging ich über die Wiese, immer noch versunken in die Argumente der alten Leute und meine geschickten Antworten darauf. Was sollte ich tun? Ich hatte versprochen, am nächsten Tag unverzüglich mit Marie zu reden. Was sollte ich ihr sagen? Würde ich für ihre Schönheit meinen Beruf aufgeben? Wenn Etienne Gérards Schwert tatsächlich zu einer Sense geschmiedet werden sollte, wäre dies wahrhaftig ein schwarzer Tag für Frankreich und seinen Kaiser. Oder sollte ich mein Herz verschließen und mich von Marie abwenden? Oder wäre es möglich, all dies miteinander in Einklang zu bringen? Könnte ich sowohl ein glücklicher Ehemann in der Normandie als auch ein tapferer Soldat an anderem Orte sein? All diese Gedanken schwirrten in meinem Kopf herum, als ein plötzliches Geräusch mich aufblicken ließ. Der Mond war hinter den Wolken hervorgekommen, und der Bulle stand vor mir. Bereits unter der Buche hatte er groß ausgesehen, aber nun wirkte er schier gewaltig. Er war tiefschwarz, hielt seinen Kopf gesenkt, und das Mondlicht spiegelte sich in zwei bedrohlichen und blutunterlaufenen Augen wider. Sein Schwanz schlug von einer Seite zur anderen, und seine Vorderfüße wühlten die Erde auf. Niemand hat in seinen Alpträumen je ein furchteregenderes Monster gesehen. Langsam aber stetig kam er auf mich zu. Ein Blick zurück zeigte mir, daß ich mich – gedankenverloren – sehr weit vom Rand der Weide entfernt hatte,;schon mehr als die Hälfte war überquert. Die nächste Fluchtmöglichkeit war das Gasthaus, aber zwischen mir und diesem sicheren Hafen stand der Bulle. Vielleicht würde das Tier den Weg freimachen, wenn es nur verstände, wie wenig ich es fürchtete. Ich zuckte mit den Schultern und machte eine beruhigende Geste. Ich pfiff sogar ein Lied. Das Tier dachte, ich hätte es gerufen, denn nun kam es mit Eifer auf mich zugelaufen. Ich sah es unerschrocken weiterhin an, ging aber nun zügig rückwärts. Wenn man jung und agil ist, dann kann man rückwärts fast rennen und trotzdem dem Feind ein tapferes Lächeln zeigen. Während ich lief, bedrohte ich das Tier mit meinem Stock. Vielleicht wäre es klüger gewesen, meinen Mut etwas zu zügeln. Er sah es als Herausforderung an – was nun tatsächlich das allerletzte war, das mir im Sinn lag. Es war ein Mißverständnis, und zwar ein fatales. Schnaubend erhob der Bulle seinen Schwanz und griff an.

Hab ihr jemals einen angreifenden Bullen gesehen, meine Freunde? Es ist ein seltsamer Anblick. Man mag denken, daß er trottet, vielleicht sogar galoppiert. Aber nein, es ist viel schlimmer. Er kommt Sprung auf Sprung auf Euch zugeschossen, jeder Sprung bedrohlicher als der vorherige. Ich habe vor nichts Angst, was ein Mensch mir antun könnte. Wenn ich einem Mann gegenüberstehe, dann weiß ich, daß allein schon die Erhabenheit meines Auftrittes und die ritterliche Leichtigkeit, mit der ich ihm gegenübertrete, entwaffnend auf ihn wirken wird. Alles, was er mit antun könnte, daß kann ich erwidern. Warum sollte ich ihn also fürchten? Aber wenn es eine Tonne wütenden Fleisches ist, mit der ihr Euch herumschlagen müßt, dann ist es eine andere Angelegenheit. Keine Verhandlung, keine Beschwichtigung, kein Übereinkommen kann Euch helfen. Es ist kein Widerstand möglich. All meine Selbstsicherheit kümmerte das Tier nicht. Augenblicklich hatte mein wacher Verstand alle Möglichkeiten abgewogen und erfaßt, daß niemand – nicht einmal der Kaiser selbst – diese Stellung halten könnte. Es gab nur eine Möglichkeit: Flucht.

Man kann nun aber auf viele verschiedene Arten fliehen.

Man kann in Würde fliehen oder in Panik. Ich floh – und darin bin ich mir sicher – wie ein Soldat. Meine Haltung war prächtig, obwohl meine Beine rasten. Meine gesamte Erscheinung war ein Ausdruck des Protestes gegen diese Situation, die man mir aufgezwungen hatte. Ich lächelte, während ich rannte. Das bittere Lächeln eines Mannes, der sein Schicksal verspottet. Wären all meine Kameraden Zeugen gewesen, dann hätte keiner von ihnen schlecht von mir gedacht, angesichts der Verachtung, mit der ich dem Bullen aus dem Weg ging. Aber hier muß ich ein Geständnis machen. Wenn jemand erst einmal flieht – egal wie soldatisch, dann setzt bald die Panik ein. War es nicht so bei der Garde in Waterloo? Und ebenso verhielt es sich in dieser Nacht mit Etienne Gérard. Und schließlich: Es war niemand da, der meine Haltung sah, zumindest niemand außer diesem verfluchten Bullen. Wenn ich nur für eine Minute meine Würde aufgab, wen hätte es gestört? In jeder Sekunde krochen der Donner der Hufe und dieses schreckliche Schnauben des Monsters näher an mich heran. Schrecken erfüllten mich bei dem Gedanken an einen so unwürdigen Tod. Die brutale Wut des Tieres ließ mich erschaudern. Die gesamte Welt schien nur noch aus zwei Lebewesen zu bestehen, dem Bullen und mir. Er, im Begriff, mich zu töten. Ich, willens zu entkommen. Ich nahm meine Beine in die Hand und rannte, rammte um mein Leben.

Es war das Haus der Ravons, auf das ich zurannte. Aber dann schoß es mir durch den Kopf: selbst wenn ich es ereichte, so würde es mir keine Zuflucht bieten. Die Tür war verschlossen. Die Fenster im Erdgeschoss waren vergittert. Die Mauern zu beiden Seiten waren zu hoch. Und der Bulle kam mit jedem Schritt näher. Aber, meine Freunde, es sind diese Augenblicke der überwältigenden Gefahr, in denen Etienne Gérard über sich hinauswächst. Es gab nur einen Weg der Rettung, und diesen schlug ich augenblicklich ein.

Ich sagte schon, daß Maries Schlafzimmerfenster sich direkt über der Tür befand. Die Vorhänge waren zwar zugezogen, aber die Fensterläden waren offen, und im Zimmer brannte eine Lampe. Ich war jung und agil und mir deshalb sicher, hoch genug springen zu können, um die Kante des Fensterbrettes zu fassen und mich aus der Gefahr zu ziehen. Das Monster berührte mich schon fast, als ich sprang. Ohne Hilfe hätte ich diesen Sprung sicher wie geplant geschafft. Aber gerade, als ich mich mit einem gewaltigen Sprung in die Höhe erhob, stieß der Bulle mit seinem Kopf zu und schleuderte mich in die Luft. Wie von einer Kanone abgefeuert, schoß durch die Vorhänge und landete auf allen vieren in der Mitte des Zimmers. Augenscheinlich war ich selbst über das Bett hinweggeflogen, das am Fenster stand. Als ich mich aufrappelte und zu ihm umdrehte, fand ich es leer. Meine Marie saß auf einem Stuhl in einer Zimmerecke, und ihre geröteten Wangen ließen vermuten, daß sie geweint hatte. Ohne Zweifel hatten ihre Eltern ihr Bericht erstattet über unsere Unterredung. Sie war zu erstaunt, um sich zu rühren und saß nur da mit weit geöffnetem Mund.

„Etienne!“ keuchte sie. „Etienne.“

Augenblicklich war ich ideenreich wie gewohnt. Hier gab es nur einen Ausweg für einen Ehrenmann, und ich schlug ihn ein. „Marie“, rief ich, „vergib, oh vergib mir die Plötzlichkeit meiner Rückkehr! Marie, ich habe heute Abend mit Deinen Eltern gesprochen. Ich kann nicht in mein Lager zurückkehren, ohne Dich gefragt zu haben, ob Du mich für den Rest meines Lebens glücklich machen willst, indem Du meine Frau wirst.“

Ihre Überraschung war so groß, daß sie lange brauchte, bevor sie sprechen konnte. Dann aber waren alle ihre Gefühle weggefegt von einer Woge der Bewunderung.

„Oh Etienne, mein wundervoller Etienne!“ weinte sie, ihre Arme um meinen Hals gelegt. „Hat es jemals zuvor eine solche Liebe gegeben? Hat es jemals zuvor einen solchen Mann gegeben? So wie Du hier vor mir stehst, bleich und zitternd vor Leidenschaft, erscheinst Du mir wie ein Held aus meinen Träumen. Wie schwer Du atmest, mein Geliebter, und was für einen Sprung Du in meine Arme getan hast. Schon bevor Du kamst, hörte ich den Hufschlag Deines Streitrosses.“

Es gab hier nichts weiter zu erklären, und wenn man frisch verlobt ist, hat man andere Verwendung für seine Lippen.

Aber dann hörte man Getrampel auf dem Flur und dann ein Pochen an der Tür. Vom Lärm meiner Ankunft aufgeschreckt, waren die alten Leute in den Keller geeilt, um zu sehen, ob die Cider-Fässer von ihren Regalen gefallen seien, aber nun waren sie zurück und forderten Einlaß. Ich riß die Tür auf und stand vor ihnen mit Maries Hand in meiner.

„Erblickt Euren Sohn!“ rief ich.

Oh, welche Freude ich in dieses bescheidene Haus brachte. Es erwärmt immer noch mein Herz, wenn ich daran denke. Es erstaunte sie nicht besonders, daß ich geradewegs durch das Fenster geflogen war, denn wer wäre ein heißblütigerer Freier als ein tapferer Husar? Und wenn die Tür verschlossen ist, gibt es denn einen anderen Weg als den durch das Fenster? Wieder saßen wir alle vier zusammen. Eine spinnenbewebte Flasche wurde hervorgeholt und geöffnet, und die glorreiche Geschichte des Hauses derer von Ravon wurde vor mir ausgebreitet. Immer noch sehe ich vor mir den grobgezimmerten Raum, die beiden lächelnden alten Gesichter, den goldenen Kreis der Kerzen und sie, meine Marie, die Braut meiner Jugend, auf so seltsame Weise gewonnen und für so kurze Zeit gehalten.

Es war schon spät, als ich ging. Der alte Mann ging mit mir durch den Flur. „Ihr könnt vorne oder hinten hinausgehen,“ sagte er. „Nach hinten heraus ist es kürzer“.

Ich denke, ich nehme den Weg vorne heraus,“ antwortete ich. „Es mag ein längerer Weg sein, aber er wird mir mehr Zeit geben, an Marie zu denken.“

Sir Arthur Conan Doyle

Ausgewählte Werke

HERAUSGEGEBEN VON OLAF R. SPITTEL

Band 1: Das Geheimnis von Cloomber

Band 2: Ein gefährlicher Ausflug

Band 3: Im Giftstrom

Band 4: Die Abenteuer des Louis de Laval

Band 5: Mammon & Co.

Band 6: Die verlorene Welt

Band 7: Der Parasit

Band 8: Geschichten am Kamin

Band 9: Die Abenteuer des Brigadier Gérard, 1

Band 10: Die Abenteuer des Brigadier Gérard, 2

Band 11: Die grüne Flagge

Band 12: Mein Freund der Mörder

im

VERLAG 28 EICHEN
BARNSTORF
D-49406 Barnstorf, Dreeke 80